개정판

다른 십대의 탄생

다른 십대의 탄생: 소녀는 인문학을 읽는다

발행일 개정판1쇄 2019년 8월 23일(己亥年 壬申月 壬辰日 處暑) | **지은이** 김해완
펴낸곳 북드라망 | **펴낸이** 김현경 | **주소** 서울시 종로구 사직로8길 24 1221호(내수동, 경희궁의아침 2단지) |
전화 02-739-9918 | **팩스** 070-4850-8883 | **이메일** bookdramang@gmail.com

ISBN 979-11-86851-37-1 03810 | 이 도서의 국립중앙도서관 출판예정도서목록(CIP)은 서지정보유통지원시
스템 홈페이지(http://seoji.nl.go.kr)와 국가자료종합목록시스템(http://www.nl.go.kr/kolisnet)에서 이용
하실 수 있습니다.(CIP제어번호: CIP2019031267) | **Copyright ©** 김해완 이 책은 지은이와 북드라망의 독점
계약에 의해 출간되었으므로 무단전재와 무단복제를 금합니다. 잘못 만들어진 책은 서점에서 바꿔 드립니다.

책으로 여는 지혜의 인드라망, 북드라망 **www.bookdramang.com**

개정판

다른 십대의 탄생

소녀는 인문학을 읽는다

김해완 지음

BookDramang
티 북드라망

시간은 걸어가는 대로 흐른다

『다른 십대의 탄생』이 출판된 후 시간이 많이 흘렀다. 물론 나도 더이상 십대가 아니게 되었다. '다른 십대'를 자청할 때는 남들과 다르게 살아도 당당하고 싶다는 개인적인 소망을 담았는데, 정말로 말이 씨가 되었나 보다. 그 후로 내 시간은 나조차 예상치 못한 방향으로 흘러갔다. 몇 년에 한 번씩 새로운 샛길로 빠졌고, 그렇게 중구난방 튀어 다니는 와중에 용케 공부는 계속했다. 이런 동선을 뭐라고 불러야 할까? '다른 이십대의 탄생'이라고 해야 할까? 아니다. 탄생은 한 번이면 족하다. 다르게 살고자 하여 다른 길에 오르면, 단지 자기 자신의 미숙함을 마주하게 된다. 세상에 배울 것투성이다. 공부를 계속했던 것은 내 철저한 생존본능 때문이 아니었나 싶다.

2011년 이후 나의 동선을 요약해 보겠다. 남에게 자랑할 정도로 대단한 시간은 아니었지만, 일찌감치 '책 출판'이라는 사고를 친 마당에 그 이후의 결과를 알리지 않으면 안 된다는 일말의 책임감이랄까, 뭔가 그런 비스무리한 심정이다. 내가 고등학교를 자퇴하고 쭉 의탁했던 지식인 공동체인 〈수유+너머 남산〉은 〈남산강학원〉으로 이름을 바꿨고, 인문의역학 연구소인 〈감이당〉과 함께 남산 밑자락 필동에 새로이 자리 잡았다. 이곳에서 나는 또 3년간 공동체 생활을 하면서 선배들 및 동료들과 함께 글쓰기와 책읽기를 배웠다. 그렇게 단조롭고 평화로운 시간이 계속될 것 같던 어느 날, 나는 뉴욕행 비행기에 몸을 실었다. 때는 2014년 1월이었다. 그때 연구실에서는 MVQ 프로젝트가 막 시작된 참이었다. MVQ는 'Moving Vision Quest'의 약자로, '길 위에서 공부하자'는 모토 아래 창설되었다. 쉽게 풀어서 말하면 책벌레인 연구실 사람들을 낯선 땅으로 여행을 보내어 길과 책을 연결시키는 프로젝트였다. 그리고 나는 영광스럽게도 MVQ 프로젝트의 첫 타자로 뽑혔다. 지령이 내려졌다. '뉴욕에 가라, 그리고 거점으로 삼을 게스트하우스를 열어라.'

이 영광이 내게 돌아온 것은 우연의 일치였다. 원래 가기로 했던 멤버들이 모조리 갈 수 없게 되었고, 마침 대학도 가지 않았고 직업도 없었던 나는 내일 당장 뉴욕에 간다 한들 이상할 게 없는 준비된 백수였다. 이 얼떨떨한 영광은 곧 생고생을 뜻했다. 내가 야무진 성격도 아니었다. 하도 자주 물건을 잃어버리고 또 망가뜨려서 나의 별명은 '칠칠이'였다. 그런데 지인 한 명 없는 뉴욕 바닥에서 게스트하우스를 열고 살림을 꾸리라는 것은, 나로서는 '미션 임파서블'에 맞먹는 임무였다.

그 후 펼쳐진 뉴욕 생활은 다음의 세 가지 과제로 요약된다. 외국인으로서 언어가 통하지 않는 낯선 땅에서 적응하고 또 관계를 맺는 것, 캠프지기로서 한국에서 사람들을 맞이하고 뉴욕 한인들과 세미나를 꾸리는 것, 그리고 청년 김해완으로서 앞으로 내 갈 길을 고민하는 것이다. 공교롭게도 나는 이 과제들을 유기적으로 맞물려 내지도, 만족할 만한 결과를 달성하지도 못했다. 체력을 쥐어짜 내어 버티는 것밖에는 방법을 몰랐다. 이십대답게 몸으로 때운 셈이다. 분열된 정체성과 불가피한 고립감, 인종과 언어의 장벽을 뛰어넘는 우정, 그리고 자본주의의 심장인 뉴욕 바닥을 쏘다니며 몸으로 배웠던 지난 3년 반의 시간은 무엇에 견줄 수 없을 만큼 풍요로웠다. 그리고 이는 책『뉴욕과 지성』을 출판하는 것으로 매듭이 지어졌다. (책이 출판될 때는 뛸 듯이 기뻤다. 칠칠치 못한 나를 믿고 먼 길 보내 준 연구실에 빈손으로 되돌아오지 않을 수 있어서. 그리고 뉴욕과 진정한 의미에서 작별할 수 있어서!)

2017년, 뉴욕을 떠난 나는 쿠바로 향했다. 이 역시 MVQ 프로젝트의 일환이었다. 연구실은 원래부터 쿠바에 관심이 있었고, 뉴욕에 갔을 때부터 나는 남미 문학을 공부하고 싶다는 소망을 품었다. 그렇게 자연스럽게 쿠바라는 그다음 행선지가 정해졌다. 그러나 쿠바에 간 지 반년 만에 나는 계획을 엎었다. 문학 대신 의학을 공부하기로 결심한 것이다. 이 무모한 도전을 과연 순조롭게 마칠 수 있을지 나도 모르겠다. 몰라서 심장이 다 뛴다. 고등학교를 자퇴할 즈음의 내가 현재의 나를 본다면 뭐라고 생각할까? 10년이 지나도 한 치 앞도 모른 채 여전히 심장 졸이며 산다고 실망할지도 모른다.

그렇지만 이 책에 기록되어 있는 내 과거의 기대가 지금의 나를 무겁게 짓누르지는 않는다. 스스로에 대한 실망도 없다. 이제 나는 시간은 바라는 대로 흐르지 않는다는 것을 알아 버린 이십대 후반을 걷고 있다. 십대 때는 스스로에게 당당할 수 있는 독립을 쟁취한 이십대가 되기를 바랐다. 그런데 막상 어른이 되고 보니 그런 생각을 할 시간조차 없다. 잘 시간을 줄여 가며 할 일들을 헐레벌떡 해치우다가 침대에 눕기 일쑤다(책을 보니 '밥 제대로 먹고 살자'고 내가 주장한 글이 있는데, 이십대의 나는 부끄럽게도 이 성찰 앞에서 떳떳하게 살고 있지 않다). 그러다 가끔씩 숨을 돌리고 정신을 차리면, 밀려오는 막막함에 마음이 잠겨 들었다. 나는 어디로 가고 있는 걸까? 제대로 가고 있는 걸까? 어디로 가려는 걸까? 그래도 성실하면서 가마득하게 보낸 시간은 한 가지를 가르쳐 주었다. 공부를 한다는 것은 삶의 방향을 찾아가는 여정이라는 것. 그리고 '막막함'의 불씨를 꺼뜨리지 않는다면, 그 여정은 실패할지언정 무의미하지는 않으리라는 것.

십대의 나는 스스로가 "온몸으로 한 숨 살아 내는" 시간을 살고자 했다. 이십대의 나는 조금 더 몸에 힘을 빼고, 세상 속에서 내 발이 걸어가는 대로 시간을 살고 있다. 어디로 가라고 가르쳐 주는 지도가 있는 것도 아니고, 세상의 풍파 속에서는 누구도 자유롭지 않다. 힘차게 갈 때보다 이리저리 떠밀릴 때가 더 많다. 그렇지만 우리 앞에 운명적인 길이 나타나는 순간이 분명히 있다. 이 길은 샛길일 때도 있고, 극적인 갈림길일 때도 있으며, 막다른 골목길처럼 보여서 선뜻 발길이 향하지 않을 때도 있다. 그러나 길이 속삭이는 메시지를 포착해 내는 예민함과 그 순간 방향을 틀 수 있는 용기를 내는 것은 결국 우리의 몫이다.

나는 현재 새 길에 들어섰다. 의학을 택하게 된 것은 역시 우연의 일치였으나, 결정을 내린 것은 나 자신이었다. 더 정확히 말하면, 내가 지금까지 걸어왔던 길이 나에게 확신을 주었다. 진정으로 독립하고 싶었던 마음은 나를 연구실에 있게 했고, 연구실에서 좌충우돌 보냈던 시간은 뉴욕이라는 거대한 도시에서 버틸 수 있는 힘을 주었다. 그리고 뉴욕이 세계 만국인의 '미친 존재감'을 통해 안겨 준 경험은 내가 앞으로 어떤 방향으로 살아갈 것인지 힌트를 주었다. 나는 사람의 몸과 마음을 이해하는 모험을 떠나고 싶다. 그 입구가 문학이라고 생각했는데, 쿠바에서 엉뚱하게도 의학이라는 새 길이 열렸다. 내가 과연 미래에 의사로 살 것인지는 모르겠다. 하지만 지금 나는 의학 공부가 몹시 즐겁다. 그리고 열심히 배운 의학으로 사람들과 해보고 싶은 일들이 많다. 그렇다. 나는 백지 상태에서 '막막하게' 새 공부를 시작하는 것이 아니다. 지나온 시간은 내게 아주 많은 것을 선물했고, 이 선물들을 되돌려주고픈 마음과 함께 여정이 시작되고 있다. 그렇게 과거는 현재의 나와 앞으로의 길에 단단히 연결되어 있다. 이를 두고 비전이라고 부르는 것이 아닌가, 조심스레 짐작해 본다.

이 길의 시작에 『다른 십대의 탄생』이 있었다. 그 시절의 기록이 개정판으로 다시 빛을 보게 되어서 기쁘다. (무지한 만큼 더 열정적으로 알고자 했던 십대의 무모함은 지금의 나를 낯 뜨겁게 하기도 하고, 거꾸로 반성하게 만들기도 한다!) 나는 그때와 많이 달라졌지만 그것이 큰 문제가 되지는 않을 것이다. 이 책의 초점은 '십대'가 아니라 '다름'에 있으니까 말이다. 다르다는 것, 당시에는 이 말을 획일성을 강요하는 세상에 맞서는 무기로 사용하려고 했다. 삐딱한 표정으로 이렇게 묻고 다녔다. 다르다는 게 뭐가 문제인가? 그러나 이제 나는 이 말을 스스로에게 먼저 묻는다. 나는 달라질 수 있는가? 변하려는 의지가 있는가? 어떻게 변하고 싶은가? 한 걸음 한 걸음, 밋밋한 일상 속에서 차이를 반복하다 보면 어느새 한 방향으로 길이 만들어진다. 시간은 내가 걸어가는 대로 정직하게 흐르기 때문이다. 내가 8년 전 이 책을 쓰며 꿈꿨던 '독립'은 이렇게 한 번의 문턱이 아니라 오랜 여행으로서 다시 나타난다.

이 길에는 이미 수많은 사람들이 함께하고 있다. 다른 이십대의 탄생, 다른 아빠의 탄생, 다른 가족의 탄생, 다른 성(性)의 탄생……. 탄생 시리즈에 더 많은 사람들이 함께하기를 바란다. 더 많은 '다른 나의 탄생'이 독립적인 삶의 길을 환하게 밝혀 주기를 바란다.

2019년 8월 2일
김해완

차례

Intro. 중졸 백수를 소개합니다

#0. 고3 아닌 열아홉 살

나는 93년생이다. 2011년, 열아홉 살이 된다. 한국에서 이 나이는 '고3'이라는 특별한 지위를 갖는다. '高3'이 아닌 '苦3'……! 대입을 바로 앞둔 이 1년은 십대에서 이십대로 넘어가는 일종의 성인식이다. 어렸을 때는 고3이라는 그때가 너무 멀어 보였고 영영 안 올 줄로만 알았는데, 함께 중학교에 입학했던 친구들이 이제 자신의 길을 찾아 공부하는 모습을 보면 실감이 나지 않는다. 정말로 나에게는 고3이 찾아오지 않았다.

#1. '중졸 백수'가 되기까지

나는 중졸 백수다. 2009년, 고등학교에 갓 입학한 나는 6개월 만에 학교를 그만두었다. 고졸자도 찾기 힘든 세상에서 검정고시도 안 본 채 '중졸'이라는 짧은 가방끈으로 살고 있다.

나처럼 학교를 그만둔 아이들을 '홈스쿨러'(Home-Schooler)라고 부른다. 학교를 그만두고 집에서 공부하는 아이. 공교육의 한계가 확연해지고 학교 밖 여러 교육환경이 조성되면서 홈스쿨러들이 점점 늘어나는 추세라고 한다. 그러나 나는 홈스쿨러가 아니다. (학교를 그만둔 이후 집에 앉아서 공부를 한 기억이 없다고 농담을 하곤 한다.) 내가 홈스쿨러라는 명칭을 원치 않는 이유는, 학교를 나와 놓고 또 집(Home)에서 학교(School)를 다니고 싶지 않았기 때문이다. 부모님의 그늘에서 안전하게 보호받으며, 학교에서 할 수 없는 좋은 경험은 경험대로 하고 또 한편에서 입시공부는 공부대로 하는 것. 나는 그런 삶을 원했던 것이 아니었고, 그래서 나는 '중졸 백수'라는 새로운 명칭을 택했다. 피보호자도, 학생도, 예비취업생도 아닌 백수! 학교와 가족을 전부 벗어나서 내 갈 길 가고 싶고 홀로 서고 싶다는, 어찌 보면 참 철없고 맹랑한 바람이 여기에 담겨 있다.

이렇게 나를 소개하면 처음 보는 사람마다 빼놓지 않고 이 질문을 던진다. "그건 그렇다 치고, 학교는 왜 나온 거야?"──사실 이것만큼 곤란한 질문도 없다. 어떻게 삶에서 일어난 사건을 한 가지 원인으로 규정할 수 있겠는가! "엄마는 왜 아빠랑 결혼했어?" "음……살다 보니까." 그래, 살다 보니까. 나도 이렇게 대답하고 싶다. 학교를 나오는 데에는 수백 가지 이유들이 있었고 동시에 수백 가지 반대 이유들이 있었다. 살다 보니 마주치게 된 수많은 우연들, 필연들이 교묘하게 교차하면서 정신 차리고 보니 난 학교 밖에 있었다. 그러니 '왜'

학교를 나왔는지보다는 '어떻게' 학교를 나오게 되었는지 이야기를 하는 편이 더 좋을 듯하다.

나는 건조하고 평범한 초등학교 시절을 보냈다. 문제는 단 한 번도 일으키지 않았고 6년 내내 친구는 단 한 명뿐이었다. 학급 친구들 중에 아무도 내가 말이 많은 아이인 줄 몰랐다. 왜냐하면 나는 학교에서 책만 읽었기 때문이다. 학급문고의 존재가 내가 교실에 가는 유일한 이유였다. 학급문고를 다 읽은 후에는 도서관으로 장소를 옮겼다. 정말…… 한마디로 전형적인 왕따 타입이었다. 학교 분위기가 순박했던 덕에 친구들은 사교성이 형편없는 나를 배제하지 않았지만, 나는 졸업할 때까지 사람보다는 책을 더 좋아했다.

부모님은 이런 나를 보며 속을 새까맣게 태우셨다. 이 녀석을 어떻게 해야 할까 고심하던 차에 부모님은 한 도시형 대안학교를 알게 되었고, 결국 그 인연이 닿아 나는 일반 중학교가 아닌 대안학교에 입학하게 되었다. 그때부터 내 건조했던 삶이 화려한 색채로 칠해졌다. 어찌나 하루하루가 두근거렸는지! 그곳에는 친구들과 함께 할 수 있는 온갖 프로젝트가 있었고, 선생님들은 매번 재미있는 수업을 준비해 오셨다. 나는 책을 잊어버릴 만큼 학교와 친구들에 푹 빠졌다. 사교성이 제로였던 나는 관계를 맺는 과정에서 다른 사람보다 몇 배는 더 넘어져야 했지만, 허구한 날 터지는 사건사고를 해결하는 과정에서 또 사소하고 소중한 것들을 배웠다. 마음 따뜻한 사람들 속에서 잘 자랐던 것이다.

행복한 중학교를 졸업하고, 열일곱 살이 된 나는 중학교와 함께 붙어 있는 대안고등학교로 진학했다. 그런데 내 생활에 무언가 변화가 생겼다. 가장 표면적인 변화는 학교생활이었다. 대안학교였지만 교육청의 인가를 받은 까닭에 학교는 일반 교육과정을 따라가고 있었다. 게다가 이제는 코앞에 닥친 입시를 무시할 수 없었기 때문에 수업은 더 빡세졌다. 그러나 지금까지 해 왔던 프로젝트도 여전히 같이 진행되었다. 나는 몸이 열 개라도 모자랄 지경이었다. 몸은 몸대로 생활리듬을 잃어 가는데 강의식으로 변한 학교수업은 심지어 재미마저 없었다. 지금 내가 어디에 열정을 쏟고 있는 건지, 이게 진짜 열정인지 나를 갉아먹고 있는 건지 알 수가 없었다.

내 열정은 엉뚱한 곳으로 튀어 나갔다. 바로 기타였다. 우연히 독립영화 「원스」(Once)를 보고는 무작정 작곡을 시작했다. 음악에 대한 욕심은 점점 커져서 나중에는 기타를 배워 직접 연주하고 내가 직접 노래를 부르기까지 했다. 친구들은 나의 이 엉뚱한 행보에 의아해했으나, 나는 눈코 뜰 새 없이 바쁜 학교생활 틈틈이 기타를 연습하고 곡을 만들었다. 어찌나 시끄럽게 기타를 쳐 댔던지, 어찌나 기타를 못 쳤던지(!) 친구들은 우스갯소리로 내가 '교실에서 기타 연습을 못해서 자퇴하는 것'이라고 말할 정도였다.

나에게만 이런 이상한 현상이 일어난 것은 아니었다. 친구들은 친구들대로 외로워했다. 일반학교에서 사교육을 받는 학생들보다 공부가 뒤처져서는 안 된다는 불안감이 있었다. 이것은 곧 들이닥칠

'고3'에 대한 불안감이었고, 더 나아가 삶에 대한 불안감이었다. 과연 내가 생계를 책임질 수 있는 어른이 될 수 있는 건지, 내가 정말 원하는 것이 무엇인지, 그 어떤 것에도 확신을 가질 수 없었다. 다른 교육을 받았지만 다른 삶이 무엇인지 몰랐다. 그러나 우리는 이 불안감에 대해서 제대로 함께 대화하지 못했다. 각자의 자리에서 바쁘게 할 일들을 했을 뿐이었다. 몸은 지쳐 가는데 외로움은 더해 갔다. 할 일들을 전부 하기 위해서 잠을 계속 줄였지만 활동에는 밀도가 없었다. 나는 묻지 않을 수 없었다. 나는 지금 왜 '이곳'에서 '이것'을 하고 있는가?

나는 자퇴를 하기로 마음먹었다. '자퇴'의 가능성을 생각하는 순간에 나의 마음은 학교를 떠났다. 왜 자퇴를 해야만 하는가? 많은 사람들이 나에게 물었다. 앞서 말했던 것처럼 자퇴를 해야 하는 이유도 수백 가지, 남아야 할 이유도 수백 가지였다. 확실한 것은, 나는 지금까지와는 다른 삶, 다른 무언가를 원했다는 것이다. 그것이 무엇인지 정확하게는 몰랐지만 어쨌든 몸은 이미 학교 밖을 향하고 있었다. 기타에 대한 새로운 열정이 용기가 되었다. 나는 학교 밖에서 기타를 치려고 하는 것일까? 그럴 수도 있고, 아닐 수도 있었다. 어쨌거나, 지금 학교를 떠나지 않는다면 내 삶은 계속 똑같을 것이었다.

#2. 공부하는 백수

나는 싱어송라이터가 되지 않았다. 그후 나의 동선은 〈연구공간 수유

+너머〉로 이어졌고, 지금까지 인문학 공부를 하고 있다. 학교를 나와서 또 공부하느냐고? 나도 내가 이럴 줄은 몰랐다. 어렸을 때부터 책을 좋아하긴 했지만 그때 읽었던 책들은 전부 소설책이었고, 이렇게 어려운 책들을 읽은 후 글을 쓰고 싶다는 생각은 한 번도 해본 적이 없었다. 내가 지금처럼 글을 쓰게 되기까지는 또한 많은 우연과 인연들이 이어져야 했다.

첫번째 우연은 삶에도 공부에도 의욕을 느끼지 못하던 우울한 열다섯 살의 늦가을에 찾아왔다. 그때 마침 고미숙 선생님(곰숙쌤)의 『공부의 달인, 호모 쿵푸스』가 출간되었다. 우리 학교의 학부모이자 〈수유+너머〉의 오랜 회원이신 이희경 선생님은 학교 곳곳에서 『호모 쿵푸스』 번개세미나를 조직하셨다. 나도 그 포위망에 걸려 울며 겨자 먹기로 세미나에 참석했다. 책은 어려웠지만 세미나는 열정적이었고, 나는 그 속에서 내 무기력을 타파해 줄 무언가를 어렴풋이 느꼈다. 두번째 인연은 그로부터 2주 후에 찾아왔다. 〈수유+너머〉 연구원이신 고병권 선생님이 학교에 특별강의를 오셨다. 고병권 선생님은 니체 관련 책을 여러 권 쓰셨는데, 특히 듣는 이가 니체에 호감을 갖지 않을 수 없는 열정적인 강의로 유명하시다. 물론 그때는 이런 사실을 몰랐고, 아무 생각 없이 친구를 따라갔을 뿐이었다. 그런데 이럴 수가. 나는 강의 시간 내내 머리부터 발끝까지 홀딱 감동에 젖어 버렸다. "앎은 곧 자유다." 지금까지 내가 찾아 헤매던 '어렴풋함'이 강의를 들으면서 그 실체를 드러냈다. 나는 이것이 필요했다. 그때는 니체의 이름조차 몰랐다. 〈수유+너머〉에 가기만 하면 그런 공부를 할 수 있다고 무작정 믿었다. 세번째 인연. 집에 돌아가자마자 〈수유+너머〉 홈페이지에 들어갔다. 그런데 '청소년 케포이필리아 1기' 신청을 받는 공지가 있었다. 청소년들이 함께 책을 읽고 토론하는, 연구실에서 처음으로 시작하는 프로그램이었다.

그렇게 곰숙쌤과의, 그리고 공부와의 인연이 시작되었다. 열다섯에서 열여섯 살로 넘어가는 그 겨울, 나와 스무 명의 학우들은 〈수유+너머〉 추운 강의실에서 벌벌 떨면서, 곰숙쌤의 거침없는 채찍질을 맞아 가면서 두 달 동안 니체를 끙끙대며 읽었다. 아주 가끔씩 번개처럼 가슴에 꽂히는 구절들이 그간의 고생을 싹 잊게 해주었다. 나는 프로그램이 끝난 후에도 곰숙쌤과의 관계를 계속 이어 나갔다. 곰숙쌤은 내게 철학책을 읽고 한 달에 한 번씩 글을 써오라고 하셨다. '철학책'을 혼자서 공부할 마음은 안 났지만 그때는 이미 곰숙쌤께 푹 빠져 있었기 때문에 나는 그러기로 약속했다.

그리하여 곰숙쌤을 만나러 가기 위한 새로운 공부가 시작되었

곰숙쌤
<연구공간 수유+너머>의 모태인 수유 공부방을 맨 처음 시작하신 고미숙 선생님. 나에게 곰숙쌤은 '첫사랑'(?)이다. 위트, 지성, 독설, 배짱, 귀여움 등 그 존재 자체로 나를 공부의 길로 유혹하셨다! 선생님만 보면 가슴이 두근거리는 증상이……^^ 선생님은 앎과 삶, 머리와 몸의 일치를 몸소 보여 주고 계신다. 공부를 향한 선생님의 열정, 그리고 그 강렬함은 옆에 있기만 해도 배움이 된다. 선생님이 있기 때문에 지금의 내가 있다.

다. 그 철학책은 한마디로 '까만 게 글씨요 하얀 게 종이'였다. 그러나 나는 졸린 눈을 억지로 뜨고 이를 갈면서 다시 책을 읽었다. 이 책을 읽고 글을 써 가지 않으면 곰숙쌤을 만날 수 없었다! 나는 뭘 읽었는지도 모른 채 앞뒤 맥락이 이어지지 않는 너덜너덜한 글을 써 갔다. 어쨌든 그 과정 속에서 나는 죽이 되든 밥이 되든 내 생각을 풀어냈다. 어느 때보다도 온몸을 던져서 책을 읽었고(정말 무식하게 읽었지만), 그 강렬한 경험이 결국 학교를 나온 후에 〈수유+너머〉 연구실에 가게 했다고 나는 생각한다.

　나는 공부가 다른 삶을 살게 한다는 말을, 앎이 곧 자유라는 말을 믿는다. 이것은 거창한 것이 아니라, 내가 발 딛고 있는 소박한 삶에서 나온 믿음이다. 맨 처음 니체를 읽을 때, 나는 1년 넘게 지속되는 내 무기력증의 원인을 직시했다. 나는 오랫동안 친한 친구를 질투하고 있었으나 계속 인정하지 않은 채 내 상태를 여러 말들로 포장하고 있었다. 그러다 니체를 읽으면서 내 감정을 솔직하게 마주함으로써 나는 그동안의 내 감정을 훌훌 털어 버릴 수 있었다. 이 사소한 변화는 난생처음 내 힘으로 만든 '자유'였다. 또 곰숙쌤께 한 달에 한 번씩 글을 써내는 과정에서 나는 끊임없이 내 생활을 돌아봐야만 했다. 글을 쓸 때는 현재 내 상태를 직시하게 되고 평범한 일상에서 '의미'를 발견하게 된다. 그 와중에 새로운 생각이 번뜩 찾아오기도 했고, 잘못된 것들을 발견하기도 했다.

　나는 이곳에서 공부를 계속하려고 한다. 책에는 오랫동안 내려온 지혜가 담겨 있다. 생각을 놓치지 않게 하고, 사람에 대해 고민하게 하고, 똑같은 내 삶도 전혀 다르게 보이게 한다. 공부와 삶을 통과해 나온 내 글은, 여러 세대를 뛰어넘어 소통할 수 있는 창이 된다. 분명 내가 썼지만 또한 나와 상관없이 사람들 사이를 돌아다니면서 새로운 말을 만들어 낸다. 책을 읽고, 글을 쓰고, 밥을 먹고, 산책을 가고, 다시 책을 읽는 일상의 연속이다. 단순하지만 아름다운 중졸 백수의 일상이다.

#3. 백수와 친구들

학교를 자퇴할 때 많은 사람들이 나를 우려해 주었다. 혼자서 어떻게 공부할래, 구체적인 미래에 대한 계획은 있니, 친구가 없어서 외로울 거야, 니체 읽고 자퇴한 애 중에서 잘되는 애 못 봤다(!)······.

그 당시 친구들이 나에게 해준 많은 우려만큼이나 많은 사람들과, 지금 나는 함께하고 있다. 공부를 해보겠다는 마음을 낸 사람들이 함께 책 읽고, 글 쓰고, 밥 먹고, 청소하고, 산책을 간다. 연령대는 십 대에서 칠십대 사이이다. 만나기 전의 직업과 과거사도 천차만별이다. 그런데도 스스럼없이 친구가 되어서 함께 살고 공부하고 있다. 학교에서는 상상할 수 없는 일이고 연구실에서 일어나는 가장 신기한 일이기도 하다. 내가 공부하는 나를 믿을 수 있는 것은 바로 이 사람들이 있기 때문이다.

현재 나에게 앞으로의 계획은 없다. 내가 느닷없이 자퇴를 한 것처럼 다음 계획도 어느 날 갑자기 찾아올 것이다. 나는 '지금' 여기서 공부를 하겠다는 계획만 있다. 만일 나를 더 알고 싶거나 친구가 되고 싶다면, 〈수유+너머〉를 찾아오면 된다. 소개 끝!

1부

어리다고 놀리지 말아요

: 학교를 나온 십대가 사는 법

중졸 백수의 친구

학교를 그만두겠다는 결정을 내릴 때 혹 두렵지는 않았냐고, 마음 같아서는 학교를 당장 그만두고 싶지만 무서워서 자퇴는 못 하겠다고, 나에게 이렇게 말하는 사람들이 종종 있다. 실제로 자퇴를 하겠다고 했을 때 사람들이 내게 보였던 반응은 없는 겁도 생기게 할 것 같았다. 홈스쿨링의 기본적인 문제점 열 가지, 자기관리 실패 사례 스무 가지, 홈스쿨링이 대입에 불리한 이유 서른 가지, 그리고 또 그리고 ……. 그 수많은 불확실한 말들 가운데에서 내가 정말로 겁먹었던 말은 바로 '친구'였다. 사람들은 학교를 나가면 어떻게 친구들을 만날 거냐고 내게 물었지만 할 말이 없었다. 학교를 나가면 친구가 몽땅 없어질 것이라는 불안감은 끝까지 나를 괴롭혔다.

대한민국의 거의 모든 십대들은 하루의 대부분을 학교에서 보낸다. 학교야 당당하게 나올 수 있다. 그러나 동시에 또래 친구들을 만날 수 있는 유일한 공간이 사라진다는 사실에 대한 불안은 나도 어쩔 수가 없었다. 수많은 홈스쿨러들이 외로움에 시달린다고 들었다. 사람이 친구로만 사는 것은 아니지만, 또 친구 없이는 살 수가 없다. 학교에 가 있는 옛 친구들을 매일 불러낼 수는 없었다. 홈스쿨러들을 위한 프로그램에 나간다면 또래와 만날 기회가 아예 없지는 않을 테지만, 오직 또래를 만나기 위해 별 관심 없는 프로그램에 참여하는 것은 더 고역일 것이었다.

그런데 나를 이 고민에서 해방시켜 준 사건이 찾아왔다. 그 사건을 겪으면서 나는 '홈스쿨러'에서 '십대 백수'로 이름표를 갈아 끼웠다. 친구에 대한 고민을 풀어 준 것이 '백수'라니, 좀 생뚱맞긴 하다. 그러나 잘 생각해 보면 '백수'와 '친구'는 묘한 관계를 이루고 있다. 친구는 대개 같은 조직에서 같은 연령대, 같은 조건, 같은 신분으로 존재하는 사람을 의미한다. 그런데 백수는 딱히 정해진 기준이 없는 불특정 다수다. 백수끼리 친구가 된다는 것은 무엇을 뜻할까? 중졸 백수가 되어 이것을 직접 체험하고 나서야, 나는 이런 질문을 던지게 되었다. 왜 친구는 '또래'여야 하는지, 학교가 아닌 공간에서는 어떻게 관계를 맺을 수 있는지, 친구라는 것은 무엇인지.

내가 백수라는 호칭을 얻게 된 것은 '청년 백수를 위한 케포이필리아'(이하 '백수 케포이')에서였다. 이 프로그램은 10주 동안 홍명희의 『임꺽정』을 완독하면서 이 험악한 세상에서 살아남는 비법을 함께 탐구하는 것을 목표로 하고 있었다. 『임꺽정』에는 온갖 비주류, 특히나 '백수의 고수'들이 나오는데, 청석골에 사는 칠두령들이 그중

대표이다. 이 일곱 명의 괴수들은 세상의 시선과 탄압에 전혀 개의치 않고 백수 친구들끼리 멋대로 살아간다.

　백수 케포이에 온 사람들은 그날부터 전부 '백수'라는 호칭을 얻었다. 그렇다고 우리가 일반적인 백수의 이미지대로 파란 추리닝을 입고 컵라면을 먹으며 골방에서 뒹굴거리는 사람들은 아니었다. 다들 그전까지는 나름대로 직업이 있었고 미래에 대한 계획이 있었으며, 케포이필리아에서 백수 등록을 한 뒤에도 아르바이트를 뛰는 사람들도 있었다. 나이도 천차만별이었다. 가장 어린 십대인 나부터 시작해서 사십대 초반의 주부까지 있었다. 어쩌면 평생 만나지도 못했을 다양한 사람들이 '백수'라는 이름하에 모였던 것이다. 백수들은 매주 『임꺽정』을 한 권씩 읽었고, 케포이 시간 전에 미리 조별로 만나서 보조자료를 만들었다. 또 다른 날엔 『임꺽정』 연극 연습을 했다. 그리고, 놀라운 일이 일어났다. 우리는 '친구'가 되었다……! 나이와 신분의 차이는 관계를 맺고 함께 활동하는 데 전혀 걸림돌이 되지 않았다. 함께 세미나를 하고 발제를 준비하고 산책을 가면서, 나는 점점 내 나이를 잊게 되었다. 내 나이뿐만 아니라 다른 사람들의 나이도 잊었다. 중졸, 주부, 과외 선생, 우체부, 상담원, 영화감독이 스스럼없이 어울려서 책을 읽고 산책을 가고 연극을 했다.

　이것이 바로 '백수'라는 단어가 가지고 있는 힘이다. '백수'라는 단어에는 사회에서 작동하는 여러 가지 척도들, 가령 나이·직업·성별 등등 자유롭게 관계 맺는 것을 방해하는 이런 장벽을 깡그리 무화시키는 놀라운 기능이 있다. 스스로를 자발적으로 '백수'라고 칭할 때, 사람들은 지금까지 자신을 규정해 주던 사회적 위치, 직업, 속해 있는 공간을 다 내려놓는다. 과외 선생도 우체부도 배달원도, 십대도 이십대도 삼십대도, 다 백수였다. 그중에서 누구보다도 내가 가장 크게 해방감을 느꼈다. 그전까지 내가 관계 맺었던 어른은 '부모님', '선생님', '학부모님'이 전부였고, 그 관계 속에서 나는 늘 보호받아야 할 '어린아이'였다. 그러나 백수 케포이에서 나는 '아이'가 아니라 다른 사람들과 똑같은 '백수'였다. 거기에는 어른이 아니라 스물일곱 살, 서른세 살 '친구'가 있었다.

자퇴를 하기 전까지 나에게 친구는 곧 또래였다. 학교에서 만나는 아이들은 똑같은 삶의 기반에 서서 똑같은 조건을 갖추고 있었다. 부모님의 보호 아래 있었고, 학교에서 공부하고 또 시험을 봤고, 소비하는 문화나 놀러 다니는 방식도 똑같았다. 바로 그런 공통지점에서 친구가 되는 것이라고 생각했다. 나이가 달라지면 삶의 조건도 완전히 달라진다. 열아홉, 대입을 준비하는 수험생. 스물둘, 군대 가는 휴학생. 스물일곱, 간신히 취직한 정규직. 서른셋, 결혼해서 내 집 마련 시작. 이렇게 다른 사람들과 과연 '친구'가 될 수 있을까? 어제 본 하이틴드라마를 가지고 수다를 떨 수 있는 것도 아니고, 같은 음악을 듣는 세대도 아니고, 내 경박하고 철없는 말장난이 통하는 것도 아니고, 같이 쇼핑을 하러 갈 수도 없다. 우리는 그중 어떤 것도 함께 하지 않았다.

대신, 우리는 같이 공부를 했다. '백수'라는 이름 아래 다양한 사람들이 만날 수 있었던 것은 사실 공부의 힘이었다. 연구실에서 행해지는 공부는 학교처럼 나이별로 수준별로 나뉘지 않는다. 동일한 텍스트가 십대의 시선과 삼십대의 시선에 따라서, 중졸의 시선과 정규직의 시선에 따라서 전부 다르게 해석되었다. 우리는 그것을 전부 다른 시선으로 인정했고, 또 그것을 가지고 토론했다. 가령 『임꺽정』에는 무식하고 괴팍하지만 마음 하나는 순수한 '곽오주'라는 인물이 나온다. 그 한 명의 인물을 두고도 수많은 해석과 평가가 분분히 나뉘었다. 그런데 내가 하는 해석은 하늘에서 뚝 떨어지는 것이 아니다. 자신과 전혀 관계없어 보이는 텍스트나 해석의 밑바닥에는, 사실 삶에서 현재 부닥치고 있는 자신의 문제들이 깔려 있다. 내가 곽오주를 괴팍한 괴물이라고 해석한다면 분명히 나 자신에게 그 까닭이 있다. 우리는 텍스트를 가지고 토론을 했지만, 사실은 서로의 삶의 문제에 대해 함께 고민하고 개입하고 영향을 주고 있었다. 그렇게 우리는

케포이필리아

'케포이필리아'란 〈수유+너머〉 연구실의 고유명사이다. 고대 그리스 철학자 에피쿠로스의 '우정의 정원'에서 유래했다는 설이 있는데, 물어봐도 다들 그 정확한 기원을 알지 못한다. 간단하게 설명하면 빡세게 책 읽고 글 쓰고 토론하면서 서로 관계를 맺는 활동이다. '청소년 케포이필리아', '대학생 케포이필리아', '백수 케포이필리아' 등 다양한 영역으로 뻗어 있다. 나를 포함해서 연구실에는 케포이 출신들이 많다. 한동안 외부 사람들이 연구실에 들어오는 코스였다. 지금은 '강학원'이라는 이름으로 새롭게 활동하고 있다.

'친구'가 되었다. 함께 드라마를 보지는 않았지만 그보다 더 흥미진진한 것을 함께 했다.

텍스트는 다양한 나이와 신분을 한 번에 포용할 수 있을 만큼 깊고 넓다. 위대한 고전 앞에서는 십대나 칠십대나, 고수나 하수나 똑같이 겸허한 자세로 공부에 임한다. 공부로 관계를 맺는 것. 나는 지금까지 백수 케포이를 통해 설명했지만, 사실 이것은 〈연구공간 수유+너머〉라는 공간의 힘이다. 공부를 통해 만들어진 인연은 함께 밥을 먹게 하고 말을 섞게 한다.

하지만 백수 친구들과 자유롭게 공부하는 것, 공부로 관계를 맺는다는 것은 말처럼 쉽지만은 않다. 공부는 나이와 신분의 장벽을 뛰어넘게 하지만, 실제로 함께 공부하는 현장에서는 바로 그 장벽에 수도 없이 걸려 넘어진다. 백수 케포이의 인연은 그후로도 계속되어 나를 포함한 몇몇 백수들은 연구실에 남아서 계속 공부를 했다. 점점 공동체 생활에 익숙해지면서 부딪침이 보이기 시작했다. 나이, 학벌, 직업, 이 모든 것을 내려놓고 공부하며 함께 살아 보겠다고 이곳에 모였지만, 사람들 개개인마다 나이와 삶의 경험은 달랐다. 그 '다름'은 쉽게 마찰을 일으켰다. 서로가 바뀌고 변하지 않으면 함께 살 수가 없었다. 게다가 이곳은 시장에서처럼 돈으로 관계가 정리되거나, 학교처럼 '이러저러한 방법으로 관계를 맺어야 한다'는 식의 규칙이 박혀 있는 것도 아니니, 사건사고가 일어날 때마다 매번 관계는 흔들렸다.

나는 다른 사람들에 비해서 확실히 삶의 경험이 일천하고 아직 완전히 부모님의 영향력에서 벗어나지 못했다. 따라서 나는 함께하기 위해 먼저 밥과 청소를 배우면서 십대의 형편없는 생활력을 개선해야 했다. 부모님의 의지와 부딪히는 것을 감수해야 했고, 무엇을 공부하고 싶은지, 어떻게 공부해야 하는지 나 스스로 결정해야 했다. 그러나 이것은 내가 일방적으로 연구실의 요구에 맞춘 것이 아니다. 나와 함께 공부한 사람들도 나와 마찬가지로 고민했을 것이다. 어린 십대와 '동등한 관계'에서 함께 살고 공부하려면 어떻게 해야 하는 것인지 고민했을 것이다.

장벽을 뛰어넘어 자유롭게 공부하는 것, 그것은 '장벽을 뛰어넘는 방법을 공부하는 것'과 함께 간다. 공부로써 친구가 되었지만 또한 친구가 되어 가는 과정이 공부였다. 다른 나이, 다른 조건, 다른 삶, 다른 존재가 어떻게 친구가 되고 또 어떻게 함께할 수 있는가. 계속 가져가야 할 고민일 것이다. 나는 친구가 사라질까 봐 불안해했었지만, '친구'란 특정한 나이, 특정한 공간, 특정한 조건에 존재하는 사람들이 아니었다. 사람들은 다들 각자의 길을 걸어왔고, 그러다가 서로 만나게 되고, 또다시 헤어져 각자의 길을 걸어간다. 내가 가는 길 위에서 마주치고 스쳐 가는 수많은 사람들, 그리고 그중에서 함께 길을 가줄 수 있는 사람이 곧 친구다.

『임꺽정』을 보면 의형제 중 막냇동생과 임꺽정의 나이 차이는 무려 열여섯 살이지만, 그들은 평생을 서로를 위해 목숨을 건다. 이처럼 평생을 함께할 친구는 언제 어디서 누구로 만날지 모르는 일이다. 그는 어른-친구일 수도 있고 아이-친구일 수도 있다. 초등학교 교사일 수도 있고, 케이크 배달원일 수도 있고, 네팔인일 수도 있고, 훌륭한 선생님일 수도 있고, 백수일 수도 있다. 다만, 그는 나와 같은 방향의 길을 걷고 있을 것이고, 나이와 신분에 개의치 않는 사람일 것이고, 다른 길을 걸으면서도 서로를 소중히 여길 것이다. 내가 '중졸 백수'를 선포한 것은 나 자신에게 이 놀라운 사실을 선포한 것이다. 학생이 아닌 '중졸 백수'가 되어, 세상을 살아가는 어떤 사람과도 친구가 될 수 있었으면 좋겠다.

근거 없는 자신감

: 나와 세상을 믿는 것

삶은 선택의 연속이라고들 하는데, 그중에서도 '자퇴'는 나에게 크게 기억에 남을 만한 사건이었다. 선택이 힘들었기 때문이 아니다. 어느 때보다도 선택의 '당위성'을 찾아내려고 하는 나를 보았기 때문이다. 나는 자퇴를 결정하면서 친구들과 자주 대화를 나눴다. 일종의 신경전이었다. 나는 학교에 대한 비판을 했고, 친구들은 나의 '세상물정 모름', '의리 없음'을 비판했다. 각자의 선택이 더 합리적이고 정당하다는 것을 어필하려고 애썼다.

그러나 정말로 사람은 합리적이고 정당하기 때문에 선택을 할까? 돈이 500원밖에 없을 때, 붕어빵 포장마차 앞에서 고구마 붕어빵을 먹을까 슈크림 붕어빵을 먹을까 고심할 때도 선택을 해야 한다. 내가 슈크림 붕어빵을 고른 합리적 근거는…… '그냥' 먹고 싶었다는 말이 가장 솔직하다. 사실 정말로 '내가' 선택했는지도 확신할 수 없다. 대부분의 경우 원인과 까닭을 생각해 내기도 전에 몸이 먼저 선택한다. 슈크림 붕어빵을 고르는 까닭을 모르는 것처럼, 사실 나도 내가 자퇴하는 이유를 정확하게 몰랐다. 자퇴는 내가 그때까지 살아온 삶의 연장선상에서 자연스럽게 일어났다. 그러니까 그것은 3시간 동안 빡세게 운동을 하고 난 후에 자리를 옮겨서 밥 먹으러 가는 것처럼 자연스러운 코스였다.

하지만 그 당시에는 자퇴에 대해서 그렇게 말하지 않았다. 나와 친구들은 그럴듯한 말들을 포장해 가며 각자의 선택이야말로 합리적이고 옳은 것이라고 우겼다. 좀 과장하자면, 그것은 오직 한 가지 '진리'만이 있다는 식의 태도였다. "이것이야말로 진리다!" 그런데 이때 나를 승리자로 만들어 주는 것은 나 자신의 '확신'이라기보다는 상대의 '무지몽매'였다. 내가 학교를 자퇴하는 것이 진리라면 내 모든 친구들은 학교를 나와야 하는 걸까? 분명히 그것은 아니었다.

하나의 진리, 최고의 선택. 그러나 붕어빵의 종류에는 팥뿐만이 아니라 슈크림, 피자, 고구마 등 여러 종류가 있고 또 사람마다 붕어빵 취향은 다르다. 연구실에서 니체의 저작을 읽으면서 나는 이 세상에 진리나 원칙, 신앙이 단 하나만 존재할 수 없다는 것을 알게 되었다. 나와 친구들은 각자가 생각한 '진리'를 들이대면서 서로가 '틀렸다'고 말하고 싶어 했다. 그러나 니체라면 우리 모두에게 '틀렸다'가 아니라 '어리석다'고 말했을 것이다. 고구마 붕어빵도 고를 수 있고 슈크림 붕어빵도 고를 수 있는데 "이 세상에 붕어빵은 팥 붕어빵뿐이다, 슈크림 붕어빵은 붕어빵이 아니다!"라고 외치는 꼴이기 때문이다. 니체는 오히려 이렇게 묻는다. 왜 너는 꼭 진리를 끌어와야 너를 설명할 수 있는가? 당당하게 네 몸이 이것을 원하기 때문에 한다고 말하지 못하는가? 네 안에서 "무엇이 도대체 '진리를 향해' 의욕하고 있는 것일까?"(프리드리히 니체, 『선악의 저편·도덕의 계보』, 김정현 옮김, 책세상, 2002, 15쪽)

하지만 다음의 것은 많이 허용되어야 한다 : 관점적 평가와 가상성에 바탕을 두지 않는 한, 삶이란 것은 전혀 존립할 수가 없을 것이다. 만일 우리가 많은 철학자들이 가지고 있는 도덕적인 감격과 우매함으로 '가상의 세계'를 완전히 없애 버리려고 한다면, 이제 그대들이 이것을 할 수 있을 것이라고 가정해 보면, ──그러면 최소한 이때 그대들이 말하는 '진리'라는 것 역시 더 이상 남는 것이 아

프리드리히 니체(1844~1900)와 그의 책

니체는 내가 연구실에 처음 오자마자 만난 철학자다. 니체 평전을 읽었는데, 그때 내가 느낀 니체는 한마디로 '성격파탄자'였다. 걸핏하면 삐치고, 자아도취적이며, 시스터 콤플렉스에, 머리는 비상하나 몸은 골골댄다. 니체의 문제도 그의 이런 모습을 닮았다. 도대체 정리를 할 수가 없다. (ㅠㅠ) 그러나 니체의 글은 나도 보지 못하는 내 속에 숨겨진 모습들을 아주 날카롭게 집어낸다. 이론가처럼 멀찍이 떨어져서 분석하는 것이 아니라, 자신의 감정을 풍부하게(!) 담아서 사정없이 망치를 휘두른다. 그래서 니체의 책을 읽고 있으면 욕을 먹는 기분이다. 하지만 그 욕은 터무니없지 않다. 왜냐하면 니체가 비판을 할 때는 자기 자신까지 포함하기 때문이다. 그리고 그 '욕'이 내 일부를 깨부수고 동시에 그것을 새롭게 만들게끔 하기 때문이다(니체에 대한 더 자세한 감상은 1부의 마지막 글 「덧달기 _ 소녀의 독서일기 1: 밑바닥에 서 있는 망치의 철학자」 참고!).

무엇도 없을 것이다! …… 화가의 언어로 말하자면 다양한 색의 가치가 있는 것으로는 충분하지 않은가? 우리와 어떤 관계가 있는 이 세계가 왜 허구여서는 안 되는가?(『선악의 저편』, 65쪽)

'가상'이나 '허구'는 부정적으로 느껴진다. 그것은 합리적 선택, 좋은 선택과는 거리가 있어 보인다. 그러나 니체는 "그 판단이 생명을 촉진시키고 유지하며, 종(種)을 보존하고, 심지어 종을 육성한"다면, 그것이 유일한 진리로서가 아니라 '가치'로서 판단된다면 오히려 가상은 삶을 살게 하는 원동력이라고 말한다. 진짜로 좋은 선택은 '당위성'이 아니라 내 삶에서 '유효성'을 가지는 것으로부터 나온다. 나는 학교를 떠났고, 친구들은 학교에 남았다. 그것은 가타부타 할 것이 아니라 그 결정이 나에게는 유효했지만 다른 이들에게는 유효하지 않았기 때문이다. 그게 전부다. 나는 하나의 진리는 모두에게 적용되지 않는다는 사실, "삶의 조건으로 비진리를 용인"해야 한다(같은 책, 19쪽).

그렇다면 나와 친구들이 굳이 합리적인 근거를 만들어 가며 '옳은' 것, '진리'를 택한 사람처럼 되고 싶었던 까닭은 무엇인가? 있어 보이고 싶었기 때문이다. 더 정확하게는 나 자신에 대한 믿음이 없었기 때문이다. 두려움, 그것이 진리를 의욕했던 내 심리의 정체. 나는 나의 선택이 '유일하게 옳은 것'이 아님을 인정하고, 미래에 대해 아무것도 확신하지 않고, 학교에 대해 아무런 비난도 하지 않고, 오직

나 하나만 믿고 훌쩍 학교를 떠날 수 없었다. 내 선택을 가치 있게 만드는 것은 타자가 아니라 나 하나뿐이라는 사실을 인정하는 순간, 이 선택의 결과를 책임지는 것은 나 혼자였다.

그러나 선택하는 '나', 그 실체는 존재하지 않는다. 살면서 정말로 내가 선택한 적이 있었던가? 나는 부모님을 선택하지 않았고, 내 외모를 선택하지 않았고, 내 사주팔자를 선택하지 않았고, 내 성격을 선택하지 않았다. 나는 한 번도 내 조건들을 선택한 적이 없다. 자퇴도 마찬가지다. 김해완이 학교를 나가 중졸 백수가 되기까지의 과정에도 나의 선택보다는 내 의지와 무관한 세상의 많은 힘들이 작용했다. 〈수유+너머〉 연구실이 있었고 곰숙쌤도 있었다. 부모님은 자퇴를 반대하지 않았다. 학교는 점점 바빠졌다. 영화 「원스」를 보고 기타를 배웠다. 마침내, 어떤 시절이 찾아왔다. 그리고 내 몸은 갑작스럽게 머릿속에 떠오른 '자퇴'를 실행했다. 이처럼, 어떤 사건도 전적으로 '내가' 선택해서 실행했다고 말할 수는 없다. 내가 처해 있는 관계 속에서 과거부터 형성되어 온 여러 가지 힘들이, 어떤 시절을 타고 나를 통해서 표출되었다는 것이 더 맞는 표현이다. 또 앞으로 얼마나 많은 사건들이 내 의지와 무관하게 나를 찾아올 것인가.

그러니 책임질 것을 두려워할 하등의 필요가 없다. 나는 한 치 앞도 볼 수 없는 세상의 일부이며, 내가 선택하는 사소한 것 하나에도 깨알같이 수많은 과거들이 집중되어 있으므로. 삶에 대한 두려움은 단 하나의 '진리'를 좇게 만들고 또 그것이 잘 사는 길이라고 착각하게 한다. 그러나 사람은 비유하자면 그릇과 같다. 밥상 위에는 뚝배기, 소주잔, 맥주잔, 밥그릇, 찌개냄비 등등 다양한 종류의 그릇이 있는 것처럼 사람 또한 담을 수 있는 내용과 기능이 천차만별이다. 그리고 그것들이 하나의 밥상 위에서 함께할 때 제구실을 한다. 내가 밥그릇으로 이 밥상 위에 태어난 것에 어떤 '근거'를 부여할 수 없다. 밥그릇에 밥을 담는 당연한 이치를 '진리'라는 거창한 이름으로 규정할 필요도 없고, 소주잔에 밥을 담으라고 뭐라고 할 필요도 없다. 결국 잘 산다는 것은, 내가 이런 그릇으로 태어났다는 사실을 인정하는 것이고, 그래도 뭔가를 해보겠다고 뜻을 세우는 것이다. 완벽한 결과에 대한 기대를 덜고 나면, 책임에 대한 두려움도 사라진다.

니체가 초인인가 뭔가를 떠받들고 나오는 것도 전적으로 이 옹색함을 면할 길이 없어서 별수 없이 그런 철학을 변형한 게 아니겠는가? 얼핏 보면 그게 니체의 이상처럼 보이지만, 그건 이상이 아닌 불평이야. 개성이 발전한 19세기에는 기가 죽어서 옆사람 허락 없이는 마음대로 돌아누울 수도 없으니까 약이 올라서 그런 난폭한 글을 끄적거린 거겠지. 그걸 읽으면 후련하다기보다는 차라리 가엾단 생각이 들어. 그 목소리는 용맹정진의 소리가 아니라 원한통분의 소리지. 그것도 그럴 거야. 옛날엔 훌륭한 사람이 한 사람 있으면, 천하가 모두 그 깃발 아래 모였으니 유쾌했지. 이런 유쾌한 일이 현실로 나타나면 굳이 니체처럼 펜과 종이로 그런 걸 써낼 필

요가 없지.(나쓰메 소세키, 『나는 고양이로소이다』, 김상수 옮김, 신세계 북스, 2007, 560쪽)

나쓰메 소세키의 소설 『나는 고양이로소이다』의 주인공, 구샤미 선생이 날린 명대사다. 과거, 강한 자의 깃발 아래 천하가 모이던 유쾌한 시대가 있었다. 힘이 약하면 약한 대로, 강하면 강한 대로, 그들은 천하를 풍미하고자 했다. 더러는 성공했고 또 더러는 죽기도 했을 것이다. 그러나 거기에 어떤 원망이나 두려움은 없었다. 그들 모두 자신의 뜻을 좇았기 때문이다. 누군가의 부하로 들어갔다고 해서 그가 2등짜리 인간이었던 것은 아니며, 뜻을 세우고 목숨을 걸었다고 해서 '진리'를 따랐던 것은 아니다. 그들은 천지의 기운과 운명을 따라, 각자 생긴 대로, 그러나 하늘에 의존하지 않고 자신의 뜻을 세워 그것을 따랐다.

나에게는 근거 없는 자신감, 소위 말하는 '근자감'이 필요하다. 근거가 없다는 것은 '나'라는 존재의 뿌리를 부정하는 것을 뜻하지 않는다. 오히려 나를 이루고 있는 수만 가지의 과거, 관계, 힘들을 긍정하는 것이다. 그리고 세상이 나에게 말을 거는 것을 느끼고, 응답하고, 내가 하고 싶은 것에 뜻을 세우는 것이다. 굳이 행동의 근거를 대라고 한다면 나를 이렇게 태어나게 한 세상과, 이렇게 하고 싶어 하는 내 몸이라고 말하겠다. 생각할 것은 정당한 근거가 아니라 몸의 건강이고 믿음이며, 이 세상에서 내가 하려고 하는 '무엇인가'이다.

백수 손녀와 청소부 할머니, 그리고 대학

내가 자퇴한 것에 대해서 거의 유일하게 화를 냈던 사람은 우리 할머니셨다. 시골생활을 청산하고 서울 아들네 집으로 올라오시던 날, 할머니는 초등학교에 갓 입학한 손녀딸이 책을 좋아하는 것을 보시고 그때부터 이 아이는 분명히 S대에 갈 거라고 굳게 믿으셨다. 그런데 멀쩡하던 아이가 10년 뒤에 이렇게 뒤통수를 칠 줄이야! 대학만이 세상을 살아가는 유일한 길은 아니라고 말해 봤자, 할머니의 눈에는 이 모든 것이 세상물정 모르는 어린애의 행동으로만 보일 뿐이다. 할머니는 손녀딸에게 화가 나신 게 아니라 필경 안타깝고 속상하신 것일 것이다. 할머니 평생의 삶이 당신에게 말하는 것, 그것은 돈과 당당함이기 때문이다.

할머니는 서울에서 혼자 사신다. 그런데 집은 없다. 직업은 청소부이신데, 할머니는 현재 청소하는 건물 주인이 빌려준 1평도 안 되는 쪽방에서 주무시고 생활하고 계신다.

원래 할머니는 농부셨다. 전라북도 정읍시 옹동면 매정리에서 할아버지와 함께 일평생 논밭을 일구며 다섯 명의 자식들을 키우셨다. 손자 손녀들 재롱을 구경하실 즈음에 할아버지가 급작스럽게 돌아가셨고, 할머니는 딱 1년만 나와 동생을 돌봐 달라는 아빠의 꼬임에 넘어가 그때부터 계속 우리 가족과 함께 살게 되었다. 지금 생각하면 할머니가 얼마나 불편하셨을까 싶다. 서울에 올라오면서부터 할머니는 더 이상 농부가 아니셨다. 할머니의 할 일은 아들 집에서 어린 손자 손녀들을 돌보는 것뿐이었다.

손녀 손자를 돌보는 것이 전부였던 무료한 2년, 할머니는 곧 '청소부'라는 새 직업을 얻으셨다. 우연한 기회에 약국 청소를 맡게 되었고, 그 뒤로 할머니는 무언가 깨달으셨는지 하루 종일 발품을 팔아 일거리를 다섯 개나 얻으셨다. 갑자기 새벽 4시에 나가서 저녁 6시에 들어오는 빡센 생활이 시작된 것이다. 물론 가족들은 어이없어했다. 생의 늘그막에 자식 집에까지 와서 일을 하다니, 남들이 들으면 어떻게 생각하겠는가? 그러나 할머니는 그와 관련된 모든 말들을 무시하고 열심히 일하셨다. 자식에게 몸을 의탁했을 때부터 구겨졌던 할머니의 자존심이 마침내 펴졌다. 할머니가 인생에서 가장 중요하게 생각하는 것은 '독립'이었다. 누구에게도 의지하지 않고, 누구에게도 자존심 굽히지 않고, 내 삶을 내 의지로 살아가는 것. 할머니로서는 자식에게 정기적으로 용돈을 타서 쓰는 것은 상상할 수 없는 일이었다. 할머니는 시골에서는 농사를 지으면서, 서울에서는 청소를 하시면서까지 한 번도 그것을 포기하지 않으셨다.

그러니 6년 뒤 우리 가족이 용인으로 이사를 가게 되었을 때, 할머니가 다용도실에서 춥게 자는 한이 있더라도 홀로 '일터'에 남겠다고 고집하신 것도 당신 입장에서는 당연한 일이다. 이런 대단한 분이 나의 할머니다. 고개를 꼿꼿이 들고 세상을 살아오셨으며, 한번 마음먹은 일은 모든 가족들이 와서 울고 빌고 해도 결코 고집을 꺾지 않으신다.

자퇴하고 처음으로 맞는 어버이날, 홀로 할머니를 찾아가면서 앞으로 펼쳐질 싸움을 상상하다가 머리가 아파 왔다. 나는 결코 이 대단한 분과 싸우고 싶지 않았다. 그러나 저녁을 먹을 때 할머니는 분명 내 자퇴 이야기를 꺼내실 것이다. 이번에는 또 어떻게 능구렁이처럼 잘 넘어간담. 그런데 정작 찾아가 보니, 할머니는 싸울 기력도 하나 없는 모습으로 앉아 계셨다. 어제저녁에 체증이 와서 하루 종일 아무것도 먹지 못하셨다는 것이다. 할머니는 말할 기운도 없으니까 기다렸다가 이거나 가져가라고 서둘러 물김치를 담그셨다.

나는 구석에 앉아서 더 움푹 팬 할머니의 얼굴을 바라보았다. 할머니는 몇 년 새 많이 늙어 계셨다. 얼굴은 거무튀튀해졌고 눈은 힘이 하나도 없었고 몸은 물기가 쪽쪽 빠져서 뼈와 가죽만 남았다. 젊은 사람도 견디기 힘든 강도로 몇 년간 쉬지 않고 일을 하셨으니. 이렇게 체하는 것도 요새는 한두 번이 아니라고 한다. 누군가가 싸움을 걸면 한마디도 지지 않고 덤비던 그 기세와 성질은 물을 너무 많이 섞은 물감처럼 흐릿해져 있었다.

　물김치를 다 담그고, 할머니는 창문을 열고 담배를 피웠다. 그리고 비록 평소보다 훨씬 기운 없는 목소리지만, 작년부터 나만 보면 지치지 않고 거듭하는 주제를 꺼내셨다.

　할머니 "요새 공부는 열심히 허냐?"

　나 "하루도 거르지 않고, 열심히, 많이 하죠."(결코 거짓말이 아니다!)

　할머니 "예전에는 내 손녀딸이 공부도 잘하고 똑똑하다고 자랑하고 다녔는데 너 학교 그만두고 난 뒤로 그냥 말이 쏙 들어가 버렸다."

　나 "하하하……!"

　할머니 "자퇴하고 검정고시 쳐서 1년 빨리 대학 가겠다고 허지 않았냐?"

　나 "……"

　할머니 "봐라. 세상일이 맘대로 되냐? 지금도 늦지 않았으니 어서 맘 잡고 공부해서 서울대 가라. 다시 내가 니 자랑 좀 하게."

　1년 빨리 대학에 들어갈 수도 있다는 말은 자퇴할 당시에 할머니를 설득하느라 갖다 붙인 말 중의 하나였는데, 할머니는 오직 그 말만 기억하고 계셨다. 하지만 현재 나의 향후 몇 년간의 계획에는 대학이 전혀 포함되지 않은 상태다. 할머니의 공격을 방어할 만한 건덕지가 하나도 없다.

대학에 가지 않기로 결정했을 때 거기에 어떤 구체적인 이유나 대단한 생각이 있었던 것은 아니다. K대 경영학과를 다니던 김예슬 씨가 '나는 대학을 그만둔다, 아니 거부한다'라는 제목으로 대자보를 쓰고 자퇴를 한 사건이 있었다. 그녀가 쓴 대자보에는 큰 배움[大學]이 사라진 대학의 현 실정과 죄상이 낱낱이 적혀 있었다. 하지만 나는 '대학의 부조리'와 같은 고발에 대해서는 별로 할 이야기가 없다. 듣기야 많이 들었으나 내가 직접 경험한 것은 하나도 없기 때문이다. 대학의 교수, 대학에서 일어나는 배움, 요즘 대학생들이 어떤지에 대해서 나는 대학에 가 본 적이 없으므로 아무 말도 할 수가 없다.

단지 그곳에 마음이 없을 뿐이고, 관심이 없을 뿐이다. 대학에 대해서 아무것도 모르기 때문에 오히려 죽자 살자 공부할 필요가 없다. 나에게 이유가 있다면 '관심 없는 것은 하지 않는다', '당장 나에게 이익이 되는 것을 한다'는 아주 단순한 명제들뿐이다. 정작 내가 풀어야 하는 숙제는, 잘 알지도 못하는 '대학'이 아니라 일상에서 걸려 넘어지는 문제들이다. 즐거운 것도 왜 매일 하면 즐겁지 않을까? 자퇴를 해도 왜 내 생활을 스스로 조절하지 못할까? 사람에게 예를 갖춘다는 것은 어떤 것일까? 왜 책을 많이 읽어도 삶이 변하지 않을까? 머리를 쓰는 것과 몸을 쓰는 것은 뭐가 다른가?

대학을 졸업하지 않으면 나중에 굶어 죽을 거라는 걱정도, 사실 내게는 피부로 다가오지 않는다. 연구실에서 많은 이십대 언니 오빠들을 보았다. 대학생이건 대학생이 아니건, 그들은 전부 다 먹고살 걱정을 한다. 그러면서도 또 어떻게든 살길을 찾아 살아가고 있다. 오히려 내가 대학에 간다면 어마어마한 등록금이 현재 우리 가족의 재정을 파탄 낼 것이다! 현재 저렴한 국립대학도 한 학기 등록금으로 200만 원은 필요하다. 땅 파서 세 명의 자식을 대학교까지 보낸 우리 할머니의 이야기는 21세기판 신화가 되었다. 대신, 의대에 합격한 소녀 가장이 등록금이 없어서 학교에 가지 못하고 아르바이트를 뛰는 이야기나, 학자금 대출을 갚기 위해 일을 해야 한다는 함께 알바하는 언니의 하소연은 자주 듣는다.

언젠가 대학에 가고 싶다는 생각이 들면 바로 그때 입시공부를 시작하려고 한다. 필요 없으면 안 가면 그만이고, 필요하다면 언제라도 가면 된다. 사실 돈은 둘째 문제다. 대학을 가야겠다는 마음이 절실하다면 돈이야 어떻게든 구할 수 있을 것이다. 그러나 반드시 스무 살에 대학에 들어가야 한다는 법은 없다. 스무 살에 대학 골인선을 그어 놓고 1년마다 카운트다운을 할 필요가 있을까? 나는 '벌써' 열아홉 살이 된 게 아니라 '아직' 열아홉 살밖에 안 된 것이다.

물론 할머니께는 대학에 대한 내 이런 생각을 한 번도 말씀드린 적이 없다. 그 비슷한 대화를 시도할 때마다 번번이 실패했기 때문이다. 서로가 닿을 수 없는 곳에서 말을 던지고 있었다. 그래서 나는 "열심히 공부하고 있으니까 잘될 거예요."처럼 마음에도 없는 말만 했다. 그런데 그날따라 할머니의 기력 없는 모습이 내 마음을 아프게 했다. 평소처럼 내게 화를 내신다면 차라리 더 마음이 편했을 텐데, 그렇게 기운 없이 앉아 계시니까 나도 같이 기운이 빠져 버렸다. 그래서 도리어 엉뚱하게 내가 화를 내 버렸다. 왜 나한테만 그러냐고, 할머니야말로 왜 자식들을 다섯 명이나 멀쩡하게 키워 놓고 이렇게 늘그막에 고생하시냐고, 이젠 그만 좀 하시라고. 진짜 내 마음은 그게 아니었는데 말이다.

나는 할머니가 일하시는 것이 좋다. 돈에 대한 강한 집착, 몸 생각 않고 일을 많이 하시는 것, 주위 사람들 말은 전혀 듣지 않는 쇠고집……. 다 알고 있지만, 그럼에도 나는 할머니가 일하시는 것이 좋다. 할머니는 내가 지금까지 만난 사람 중에서 가장 당당하고 떳떳한 분이기 때문이다. 할머니는 내가 어렸을 때부터 종종 말씀하시곤 했다. 거짓말하지 않는 것, 스스로 돈을 벌어서 쓰고 싶은 데 쓰는 것. 이 두 가지만 실천하면 이 세상을 사는 데 누구보다 떳떳할 수 있다고 말이다. 그래서 할머니는 당신이 멀쩡한 자식들을 다섯이나 키워 놓았어도 지금 이렇게 청소하는 것이 전혀 부끄럽지 않으며, 고용주가 옳지 못한 일을 했을 때는 언제든지 대들 수 있다고 하셨다. 가방 끈 긴 사람도 할머니에게 잘못 걸리면 뼈도 못 추린다. 할머니는 정말로, 정말로 당당하다.

할머니의 입장에서는 세상물정도 모르고 머리만 커 버린 손녀딸이 답답할 것이다. 이 세상은 결코 만만하지 않다. 누구에게도 허리를 굽히지 않을 것. 누구 앞에서도 할 말은 할 것. 세상의 풍파 속에서 이 자존심을 지키기 위해서 할머니는 가는 팔다리로 가뜩이나 척박한 삶을 더 힘겹게 사셔야 했다. 아무리 열심히 일해도 농사나 청소를 통해서 벌 수 있는 돈은 늘 적었다. 촌구석 농부의 자존심, 빌딩 청소부의 자존심을 굽히지 않는 것은 짐작건대 서러운 일이었을 것이다. 그러니 할머니가 당신의 손녀만큼은 좋은 대학에 가서 돈 많이 벌고 또 남들이 다 우러러보는 직업을 가지고 당당하게 살기를 바라는 것도 당연한 것이다.

　나도 세상 앞에서 떳떳하게 살고 싶다. 어린 시절 할머니가 당신의 말씀을 몸으로 실천하는 것을 보았고, 나도 커서 그렇게 살고 싶다고 생각했다. 그런데 그 '당당함'은 반드시 학력과 직업을 필요로 하는 것일까? 할머니는 국민학교를 겨우 졸업하셨고 남들이 밟는 가장 아래 공간인 바닥을 청소하면서도 당당하게 살고 계신다. 할머니의 삶이 얼마나 고되고 힘들었는지 모르는 바가 아니다. 그러나 '당당한 삶'과 '편안한 삶'은 다르다. 좋은 대학에 가서 좋은 직장을 가지는 것이 왜 당당하게 사는 것일까? 남들이 우러러보기 때문이라면, 그것은 당당함이 아니다. 당당하게 산다는 것은 타인의 시선으로 결정되는 것이 아니라 누구보다도 내가 나 자신에게 떳떳해야 하기 때문이다. 물론 남에게 의존하지 않고 자신의 생계를 충분히 책임질 수 있다는 점에서는 당당할 수 있다. 그러나 이 삶은 할머니가 생각하시는 것처럼 그렇게 편안한 삶이 아니다. 거기에는 괴로움과 고통이 밑받침하고 있다. 할머니가 생계를 꾸리기 위해 평생 고되게 사셨던 만큼이나, 좋은 대학과 좋은 직장에 들어가기 위해 모두들 악을 쓰고

피 터지게 고생하고 있다.

나는 현재 내 자신에게 떳떳해지려고 한다. 나는 편안하게 살기 위해서 학교를 나오고 또 대학에 가지 않는 것이 아니다. 학교를 나오고 백수가 되었어도 매일 바쁘게 책을 읽고 공부하고 글을 쓰고 있다. 그리고 언젠가는 내가 하는 공부를 통해 당당하게, 나를 책임지고 싶다. 그것이 쉽지 않다는 것은 알고 있다. 그 고통도 내가 감당해야 할 몫이다.

나는 집에서 가출해 청소를 하는 할머니가 전혀 부끄럽지 않은데, 할머니는 자퇴한 손녀딸이 부끄러운 모양이다. 나도 잘 살 수 있다고, 그렇게 말하고 싶었는데 결국 끝까지 아무 말 못 하고 김치만 들고 와 버렸다.

속으론 당당하게, 겉으론 침묵만. 텁텁한 어버이날이다.

시간표 찢기
: 내 시간으로 살기

"요즘 시간관리가 더 안되는 것 같아서 미치겠어."

　학교를 다닐 때 이 말을 많이 했다. 나와 친구들은 시험을 며칠 앞두고 불안함을 견딜 수 없을 때면 습관처럼 이 말을 내뱉었다. 시간관리만 잘되면 시험을 잘 볼 수 있기라도 한 것처럼 말이다.

　'시간관리', 이것은 선생님들이 상담을 할 때 늘 반복하는 레퍼토리이기도 했다. "네 문제는 일단 시간관리가 안된다는 거야."——시간관리를 하지 못하는 사람은 자기 생활의 주인이 될 수 없다는 선생님의 지혜로운 말씀. 그때마다 우리는 자신의 시간조차 제대로 관리하지 못하는 스스로의 무능력에 고개를 숙였다. 중학교를 졸업하는 날, 우리는 외쳤다. 우리 이제 수능까지 1,000일도 안 남았어? 이런, 지금까지 아무것도 안 해봤는데! 허송세월했군. 내가 자퇴할 때도 친구들은 똑같이 충고했다.——"까딱했다간 3년을 그냥 허송세월로 보낼 수도 있는데, 학교 없이 스스로 시간관리할 자신 있어?"

과거 친구들의 걱정은 얼마나 소용없는 것이었던가! 나는 스스로를 시간관리의 고수라고 자부했다. 다음은 내가 자퇴한 직후 한 달 동안 벌어진 나의 일상이다.

아침에 일어나자마자 내게 주어진 16시간을 계획한다. 시간표를 그리는 방법에는 여러 가지가 있는데, 나는 보통 원을 사용했다. 보다 철저한 시간관리를 위하여 최선을 다해서 세세하고 촘촘하게 그려야 한다. 그러나 아무리 계획을 잘 세워도 언제나 하루하루는 그날의 계획과 어긋난다. 그럴수록 나는 더욱 애가 타서 눈에 불을 켜고, 꼭 구두쇠가 동전 한 닢 아끼듯 시간을 아끼고 긁어모으지만, 그 '아낀' 시간들은 내가 모르는 어딘가로 날아가 버린다. 그러나 여기서 포기하면 나는 하수가 되어 버린다! 하수는 결국 에라 모르겠다, 포기하고 뒤따라오는 적(나태함)에게 자신을 내어 주지만, 고수는 이 유혹에 빠지지 않고 더욱 맹렬히 적을 퇴치한다. 하루 계획을 어그러뜨리고 공부할 시간을 빼앗아 가는 '적'이라면, 설령 그것이 엄마가 나에게 시키는 설거지와 방 청소라고 해도 응해서는 안 된다. 기타를 치고 음악을 듣는 취미활동까지도 시간 분배를 하는 게 좋을 것이다…….

나는 시간관리의 고수였다. 하루는 늘 짧았고 나는 늘 시간에 쫓겼지만, 어쨌든 아침에 세운 계획을 대부분 실행할 정도는 되었다. 과거형으로 말하는 까닭은, 그러니까 자퇴하고 딱 한 달 동안만 고수였기 때문이다.

회색신사의 시간계산법

'시간관리'라는 것이 뭘까? 일단 해야 할 일들을 전부 리스트에 적은 후, 하루 동안의 잉여시간을 적절히 분할해서 리스트의 항목과 일대일 대응을 시킨다. 잉여시간은 보통 원, 네모칸 등을 통해 형상화되는데 그 형상들이 나의 신체를 완벽하게 지배하면 할수록 나의 시간은 확실하게 통제된다. 의미 없이 흘러가는 시간들을 최대한 긁어모아 의미 있는 일들로 전환시키는 것, 그것이 시간관리의 '고수'가 되는 길이다.

이것은 『모모』에 나오는 회색신사들이 하는 계산과 같다.

"친애하는 푸지 씨, 당신은 인생을 철컥거리는 가위질 소리와 쓸데없는 잡담과 비누 거품으로 허비하고 있어요. 당신이 죽고 나면, 당신이라는 사람은 이 세상에서 아예 없었던 거나 마찬가지일 겁니다. 하지만 바라시는 대로, 제대로 된 인생을 사는 데 필요한 시

모모와 회색신사

『모모』를 처음 읽은 것은 초등학교 4학년 때였다. 책을 읽으면서 나는 내가 엄청난 선물을 받았다는 것을 알게 되었다. 회색신사 vs 모모! 그때는 모모의 신비롭고 환상적인 분위기를 좋아했다. 시간이 흐르고 『모모』를 다시 읽었을 때는 회색신사가 눈에 들어왔다. 1초라도 더 긁어모으기 위해 죽을힘을 다해 달리는 그들, 사람들 앞에서는 거들먹거리지만 훔친 시간이 떨어지면 곧바로 산산이 흩어지는 위태로운 존재. 거기서 내 모습을 보았다. 이제는 나도 모모가 들었던 나직하고 웅장한 별들의 노래를 듣고 싶다.

간이 충분하다면 아주 다른 사람이 되실 수 있을 겁니다. 그러니까 당신에게 필요한 건 시간이에요. …… 자, 보세요, 하지만 어디서 시간을 얻을 수 있죠? 우리는 시간을 아껴야 합니다! 푸지 씨, 당신은 정말 무책임하게 시간을 낭비하고 계십니다. 간단한 계산을 통해서 그 사실을 증명해 드리죠. …… 자, 이제 당신에게 얼마가 남아 있는지 볼까요, 푸지 씨."

잠	441,504,000초
일	441,504,000초
식사	110,376,000초
어머니	55,188,000초
앵무새	13,797,000초
장보기 등	55,188,000초
친구, 노래 등	165,564,000초
비밀	27,594,000초
창가	13,797,000초
합계	1,324,512,000초

"…… 살아온 지난 42년의 세월에서 얼마나 남았는지 한번 계산해 볼까요. 아시다시피 1년은 3,153만 6,000초입니다. 여기에 42를 곱하면 13억 2,451만 2,000초가 되는군요."

$$1,324,512,000초$$
$$- 1,324,512,000초$$
$$0,000,000,000초$$

그는 연필을 주머니에 넣고 죽 나열된 0이라는 숫자가 푸지 씨에게 영향을 미칠 때까지 한참 기다렸다.(미하엘 엔데, 『모모』, 한미희 옮김, 비룡소, 1999, 81~87쪽)

회색신사는 '시간 저축 은행'에서 나왔다. 회색신사의 주장은 다음과 같다. '푸지 씨의 인생이 현재 이렇게 형편없는 이유는 시간을 금처럼 소중히 여기지 않고 마구잡이로 낭비했기 때문이다, 이 계산이 정확하게 증명해 주고 있다, 푸지 씨는 현재 단 1초의 시간도 가지고 있지 않다, 푸지 씨가 20년 전부터 하루에 1시간이라도 저축했더라면 지금 이런 인생을 살고 있지는 않았을 것이다……' 물론, 누가 봐도 말도 안 되는 계산법이다. 그러나 익숙한 계산법이다. 시간표를 짤 때 나는 회색신사가 했던 것처럼 시간을 돈처럼 계산한다. 더하고 빼고, 아끼고, 절약하고, 분배하고. 그래서 계획에 어긋나는 1분 1초가 돈을 잃어버린 것처럼 아까운 것이고, 미래를 위해 은행에 저축하는 것처럼 빈틈없이 알뜰하게 시간을 쓰려고 하는 것이다. 심지어 시간은 모두에게 똑같이 24시간이다. 부(富), 재산의 분배보다 더 공평하다.

그런데 정말로 나의 1분과 너의 1분이 같을까? 회색신사의 계산이 유효하려면 먼저 모든 시간은 '같다'는 전제가 필요하다. 500원이 어디를 가나 500원인 것처럼, 1+1은 언제나 2인 것처럼 시간을 균질화해야 한다. 그러나 우리는 살면서 회색신사의 계산을 무효화하는 경험을 수도 없이 했다. 아무 생각 없이 친구들과 잡담을 할 때는 시간이 순식간에 빨리 지나가지만, 내 몸이 괴로울 때는 1분이 1시간처럼 느껴진다. 단순히 우리의 부정확하고 객관적이지 못한 '느낌' 탓일까? 회색신사의 말대로 누구에게나 하루는 24시간이다. 그러나 똑같은 30년을 살아도 사람에 따라서 누구는 예순 살 같고, 누구는 열살 같은 까닭은 삶의 밀도가 다르기 때문이다. 부처가 보리수나무 아래에서 깨달음을 얻기 위해 명상을 했던 그 7일과 하루하루 허덕거리며 학교를 가던 나의 7일은 결코 같을 수 없을 것이다. 같은 강물에 발을 두 번 담글 수 없듯이 이 세상은 한시도 같은 상태에 머무르지 않는다. 새벽 4시~5시의 1시간과 오후 2시~3시의 1시간은 같은 1시간이지만 그 기운이 다르다. 신묘(辛卯)년인 2011년과 임진(壬辰)년인 2012년은 같은 365일이지만 또한 다를 것이다.

　　회색신사는 푸지 씨에게 철컥거리는 가위질과 잡담으로 인생을 낭비하고 있다고 말했다. 때마침 인생의 허무함에 사로잡혀 있던 푸지 씨는, 회색신사의 정확한 계산에 깊은 인상을 받았다. 계산이 정확한 만큼 인생의 의미도 확실하게 보증되는 것처럼 보였기 때문이다. 이것은 우리 모두의 모습이 아닌가? 우리는 살면서 아무것도 남기지 못할 것 같은 두려움을 가슴에 품고 있다. 내가 학교를 나온 것도, 시간관리에 매달렸던 것도, 전부 삶의 1초도 낭비하지 않고 의미 있게 보내고 싶었기 때문이었다.

　　좋다. 문제는 바로 그 '의미'의 의미이다. 인생을 의미 있게 보내라는 회색신사의 충고에 따라 그후로 푸지 씨는 '시간을 낭비하지 않는 이발사'가 되었다. 나는 맥도날드에서 아르바이트를 하고 있는데, 맥도날드의 노동시스템은 그야말로 회색신사의 표상이다. 맥도날드는 단 1초도 허투루 쓰지 않는다. 그 말인즉, 단 1초도 알바생들을 쉬지 못하게 한다는 것이다. 손님은 끊임없이 밀려오고 알바생은 늘 부족하니 1분 1초에 목숨 걸고 몸을 던지는 수밖에 없다. 심지어 중간에 주어지는 30분 휴식시간은 시급에서 빠진다. 그곳에서는 노동을 해서 이윤을 창출할 때만 시간이 '의미'를 가지기 때문이다. 마찬가지로, 학생에게는 연습문제를 하나라도 더 풀어서 시험 점수를 1점이라도 더 올렸을 때 비로소 그 시간은 '의미'를 가진다. 잠은 최소한의 휴식시간이고, 시험기간에 도서관에 앉아 있지 않는 학생들은 의미 있는 삶을 포기한 '실패자'이거나 1초에 10만원 이상을 버는 빌게이츠처럼 '능력자'이다. 시간표에서 시간을 계산하기 위해서는 시간을 한 가지 의미로 환산하지 않으면 안 된다. 그래서 노동자는 시간을 돈으로 환산하고, 학생은 시험 점수로 환산하고, 학생이 아닌 사람은 또 다른 무언가로 시간을 환산한다. 그리고 시간표는 가장 적은 시간 안에 가장 많은 결과를 얻는 효율적인 시스템을 갖춘다. 최소시간으로 최대생산품을 찍어 내려는 공장, 최소시간으로 최장거리를 달리려는 기차처럼.

다르게 살아 보고 싶다는 푸지 씨의 마음, 그것은 곧 내 마음이다. 그러나 이것을 묻지 않으면 안 된다. 내가 학교를 그만두면서 찾으려고 했던 시간의 '의미'는 무엇이었나? 회색신사의 시간계산법은 무의식적으로 내 신체에 찰싹 달라붙어 있다. 무엇을 생산하는지, 어디로 달리고 있는지 정확하게 알지도 못하면서 관성처럼 계속하나. 왜냐하면 지금까지 그렇게밖에는 살아 보지 못했기 때문이다. 학교를 나온 후, 공부하는 내용은 바뀌었지만 그 방식은 학교에서 했던 그대로였다. 대학에 가려는 생각이나 학교에 남은 친구들과 경쟁하겠다는 생각은 전혀 없었는데 이상하게 마음은 계속 조급했다. 연구실로 생활을 옮긴 후에도 마찬가지였다. 정신없이 책을 읽고 글을 쓰고 세미나와 강의를 들었다.

실제 삶은 시간표처럼 매끄럽게 흘러가지 않는다. 내가 따로 있고, 나의 외부에 나를 둘러싼 세상이 따로 있는 것이 아니기 때문이다. 시끌벅적하고 산란한 세상의 일부로서 나는 살아간다. 그래서 언제나 계획표에는 없는 것들이 '우연히' 내 삶에 개입한다. 만약 한 가지 척도로만 시간의 의미를 환산하고, 계획에 어긋나는 우발적인 사건들을 전부 제거하고 싶다면 나는 아무도 없는 무균질 공간에서 살아야 할 것이다. 그러니 시간을 긁어모아도 시간이 사라지는 것은 당연하다. 시간이 아름답게 펼쳐져야 할 무대가 너무나 비좁고 퀴퀴하기 때문이다. 시간은 시간표나 임금이나 시험 점수에서가 아니라, 이 혼란스러운 세상의 밑바닥에서부터, 소박한 내 일상에서부터 그 의미를 만들기 때문이다.

시간표 찢기

선생님이 상담 때 해주신 말씀은 옳다. 시간을 관리할 수 있는 사람은 자기 삶의 주인이 된다. 시간은 내 삶, 곧 나 자신이기 때문이다. 먹는 것이 내 뼈와 살의 일부가 되는 것처럼 내가 살아 낸 시간은 '나'를 구성한다. 그러니까 돈으로 환산된 시간을 살겠다면 그 사람의 인생은 돈 이상이 아니다. 시간을 점수로 환산하는 순간 내 삶은 점수 이상이 아니다. 가끔씩 그 무미건조한 시간이 쌓이고 쌓여서 언젠간 근사한 미래로 환원될 것이라는 상상도 한다. 하지만 현재와 단절된 미래는 가능성이 아니라 망상이다. 나에게는 현재 말고 또 다른 시간은 없으므로.

의미 있는 시간. 그러나 돈으로, 점수로, 숫자로 환원되지 않는 시간. 이것은 세상에서 마주치는 수많은 것들이 복합적으로 끼어들면서 만들어진다. 한번은 감당할 수 없는 사고를 치고 혼자 여행을 떠난 적이 있었다. 목적지도 없었고 오직 계속 걷기만 했다. 그런데 그 길 위에서 우연히도 많은 사람들을 만나게 되었다. 정동진에서 포장마차를 하시는 할머니, 일주일에 세 번 대관령으로 등산을 다니시는 할아버지, 혼자서 도보여행 중이었던 열여섯 살의 소년, 치킨을 시켜 주신 찜질방 아주머니. 그런데 그들과 나누는 평범한 대화들이 모두 나를 꾸짖는 말이 되어 가슴에 박혔다. 철학책을 읽을 때만큼이나 큰 울림으로 다가왔다. 심지어 아무도 만나지 않을 때도 그랬다. 머리가 새하얘질 때까지 아무 생각 없이 해안도로를 걷다 보면, 문득 생각이 나를 찾아왔다. 모두 그동안 내가 보지 못했던 '나'의 모습이었다. 여행을 했던 시간은 단 5일뿐이었지만, '5일'이라는 단위로는 내가 그 시간 동안 마주친 수많은 인연들을 담지 못한다. 그것들은 시간 속에 겹겹이 주름 접혀 있고, 무엇으로도 환원되지 않는 독특한 시간이 되었다. 진짜로 '의미'가 있는 시간 말이다.

절집에는 어디를 둘러봐도 스승과 제자이거나 도반들뿐이어서 그밖에 인연은 없다. 저 산에 서 있는 바위도 흘러가는 구름도 모두 함께 성불해야 할 도반들이니 말이다. 그러니 공부밖에 할 일이 없다.(지관 스님, 「나는 왜 공부를 하는가?」, 『한국일보』 2005년 7월 11일자)

시간에 의미를 부여하기 위해서는 질문이 있어야 한다. 언제 어디서라도 질문을 붙들고 있으면 세상 속에서 스쳐 지나가는 사소한 인연도 그냥 흘려보내지 않을 수 있다. 스님은 지금 그 말씀을 하고 계신다. 저 산에 서 있는 바위도, 흘러가는 구름도, 세상 어떤 것도 함께 공부하는 인연이라고. 이 스님에게는 공부와 삶이 중첩된다. 자신의 화두를 발바닥 밑에 붙이면 내 몸이 만나는 것들과 삶과 부딪히는 모든 것들이 다 '공부'가 되고 '의미'를 갖게 된다. 일상에서 '한 호흡'도 화두를 놓치지 않기 위해 애쓰는 것, '한순간'에조차도 의미를 만드는 것, 회색신사와 다르게 단 1초도 놓치지 않고 사는 삶이다.

시간표의 네모칸은 시간을 담기에는 너무 비좁다. 시간표를 찢으면, 숫자로 표현할 수 없는 시간을 느낄 수 있다. 과거에는 다양한 시간단위가 있었다. 1초의 120분의 1이라는 '찰나'(刹那), 머릿속에서 한 생각이 피어났다 스러지는 아주 짧은 시간 '일념'(一念), 100년에 한 번씩 내려오는 선녀가 옷자락으로 쓱쓱 닦아 사방이 10킬로미터나 되는 돌 하나가 사라지기까지의 시간 '겁'(劫). 아마 스님이 깨달음에 이르는 그 찰나의 순간은 그 깊이가 겁의 시간과 같을 것이다. 찰나가 겁이 되고 겁이 찰나가 되는 시간, 숫자로는 도저히 이 시간을 측정할 수가 없다. 이 앞에서는 속도도 계산도 무의미해진다.

의미 있는 시간은 시간표가 보증해 주는 것이 아니다. 아무리 근사한 길이 닦여 있어도 내 발로 직접 한 걸음 걸었을 때 그것이 내 길이다. 세상의 시간이 성공을 향해 빠르게 질주하더라도, 그 속에서 온몸으로 한 숨 살아 내는 것만이 내 시간이고 내 삶이다.

콧물이 나를 의사로 만든다

기억 속의 어린 나는 언제나 코가 막혀 있었다. 콧물과 약봉지와 함께한 기나긴 어린 시절에서 내가 얻은 결론은 하나였다. 죽어도 병원은 해결책이 아니라는 것. 마음을 독하게 먹고 6년 동안 이비인후과에 다녔는데 아무것도 변한 것이 없었다.

침이 삼켜지지 않을 만큼 편도선까지 부은 어느 날, 의사는 이렇게 말했다. "그냥 수술을 합시다." 왜 이렇게 오랫동안 병원에 다녔는데도 코가 낫지 않느냐고 묻자 의사는 이렇게 대답했다. "코는 원래 한번 망가지면 잘 낫지 않습니다." 그렇다면 지난 6년간 내가 들인 시간과 돈과 믿음은 무엇이었는가? 그후로 우연히 『나는 현대의학을 믿지 않는다』라는 책을 읽은 후, 불신은 확신으로 변했다. 책의 저자는 세계적으로 유명한 소아과 의사였다. 그 사람이 소개해 준 병원이란 곳은, 온갖 비리가 횡행하고, 환자를 물건 취급하며, 치료라고는 수술과 약물밖에 모르는 그런 공간이었다. 매주 보는 의사조차도 내 코가 나을 수 있다고 믿고 있지 않았다. 이제 내 코는 구제불능인 걸까? 불량품을 정상제품으로 개량하는 것을 '치료'라고 한다면, 부속품을 교체할 수 없을 만큼 망가졌다고 판단할 때 할 수 있는 유일한 방법은 제품을 버리는 것뿐이다.

마음에 상처를 입고, 나는 한의원으로 진료를 옮겼다. 다시 독하게 마음먹고 침과 한약을 매일 끼고 산 지 2년, 내 코는 간신히 제구실을 할 수 있게 되었다.

그러나 4년 후, 나는 전보다 심각해진 코와 함께 고등학교를 중퇴했다. 학교를 나온 뒤에는 가끔씩 우스갯소리로 돈 들여 공들여 쌓아 놓은 건강을 4년 만에 다 말아먹었다고 하지만, 실제로 학교 다닐 당시에는 건강상태가 너무 심각해서 웃을 수도 없었다. 한계 이상으로 밀려오는 과제와 평가, 내 자신의 욕심은 결과적으로 잠시간을 줄이는 결과를 낳았다. 학교에서 11시에 돌아오면 곧바로 쓰러져 잠을 잤고 새벽 4시에 일어나 수학숙제에 매달렸다. 생활이 고달팠고, 가끔씩 선생님들에게 하소연을 하기도 했다. 그러나 우리 모두 스스로에게 내린 처방은 하나였다. '자기주도적'. 고등학교 생활은 원래 힘드니까 체력관리가 필수라고. 우리는 방법도 모른 채 스스로를 치료해야 한다고 말했다. 그리고 결국 우리가 '자기주도적'으로 스스로에게 내린 처방은 비슷했다. 방치.

학교만큼 다양한 환자들이 집단으로 모여 있는 곳도 없다. 학교에서는 학생이나 선생님이나 환자가 아닌 사람을 찾아보기 힘들다. 아이들은 등과 어깨를 잔뜩 움츠린 채 책상에 파묻혀 공부를 한다. 등이 'C자'가 될수록 사람은 점점 더 우울해진다고 하니, 죄다 우울증 환자들인 셈이다. 학기가 지나갈수록 수면부족에 선생님들의 눈 밑은 퀭해진다. 수면부족인 사람은 전부 잠재적 히스테리 환자들이다. 그뿐인가. 비염, 알레르기, 두통, 생리통, 몸살, 기침, 눈병, 독감……. 정말 병 목록만 늘어놓고 보면 종합병원이다.

나는 건강해진 코와 함께 중학교에 입학했고 전보다 심각해진 코와 함께 고등학교를 중퇴했다. 그러나 나는 자퇴서를 내는 그 순간까지 내 코에 대해 아무 생각이 없었다. 백수 생활에 접어든 지 1주 만에 나는 비로소 지난 4년간 간절하게 나를 부르던 코의 외침을 들었다. 한밤중, 완전히 꽉 막힌 코 때문에 숨이 안 쉬어져서 컥컥대다가 벌떡 깨어났던 것이다.

의역학, 새로운 시선

학교를 그만두고 찾아간 연구실은 몸에 대한 공부를 활발하게 하고 있었다. 그곳에서는 '의역학'이라는 낯선 담론이 일상용어처럼 거론되고 있었다. 연구실에 나가기 시작한 지 얼마 되지 않았을 때, 어떤 선생님이 다짜고짜 나에게 생년월일과 태어난 시간을 물었다. 몇 분뒤 선생님은 내 이름과 여덟 한자(漢字)가 적힌 종이를 들고 오시더니 웃으면서 말씀하셨다. "넌 일간이 을목(乙木)이구나. 무슨 말인지 알고 싶으면 어서 의역학을 공부하도록 해."

의역학이란 무엇인가? 의학(醫學)과 역학(易學)이 결합된, 몇천 년째 내려오는 동양의 학문이다. 여기서 말하는 의학은 서양에서 유래한 임상의학이 아니라 기(氣)를 기본 개념으로 삼는 동양의 전통의학이다. 역학은 이 세상과 우주가 변하는 원리를 탐구하는 동양의 과학, 엄청난 통계학이다. 역학의 '역'(易)이란 글자는 '바뀌다'라는 뜻이다. 수천 년간 선조들은 천지가 변화하는 운동을 관찰하고, 또한 인간을 관찰하면서 방대한 자료를 축적했다. 그들은 천지가 매번 변화하면서도 반복하고 있음을 알아냈고, 천지의 기운에 따라서 인간세가 변한다는 것도 알아냈다. 마침내 어떤 공식들이 도출되었다. 이 공식들은 영어의 알파벳처럼 천간지지(天干地支)를 기본 기호로『주역』(周易)에 기록되었다.

흔히들 "사주팔자 보러 간다"고 할 때의 '사주팔자'가 이 역학을 이해하는 기본 개념이다. 사주팔자(四柱八字)란 한 사람의 생년월일시를 네 개의 기둥과 여덟 개의 글자로 표현한 것이다. 옛날에는 제대로 배운 한의사라면 환자를 진찰할 때 환자의 사주를 확인하는 것이 필수였다고 한다. 왜 이런 미신을 '학문', '과학'이라고 말하느냐? 이것은 근거 없는 미신이 아니다. 갓난아기가 막 태어나서 폐가 찢어지는 아픔을 견디고 첫 숨을 들이쉬는 순간, 그 순간의 천지기운이 바코드처럼 신체에 새겨진다. 사주팔자란 바로 그 천지기운을 여덟 개의 글자로 표시한 것이다. 이것이 바로 의학과 역학이 결합하는 까

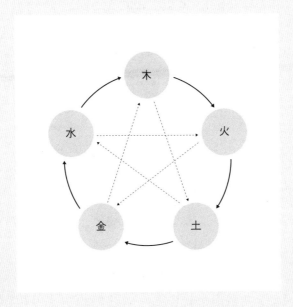

우주가 걷는 방법

"목(木)은 끊임없이 뚫고 나가고 싶어 하는 것이고, 화(火)는 끊임없이 흩어지고 싶어 하는
것이며, 금(金)은 끊임없이 모으고 싶어 하는 것이고, 수(水)는 끊임없이 단단해지고 싶어
하는 것입니다. 이러한 木 火 金 水를 부드럽게 달래 주며 중재하는 것이 있는데, 그것이
바로 토(土)입니다."(어윤형·전창선, 『오행은 뭘까?』 와이겔리, 2009, 43쪽)

이 그림은 오행이 어떻게 상생상극을 하는지 표현한 것이다. 바깥쪽 실선 화살표가 생(生)
하는 관계이고 안쪽의 점선 화살표가 극(剋)하는 관계이다. 가령, '목생화' 즉, 목은 화를 생
한다. 나무가 타면서 불을 만들어 내는 것을 상상하면 쉽게 이해할 수 있다. '금극목', 금은
목을 극한다. 도끼가 나무를 쳐내는 것을 상상하면 된다. 이렇게 오행은 서로를 상생상극
을 하면서 연결되어 있다.

닭이다. 인간은 자신이 살고 있는 환경, 세상과 분리될 수 없다. 세상이 있고 인간이 따로 존재하는 것이 아니라, 태어나는 순간부터 죽는 순간까지 천지기운과 함께한다. 생(生)과 사(死)가 이 우주의 원리이듯이 인간이 살면서 병을 얻고 낫는 것 또한 우주의 운동을 따른다. 따라서 의사는 의사인 동시에 세상을 통찰하는 과학자, 철학자여야 했다.

세상의 만물은 서로 연결되어 하나의 우주를 이룬다. 세상을 이루는 기본원소인 오행 ── 목(木)·화(火)·토(土)·금(金)·수(水) ── 역시 서로 상생상극(相生相剋)을 하면서 순환을 한다. 마찬가지로 인체라는 하나의 소우주, 시스템 속에서 모든 장기는 서로 연결되어 있다. 화(火)의 심장, 수(水)의 신장, 목(木)의 간, 금(金)의 폐, 토(土)의 비장. 예를 들면, 폐열(감기) 현상이 생기면 대개 변비 증세가 같이 동반되는데 그 이유는 폐와 대장이 금(金)기운으로 서로 긴밀하게 연결되어 있기 때문이다. 그러니 지금 당장 아픈 곳을 직접적으로 치료한다고 해서 몸이 낫는 것이 아니다. 한 군데 병을 낫게 하기 위해서는 몸 전체의 변화가 필요하다.

오랫동안 의역학을 공부하신 분이 내 코에 대한 구구절절한 사연을 들으시더니 한마디 하셨다. "너, 밥은 잘 먹고 다니냐?" 웬 밥? 그러나 이 간단한 질문에는 의역학의 지혜가 담겨 있었다. 기(氣)는 기본적으로 그 사람이 섭취하는 음식에서 만들어진다. 그래서 병이 있는 사람치고 소화가 잘되거나 위가 좋은 사람이 드물다. 보통은 편식을 하거나, 끼니를 자주 거르거나, 과식을 하거나, 위장병이 있다. 이렇게 평소의 식습관이 병의 원인으로 발전한다. 몸속 장기들이 서로 연결되어 있는 것뿐만 아니라 일상과 신체도 밀접하게 연결되어 있다는 것, 이것이 의역학의 놀라운 점이다. 병을 근본적으로 치료하려면 몸 전체를 바꿔야 하고, 몸 전체를 바꾸려면 인생 전체를 바꿔야 한다는 논리! 선생님은 식습관뿐만 아니라 내 생활습관도 문제 삼으셨다. 쓸데없는 생각하지 말기, 걸어 다니기, 방 청소하기(!)…….

선생님의 질문은 정확했다. 실제로 내 식습관은 형편없었다. 그런데 식습관을 고친다고 정말로 내 코가 나을까? 코를 낫게 하고 싶다면 코뿐만 아니라 네 몸 전체를, 네 인생 전체를 바꿔야 한다는 의역학의 입장이 동의가 되면서도 한편으로는 의심이 갔다. 나는 내 코가 망가진 이유가 현대의학의 무능력과 학교 시스템 때문이라고 생각했다. 현대의학이 무능력한 것은 내 지난 6년의 세월이 증명한다. 학교 시스템은 학생의 몸에는 신경 쓰지 않고 무턱대고 많은 활동만을 요구한다.

그러나 억압 장치로서의 학교, 그런 것은 없다. 학교를 다니는 것도 나이고 학교에서 망가진 것도 내 몸이기 때문이다. 학교가 따로 있고 내가 따로 있는 게 아니라 '학교를 다니는 나'가 있을 뿐이다. 학교를 나오고 연구실에 다니기 시작한 후, 내 코는 여전히 불량품이었다. 왜냐하면 나는 학교를 다닐 때와 똑같이 몸을 혹사시키며 공부했기 때문이다. 나뿐만이 아니었다. 연구실에도 많은 사람들이 병에 시달리고 있었다. 특별히 병원을 다니는 사람은 없었지만, C모양으로 굽은 등, 운동부족, 창백한 얼굴빛, 얇은 팔다리는 건강해 보이지 않았다. 하루 종일 앉아서 공부를 하면 햇볕을 쬐지 못할 때도 있다. 사람들은 몸이 아파서 공부를 못 하거나 공부를 하느라 몸이 아팠다.

나 역시 마찬가지였다. 뭔가 변화가 필요했다. 그 변화는 학교도 연구실도 아닌 나에게서부터 일어나야 했다.

콧물이 나를 의사로 만든다

의역학에서는 내 몸의 최고의 의사는 바로 '나'라고 말한다. 병을 치료하기 위해서는, 병을 유발한 내 삶의 총체적인 문제를 찾아내야 하는데, 어떤 의사도 나만큼 내 몸과 내 삶을 구석구석 알 수는 없기 때문이다.

구제불능인 내 코를 구제하려면 어떻게 해야 할까. 가장 근본적

주역과 동의보감

나 스스로 몸에 대해 공부한 적은 없지만 이상하게 주변 사람들이 많이들 의역학을 공부해서 이것저것 주워듣곤 한다. 나는 사람들의 조언을 전적으로 신뢰한다. 이 신뢰는 6년간 나의 이비인후과 체험을 바탕으로 형성되었다. 의역학에는 이비인후과에서는 결코 찾을 수 없는 장점이 있다. 무엇이 장점이냐고?

① 돈이 많이 안 든다. 병원에 내 몸을 맡기는 순간부터 지갑에 구멍이 난 것처럼 마구 돈이 샌다. ② 기계를 쓰지 않는다. 내 콧속으로 쳐들어오는 병원 기계의 그 차가운 감촉은 건강한 몸도 아프게 만들 것 같다. ③ 나를 귀찮게 한다. 병원에서는 치료받고 약만 먹으면 되지만 의역학에서의 처방을 따르려면 반드시 내 힘으로 나를 바꿔야 한다. 아예 몸을 바꿔서 병원을 찾아오지 않는 '근치'가 목적이기 때문이다.

인 해결책은 이것이다. 밥 세 끼 먹기, 잠 충분히 자기, 운동하기, 스트레스 받지 않기. 이것은 굳이 의역학을 끌어오지 않아도 알 수 있는 건강상식이다. 이 간단한 것을 못 하기 때문에 병이 난다. 어쩌면 삶은 이렇게 간단한 것이다. 세상이 돌아가는 이치, 천지만물이 돌아가는 이치란 결국 잘 먹고 잘 싸고 잘 자는 것이 아닐까. 말은 쉬운데 실천하려면 이것만큼 어려운 것이 없다. 세상은 사람을 단순하게 살지 못하게 하기 때문이다. 그렇기 때문에 "밥은 잘 먹고 다니냐"고 물었던 선생님의 질문은 내 몸의 문제를 푸는 데 핵심이었다. 잘 먹고 잘 자는 사람은 삶에 치이지 않는다. 천지는 계속 변하고, 상황도 계속 변하고, 자신마저도 계속 변하는 와중에도 잘 먹고 잘 살기 위해서는 내 삶과 몸을 조용히 지켜볼 수 있어야 한다.

코가 막힐 때는 생각하고 싶지 않아도 생각하게 된다. 지금 내가 어디서, 무엇을, 어떻게 하고 있는지. 남의 병은 고쳐 주지 못할망정 서툴더라도 스스로에게는 의사가 되어야 하겠다. 침을 맞고 약을 먹는 것은 회복을 돕는 보조적인 힘일 뿐이다. 과연 몸을 혹사시킬 만큼 가치 있는 일을 하고 있는지, 무엇이 스스로에게 소홀하게 만들었는지, 나를 소중하게 여기고 있는지, 끈질기게 질문을 던져야 한다. 내 코가 나를 그렇게 만들고 있다. 내 신체를 압박하는 바쁜 일상이 질문을 던지게 한다. 그렇다, 이제 내 코는 더 이상 구제불능이 아니다. 툭 하면 콧물과 코피를 쏟는 내 코, 험난한 일상, 별 볼 일 없는 체력 덕분에 나는 삶을 통찰하는 의사가 되어야 한다. 내 코에게 고맙다.

우리들의 시시한 멜로영화

나는 17년 동안 책으로만 연애를 했다. 나의 학창시절은 스캔들 하나 없이 아주 평온했다. 친구들은 내 옆에서 하나하나 짝을 지었고, 유행가 가사처럼 만나고 헤어지는 인생사를 펼쳤다. 나는 그들의 연애사보다 백배는 더 훌륭한 연애소설을 읽었다. 연애 한 번 해보지 않은 주제에 눈은 점점 높아졌다. 하지만, 이 참을 수 없는 솔로의 비애.

이런 나에게도 봄날은 찾아왔다. 학교를 나온 지 반년, 나는 연구실에서 나보다 열 살 많은 사람과 난생처음 연애를 시작했다. 내 주변에 있는 모든 사람들이 이 범상치 않은 나이 차이에 놀랐다. 그러나 그렇다고 별로 특별할 것은 없었다. 굳이 찾는다면, 일반적인 생각과 다르게 아저씨가 애교를 부리고 소녀가 무뚝뚝하다는 점이었다. 실제로 돌입한 연애현장에서는 지금까지 읽어 온 연애소설이 아무 소용없었다. 어떻게 해야 할지 몰라서 당황한 나는 목석처럼 가만히 있었다. 아마 그 사람도 많이 당황했을 것이다. 아무리 열 살이나 어리다지만, 연애의 A부터 Z까지 다 가르쳐야 했으니까. 그래도 연애는 계속되었다. 연애소설처럼 지독한 사랑은 아니었지만, 그렇다고 장난처럼 가벼운 사랑도 아니었다. 건전한 연애? 고민거리를 나눌 수 있었고, 과시형 이벤트보다는 대화와 산책을 좋아했다.

그렇게 시간이 흘렀다. 사귄 지 1년이 되었을 때, 영화로 만들 만한 사건이 일어났다. 내가 다른 사람을 사랑하게 된 것이다. 이것이 바로 우리들의 시시한 멜로영화다. 일련의 좋지 못한 과정을 겪고, 결국 우리는 관계를 정리했다.

이런 사건은 싸구려 멜로영화와 연애소설에서도 흔하게 쓰이는 소재다. 그렇다고 우리의 연애를 싸구려로 만들 수는 없다. 먼저 마음이 변한 나는 입이 열 개라도 할 말이 없지만(오죽하면 사람 마음이 변하는 것은 신의 장난이라고 했겠는가), 최소한 이 사건이 무슨 '의미'인지 바라볼 수는 있을 것이다.

연애를 하면서 우리는 끊임없이 싸웠고, 그 싸움 패턴은 늘 같았다. '왜 너는 나에게 무심하냐.' '미안하다, 앞으로는 더 마음을 내겠다.' 똑같이 '사랑한다'고 말해도, 그가 나를 사랑하는 정도와 내가 그를 사랑하는 정도는 늘 달랐다. 그는 열정적으로 사랑을 하고 싶어했다. 한마디로 '올인'하려고 했다. 하지만 나에겐 그의 말들이 달콤한 사랑의 속삭임보다는 부담으로 먼저 다가왔다. 왜냐하면 나는 내가 그와 똑같은 강도의 사랑으로 답할 수 없다는 것을 알았기 때문이다. 나는 도저히 연애에 올인할 수가 없었고, 연애를 내 모든 생활을 빨아들이는 블랙홀로 만들고 싶지도 않았다. '내 일상'부터 똑바로 서야 연애도 할 수 있다는 것이 내 지론이었다. 책읽기, 글쓰기, 밥 먹기, 친구 만나기……. 그러면 그는 연애는 나머지 자투리 시간에 하는 거냐고 응수했다. 이러한 둘의 차이는 끊임없이 불화를 낳았다. 사랑한다고 말할 때는 내가 사랑하는 만큼 상대도 나를 사랑해 주길 바라는 기대가 당연히 함께 간다. 그러나 이 기대는 대부분 충족되지 못한다. 사랑은 '나 혼자'가 아니라 '나와 너'가 하는 것이니까.

어떻게 해야 연애를 계속할 수 있을까? 둘 중 하나는 바뀌어야 했다. 사실 내가 무정하다는 그의 비난은 일리가 있었다. 평소에도 나는 가까운 사람들에게 '네 무심한 태도 때문에 상처받았다'는 말을 많이 들었다. 그것은 나의 치명적인 무능력처럼 보였다. 이번에는 그런 패턴을 반복하고 싶지 않았기에 나는 그의 요구를 충족시키기 위해 노력했다. 공부하는 와중에 틈을 내어 더 많이 만나려고 했고 더 많이 감정표현을 하려고 했다. 그러나 싸움은 끝나지 않았다!

싸움은 반복될 수밖에 없었다. 나는 계속 변하고 있는데 언제까지 똑같은 소리만 할 거냐고 화를 냈지만, 그의 입장에서 볼 때 나는 전혀 변하지 않았다. 나에게는 우선순위가 명확했다. 공부가 먼저였고 연애는 그다음이었다. 나는 우선순위가 바뀌지 않는 범위 내에서 최대한 연애를 열심히 해보려고 했던 것이다. 하지만 그도 우선순위가 명확했다. 연애가 먼저였고 공부는 그다음이었다. 그가 정말로 원했던 것은 데이트 시간을 좀 더 늘리는 것이 아니라 나의 우선순위가 그처럼 바뀌는 것이었다. 그러니 나의 변화가 그의 눈에는 병아리 눈물만큼 작아 보였을 것이다. 시간은 흘렀고 관계는 계속 깊어졌지만, 우리 둘의 입장은 처음과 똑같았다.

"사랑은 움직이는 거야!" 사람들과 책들은 말했다. 영원한 사랑은 없다고, 세상 자체가 끊임없이 생성소멸하는 것처럼 관계와 감정도 마찬가지라고. 그러나 연인들의 입장에서 이 당연한 진리는 어떻게든 극복해야만 하는 장벽이 된다. 어떻게 해야 이 무상한 변화의 흐름 속에서도 사랑을 지속할 수 있을까? 상대의 변화, 나의 변화, 세상의 변화와 함께 사랑도 계속 변하는 것이다.

우리는 연애하는 와중에 계속 변했다. 함께 있기 위해서 변해야 했고 그러면서 서로를 더 이해하게 되었다. 하지만 정말로 변해야 했던 것은 더 근본적인 것이었다. 변하지 않는 순위. 서로의 순위를 바꾸지 않는 한 우리는 끝없이 싸울 수밖에 없었다. 늘 똑같은 것을 요구했고, 똑같은 이유로 상처를 받았고, 상대가 미안한 감정을 느끼게끔 빈정거렸다. 이 순위는 이론이나 정당성에 의해 결정되는 것이 아니다. 그것은 곧 내 마음의 상태다. 어쩌면 나는 생각보다 그를 좋아하지 않았고, 그는 생각보다 공부가 중요하지 않았을지도 모르겠다. 공부와 연애를 병행하기 위해서 나는 두 배의 힘과 시간이 필요했지만, 그만큼 내적 발산은 되지 않았다. 어쩌면 문제의 핵심은 바로 그 '순위' 자체였을지도 모른다. 순위가 생기고 카테고리가 나뉘는 순간, 그것들은 삶이라는 무대에서 밀려나지 않기 위해 서로를 공격했다. 전투는 계속되었고 괴로움도 계속되었다.

사랑을 하든 공부를 하든, 무엇을 하든 그것은 나를 살리는 일이 되어야 한다. 더 이상 나를 촉발시키지 못하고 오히려 괴롭게 만드는 것은 그만두어야 옳다. 그러나 어떤 이론으로도 '헤어짐' 그 자체를 정당화할 수는 없을 것이다. 이별을 정당화하려면 우리는 애초부터 사랑도 시작해서는 안 된다. 이 세상에 나에게 딱 맞는 소울메이트 (Soulmate)는 존재하지 않는다. 심지어 사랑에는 유효기간도 있다. 신체에서 호르몬이 분비되는 기간은 6개월, 길어야 2년이다. 그럼에도 불구하고, 우리는 사랑을 한다. 사랑이 식어 버렸다고 해서 곧바로 그만두는 것이 옳다면 세상 어떤 사랑에도 깊이가 생길 수 없을 것이다. 식어 버린 관계를 스스로의 힘으로 '살리는 관계'로 만들어 보려고 할 때, 고통과 고비를 넘기고 관계가 한 번 죽고 다시 살아났을 때, 그 사랑은 예전과 완전히 다른 깊이를 가질 것이다. 그때 사랑은 집착도, 권태도 넘어설 수 있다.

헤어진 지금, 이것이 나를 제일 괴롭게 한다. 나는 새로운 감정이 찾아왔을 때 너무 빨리 내 의지를 포기했다. 내 감정과 상황을 감당하지 못한 채 어쩔 줄 모르고 허둥댔고, 상황은 다른 사건과 같이 꼬이더니 점점 최악으로 치달았다. 결국 헤어질 수밖에 없는 깊은 상처를 서로에게 만들게 되었다.

헤어짐과 만남은 시절의 인연을 탄다. 아마 나와 그 사람은 이번에 헤어질 운명이었을 것이다. 혹여, 이번이 아니었더라도 언젠가는 헤어졌을 것이다. 사실 모든 인연이 똑같은 운명을 탄다. 시간이 흐르면 만나게 되고 또 헤어지게 되어 있다. 모두가 알고 있는 이 운명 속에서 나는 무엇을 해야 할까. 무작정 마음 가는 대로 살면서 모든 것을 '운명 탓'으로 돌릴 수는 없다. 공자님이 사람의 관계에서 예(禮)와 의(義)를 지켜야 한다고 말씀하신 것도, 그것이 하늘과 운명의 장난에 끄달리지 않기 위해 사람이 할 수 있는 최대한의 노력이기 때문이다. 예를 지킨다는 것은, 어느 날 갑자기 마른하늘에 날벼락처럼 이별이 닥치더라도, 예상치 못한 감정이 찾아오더라도, 이것들과 맞서서 할 수 있는 최대한을 해보는 것이다. 불쑥 찾아온 이 감정과 끝까지 싸워 보든지, 아니면 나와 이 관계에 대해서 밑바닥까지 생각해 보고 후회없이 결단하든지. 변화와 새로운 국면은 그다음에 찾아온다. 그게 순서다. 그러나 서로에 대한 예를 다해서 헤어지는 인연이 얼마나 될까.

이것이 우리들의 시시한 멜로영화다. 모두가 예상할 수 있는 플롯. 시시하고 유치하더라도, 그러나 서로의 마음에 싸구려 멜로영화로는 남지 않았으면 좋겠다. 이 인연이 별것 아니었다고 말하지 않았으면 좋겠다. 철없는 바람이지만 나는 이 한때의 인연을 소중하게 가져가고 싶다. 그것이 지금 내가 할 수 있는 우리의 지난 1년에 대한 예일 것이다.

밑바닥에 서 있는 망치의 철학가

: 강자가 되고픈 그대에게

_ 프리드리히 니체, 『선악의 저편·도덕의 계보』, 김정현 옮김, 책세상, 2002
_ 고병권, 『니체의 위험한 책, 차라투스트라는 이렇게 말했다』, 그린비, 2003

그의 사상과 상관없이, '니체'라는 이름을 만날 때마다 나는 어떤 특별한 정서를 느낀다. 맨 처음 작곡한 노래가 엉터리지만 특별한 애착을 품게 되는 것처럼. 내가 인문학, 그리고 연구실에 첫발을 내딛은 중3때 가장 먼저 맞닥뜨린 사람이 바로 이 서양근대철학의 문제아였다.

아직도 그때의 흥분이 생생하다. 무엇인지는 모르겠지만 하여튼 니체의 어떤 것이 나를 뒤흔들었고, 성서를 처음 접하는 종교인처럼 떨리는 마음으로 오버(!)하면서 니체의 책 이곳저곳에 밑줄을 그었다. 정확하게 말하면 내가 읽은 것은 '고병권 선생님의 니체'(『니체의 위험한 책, 차라투스트라는 이렇게 말했다』)였다. 그러니까 내가 흥분한 것은 니체의 사상 그 자체라기보다는, 먼발치에서나마 처음으로 엿본 대가의 사유, 그리고 니체의 철학을 현재의 삶에 유효한 것으로 해석하는 고병권 선생님의 사유였던 것이다. 이 첫 만남은 강렬한 인상을 남겼고, 그후 내 안에서 '인문학의 힘'으로 자리 잡았다. 인문학의 정의를 내리거나 할 수는 없지만(분명 그것은 사변적인 말이 될 것이다) 인문학으로 무엇을 할 수 있는지는 말할 수 있다. 대가들의 텍스트를 통과하여 현재의 삶을 뒤흔드는 것, 그리고 더 나은 삶을 위한 변화를 이끌어 내는 것.

삶 뒤흔들기! 해설서를 읽던 중3때나 원전을 읽는 지금이나, 이것이 내가 니체에게서 느끼는 가장 강렬한 힘이다. 니체는 삶에 대한 지금까지의 사유를 확실하게 뒤흔든다. 일단 가장 먼저 눈에 들어오는 것은 그의 자극적 표현들이다. 니체의 문체는 다이너마이트처럼 폭발적이고 문학적인 표현들로 가득하다. 그의 사유는 치밀한 논리와 정교한 개념이 짜임새 있게 전개되기보다는 마그마처럼 갑자기 분출한다. 정말로 망치를 '막' 휘두르는 것 같다. 그러나 분명한 것은 모두가 그 망치에 백발백중 얻어맞는다는 것이다. 따라서 니체는 단순히 독설을 하는 것이 아니다. 가슴 깊이 칼에 찔리든, 흥분해서 욕을 하든, 숙연해지든, 속이 시원하든, 어쨌든 니체를 무시할 수 없다. 니체 자신이 표현한 것처럼 참 '문제적이다'.

다음은 니체가 얼마나 무지막지하게 망치를 휘두르는지 보여 준다. 주인-노예, 귀족-평민, 강자-약자. 니체가 애용(?)하는 단어들이다. 평등과 자유를 보편적 가치로 삼는 이 민주주의 사회에서 이렇게 위계질서가 명백한 단어들은 더 이상 사용되지 않거나, 전근대가 얼마나 폭력적인 사회였는지 묘사할 때, 혹은 현재 사회로부터 보호받아야 하는 사람들이 얼마나 비참한지 비유적으로 설명할 때만 잠깐 등장한다. 그러나 니체의 글 속에서 노예와 평민과 약자는 더 이상 보호받지 못한다. 니체에게 '노예'란 말 그대로 존재 자체가 노예인 자, '약자'는 말 그대로 힘이 없는 자이다. 니체는 냉철한 태도로 이 세상에는 강자와 약자 두 가지 유형이 있다고 말한다.

> 아득한 옛날부터 모든 형태의 예속적 계층에 속한 사람들은 다만 **타인들이 평가하는 대로 존재하는** 인간에 불과했다. 그리고 그들은 주체적인 가치 부여라는 것에 대해 전혀 알지 못했고 주인이 자신들에게 부여해 준 가치 이외에는 어떤 가치도 자신들에게 부여하지 않았다. 가치를 창조하는 것은 전형적인 **주인의 권리**였다.(『선악의 저편』, 『니체의 위험한 책, 차라투스트라는 이렇게 말했다』 118쪽에서 재인용)

왜 나는 니체의 발언에 얼굴이 화끈해질까? 마초적인 니체의 뻔뻔한 발언에 화가 나서가 아니라, 나 자신이 정말로 니체가 말하는 '노예'와 '약자'처럼 느껴지기 때문이다. 니체는 권력이나 재산의 양, 태생적 신분으로 강자와 약자를 유형화하지 않는다. "너는 너 자신만의 가치를 창조할 수 있는가?" 이것이 니체가 강자와 약자, 주인과 노예를 구분하는 유일한 기준이다. 즉, 투쟁하기를 멈춘 자, 질문하지 않는 자, 고통을 미덕으로 착각하는 자, 현존하는 가치를 그대로 따르기만 하는 자, 이들이 바로 '존재 자체가 노예'이다.

　다음은 약자의 증오, 무기력, 허영심이 어떻게 선(善)이라는 이름으로 승화하는지 보여 준다.

　　억압당한 자, 유린당한 자, 능욕당한 자가 무력감이라는 복수심에 불타는 간계에서 "우리는 악한 인간과 다른 존재가 되도록 하자, 즉 선한 존재가 되게 하자! 그리고 선한 인간이란 …… 공격하지 않는 자, 보복하지 않는 자, 복수를 신에게 맡기는 자, 우리처럼 자신을 숨긴 채 사는 자, 모든 악을 피하고 대체로 인생에서 요구하는 것이 적은 자, 즉 우리처럼 인내하는 자, 겸손한 자, 공정한 자이다"라고 스스로를 설득하지만, ──이것은 본래 냉정하게 선입견 없이 들었다고 하더라도, "우리 약자는 어차피 약하다. 우리는 **우리의 힘이 미치지 못하는 일**은 아무것도 하지 않거니와, 이것은 좋은 것이다"라고 말하는 것에 불과하다.(「도덕의 계보」 제1논문.『선악의 저편·도덕의 계보』, 378~379쪽)

　이러니 텍스트를 읽으면서 뒤흔들릴 수밖에 없다. 이웃 사랑, 겸손, 비폭력, 인내, 중립 등등, 지금까지 선하다고 생각했던 도덕적 가치들이 뒤흔들린다. 새로운 윤리와 충돌해서 낡은 윤리가 무너지는 것이 아니다. '선' 밑에 숨어 있는 내 찌질한 모습을 적나라하게 드러냄으로써 선함의 공허한 이미지가 무너지는 것이다. 선량한 시민이 되고자 하는 내 의지는 아무것도 할 수 없고 또 하지 않으려는 의지와 맞닿아 있다. '평등'은, 타인과 다른 존재가 될 수 없는 내 무능력을 감추며 강자를 하향평준화하기 위한 수단이다. '자유'는, 내 신체에 스며든 규율을 자발적으로 따르며 더 이상 내 고유한 가치를 창조하지 않을 자유이다. 그렇다. 니체가 묘사하는 약자는 너무 찌질하지만 그것은 부정할 수 없는 내 모습이다. 스트라이크!

그러나 자칫하다가는 니체의 망치질을 요즘 서점에 흔하게 깔린 자기계발서──"언제까지 눈치 보며 사는 인생의 실패자가 될 것인가? 그대, 강해져라, 올라가라, 리더가 되라!"──로 착각할 수가 있다. 니체가 강자를 묘사할 때 사용하는 이미지는 이런 오해를 한층 더 부추긴다. 황야를 내달리는 금발의 야수, 거침없이 웃으며 싸우는 고대의 귀족. 그들에 비해서 나는 얼마나 초라한 존재인가? 니체의 망치에 얻어맞은 충격이 좀 가시면, 이제 이런 마음이 와락 든다. "강자가 되겠어!" 그러나 약자의 입장에서 이해하는 '강자'는 약자가 스스로에게서 발견하는 불만, 멸시, 결여가 부재한 존재다. 약자의 찌질함을 더 높은 차원으로 끌어올린 존재, 한마디로 저급한 단계에서 고등한 단계로 진화한 존재다. 이때 강자는 약자가 최종적으로 도달해야 할 목적으로 설정된다. 이것이 니체가 말하고자 하는 '강자'일까?

'인문학의 위기'라는 언표가 수면 위에 떠올랐고, 그후 인문학의 호혜가 찾아온 것 같다. 도서관, 회사, 문화센터 등에서 열리는 인문학 강좌에는 선인들의 좋은 말씀을 듣기 위해서 찾아온 사람들로 북적인다. 그러나 자칫하다가는 선인들의 좋은 말씀, 그리고 우리가 고민하는 '더 나은 삶'이 마치 약자가 강자를 쫓아가는 형국이 될지도 모른다. 약자가 생각할 수 있는 강자가 되는 방법은 다음과 같다. 나에게 있는 찌질한 모습들을 싹 내다 버리고, 강자의 모습들을 하나씩 장착할 것. 더, 더, 더 좋은 지식들을 몸에 덕지덕지 붙이기. 그러나 그 행동은 오직 스스로의 나약함을 감추기 위한 수단으로 쉽게 전락한다. 약자의 한계, 이해범주 안에서만 존재하는 강자는 약자의 망상이다.

니체는 왜 망치를 휘둘렀을까. 니체는 추함을 미덕으로 승화시키는 약자들을 공격했다. 그러나 니체는 우리들이 전혀 약점 없는 슈퍼맨이 되기를 결코 바라지 않았을 것이다. 아마 니체는 우리에게 있는 그대로를 보여 주고 싶었을 것이다. 사람들이 합리성과 선한 가치로 덮어 버리려고 했던, 어딘가로 내다 버리고 싶었던 찌질한 모습들을. 그러나 그것은 버려야 할 몹쓸 것이 아니다. 그것은 밑바닥에서 꿈틀거리는 내 본성이고, 바로 거기에서 원초적 에너지가 나온다.

우리는 강자가 되어야 한다. 그러나 강자란, 남들보다 더 높은 곳에 올라가는 자가 아니라 점점 삶의 밑바닥으로 내려가는 자이다. 강자가 강한 이유는 찌질하지 않아서가 아니라 그 '찌질함'을 제대로 '알고' 있기 때문이다. 말해지지 않는 것, 드러나지 않는 것, 무의식적으로 숨기고 싶어 하는 것, 일반인에게 공개되지 않는 국보급 비밀이라기보다는 도처에 널려 있지만 하찮게 여겨 아무도 보지 않는 비밀 아닌 비밀. 강자는 이런 것들을 포착하고 직시하고 '안다'. 이때의 '앎'은 근사한 지식을 하나 더 추가하는 것이 아니라 온몸으로 느끼는 것이다. 그래서 약자는 고통을 모르고 강자는 늘 고통스럽다. 강자는 자신, 친구, 타인, 세상의 온갖 것들의 진면목을 보고 듣고 함께 몸으로 느끼기 때문이다. 그러나 그것들을 제거하는 방법으로는 아무것도 할 수 없다. 강해지는 길은 하나다. 그 모든 것들을 철저하게 깊이 느껴서 아예 몰락해 버리는 것.

깊이 고통을 겪어 본 인간에게는 누구나 정신적인 자부심과 구토감이 ──이것은 **얼마나** 깊이 인간이 고통스러워할 수 있는가 하는 순위를 거의 결정한다── 있다. 그는 자신의 고통 때문에 가장 영리하고 현명한 자들이 알 수 있는 것보다 **더 많이 알고 있다**고, "**그대들은** 아무것도 알지 못한다!"고 말할 수 있을 정도로 멀고도 무서운 많은 세계를 잘 알고 있고, 언젠가 그곳에 "머문" 적이 있다는 전율할 만한 확신을 가지고 있었으며, 이 확신이 온몸에 젖어들어 이로 채색해 버린 것이다. …… 깊은 고통은 사람을 고귀하게 만든다.(『선악의 저편·도덕의 계보』, 295쪽)

니체는 초인(超人)이 되라고 했다. 슈퍼맨이 되라고? 이 약육강식의 사회에서 강자가 되어 살아남고픈 우리는, 영화관에 앉아서 누군가의 슈퍼맨이 되어 우리 대신 꿈을 꾸는 모습을 바라본다. 현실로 돌아온 우리는 찌질하고 약한 자신과 마주한다. 우리는 열등감에 빠진 채 자기 자신을 어떻게든 고쳐 보려고 씨름하거나, 정신승리법을 통해 감추고픈 모습을 가장 먼저 나 자신으로부터 감춰 버린다. 그런데 약육강식에서 살아남는 강자는 누구인가? 연예인, 슈퍼맨, 전국 상위 1퍼센트? 초인은 그들 중 누구도 아니다. 초인은 삶의 밑바닥까지 내려간 사람이다. 그는 감추고픈 모든 것을 들추어 본다. 그 밑바닥에 단단하게 발을 딛고 섰을 때서야 '남이 좋게 보는 것'이 아니라 정말로 '나에게 좋은 것'을 원할 수 있다. 높다랗고 굳건하게 버티고 서 있는 '나'라는 인간과 싸우고, 사랑하고, 뛰어넘어, 정말로 '살아갈' 수 있다.

이때 초인은 자신을 넘어서 타인의 삶까지 뒤흔든다. 약자는 결심할 때조차 거짓말을 하지만 강자는 말 한마디조차 삶의 밑바닥에서부터 길어 올리기 때문이다. 그리고 이것이 니체가 막 던지는 말들이 비수처럼 꽂히고 삶을 밑바닥부터 뒤흔드는 까닭이다. 무식해 보이는 니체의 망치질 또한 앎과 깊은 고통에서 태어난 것일 테다. 그리고 온몸으로 고통을 '앎'으로써 체득한 자가 밟는 다음 스텝은, 아마 '가벼움'이 아닐까.

"그는 내 마음에 들지 않는다."──왜 그런가?──"나는 그를 당해 낼 수 없기 때문이다."──일찍이 이렇게 대답한 인간이 있었던가?(「선악의 저편」 제4장, 『선악의 저편·도덕의 계보』, 133쪽)

니체의 말마따나 일찍이 저렇게 대담한 사람이 있었을까? 없었을 것이다. 그리고 이 글귀를 읽고 웃지 않을 사람도 없을 것이다. 그것은 가슴 밑바닥에서부터 울리는 웃음이다. 망치의 철학가는 이렇게 삶의 맨 밑바닥에서 웃고 있다.

2부

웰컴 투 맥도날드?!

: 학교를 나온 십대, 세상과 만나다

맥도날드 아가씨

독립과 돈

여기, 세상 어디서나 볼 수 있는 독립을 둘러싼 모녀간의 사투가 있다. 니콜라이 체르니셰프스키의 작품 『무엇을 할 것인가』의 여주인공 베라 파블로브나는 혼기가 찬 아름다운 처녀이다. 그녀의 어머니 마리아 알렉세예브나는 고리대금업으로 생계를 책임져 왔으며 자신의 딸을 부잣집에 시집보내기 위하여 발바닥에 땀이 나도록 뛰어다니고 있다. 그러나 정작 당사자는 이 결혼을 받아들일 수 없다. 자신의 삶에 대해 이래라저래라 하는 엄마의 손바닥에서 이제 그만 벗어나고 싶다. 사사건건 반항하는 베라에게, 어느 날 마리아는 술에 취해 이렇게 말한다.

> "내 생활은 몹시 고달프고 힘들다, 베로치카![베로치카는 베라의 애칭—인용자] 나는 너를 그런 식으로 살게 하고 싶지 않다. 부자

가 돼라! 내가 겪은 고통을 한번 생각해 보렴, 베로치카! 너는 네 아버지가 관리인이 되기 전에 나와 네 아버지가 어떻게 살았는지 상상도 못 할 거다. 가난했지, 그……그……그렇고말고, 참 지긋지긋하게도 가난했다!"(니콜라이 체르니셰프스키, 『무엇을 할 것인가 上』, 서정록 옮김, 열린책들, 2009, 43쪽)

마리아의 충고는 삶에서 우러나온 진국이다. 베라가 아무 경제적 대책도 없이 집에서 도망친다면 마리아의 젊은 나날만큼 비참하게 살아야 할 것이다. 베라는 마리아와 달리 완벽하게 학교 교육을 받았지만, 마리아를 제외하고는 ("훔치고 속여라!") 누구도 베라에게 돈을 버는 방법을 알려 주지 않았다. 그 당시 사회에서 여자는 남편에게 의존해서 사는 존재였기 때문이다. '정략결혼'은 이러한 사회적

열여덟 살 동갑내기의 독립

『무엇을 할 것인가』는 레닌을 감동시키고 러시아혁명에 불꽃을 지폈다는 아주 재미있는 연애소설이다. 내가 맨 처음 이 책에 꽂혔던 계기는 웃기지만, 베라의 '나이'였다. 그녀는 나와 동갑(18세)이었던 것이다! 때마침 나도 집에서 빠져나오기 위해 낑낑대고 있었던 참이라 그녀의 탈출기는 나에게 많은 자극이 되었다. 쬐끔 자존심이 상했다고 할까, 오기가 생겼다고 할까.(ㅎㅎ) 그러나 베라는 정말로 특별했다. 그녀는 집을 나오고 결혼한 후에도 계속 '독립'을 향해 나아갔다. 사랑하는 관계 속에서 우리는 어떻게 독립할 수 있을까? 이것이 베라가 삼각관계 사건을 겪으면서 찾아낸 고민거리였고 그녀는 이 질문을 위해 또다시 새로운 생활로 뛰어든다. 정말이지, 그녀의 거침없는 도전과 사유가 부럽다(자세한 스토리는 「덧달기 _ 소녀의 독서일기 2 : 세상 속에서 '독립'」 참고).

조건 속에서 무능력한 남편을 만나 고생만 실컷 한 마리아의 혜안인 셈이다.

베라의 입장에서 본다면 '독립'은 가족에게서 벗어나 내가 살고 싶은 방식대로 사는 것이다. 이것의 첫번째 전제는 '경제력'이다. 인도의 성자 비노바 바베도 교육에는 반드시 '자급자족' 기술이 포함되어야 한다고 말했다. "16세까지는 자급자족을 위한 교육, 16세 이후는 자급자족을 통한 교육."(비노바 바베, 『버리고 행복하라』, 김문호 옮김, 산하, 2003, 72쪽) 독립적인 경제력을 갖추지 않는 한, 베라는 마리아의 영향력을 벗어날 수 없다. 돈 없이 외치는 독립은 실현될 수 없는 허상이다.

독립하고 싶다. 나 역시 베라와 같은 꿈을 갖고 있다. 나의 부모님은 마리아가 베라에게 하듯 나에게 어떤 것을 강요하시지는 않는다. 하지만 억압당하지 않으면 바로 독립하는가? 이 욕망은 억압에 대한 반작용에 의해 만들어지지 않는다. 나는 이렇다 할 만한 억압을 당한 적은 없지만, 그렇다고 내 뜻대로 살아 본 적도 없다. 내 의지대로 하는 것처럼 보여도 사실은 타인에게 의존하거나 규율에 순순히 따르고 있었다. 존재가 독립하는 것은 '내 방식대로' 사는 것이다. 이런 지점에서 나와 베라는 만날 수 있다. 우리는 함께 묻고 답한다. 십대 끝 무렵에 내 방식대로 살고 싶다는 꿈을 품는 것이 이상한가? 아니다. 부자 남편과 결혼하겠다는 꿈, 의사가 되겠다는 꿈은 꿔도 되고 내 힘으로 살겠다는 꿈은 꾸지 말란 법은 없다.

청춘직장 맥도날드

현재, 나는 맥도날드 아가씨다. 직책은 '크루'(Crew : 맥도날드 시급제 아르바이트생)다. 시급은 최저임금인 4,110원이다. 지원서, 면접, 부모님 동의서, 이 모든 복잡한 절차 끝에 마침내 입사통과문자가 왔다. 베라가 집을 뛰쳐나와서 무사히 취직을 한 셈이다. 맥도날드는 '젊은' 직장이다. 크루의 연령대는 보통 십대 후반에서 이십대 초반까지다. 밖에서는 철부지로 취급받는 십대들도 매장 안에서는 능숙한 일꾼이다. 자퇴생, 실업계 고등학생, 대학생, 휴학생이 주를 이룬다. 나이대가 비슷해서 그런지, 매니저와 크루 사이의 관계도 친밀하고 분위기도 나름 훈훈하다. '야', '형', '언니'…… 직책보다는 이런 친근한 호칭이 오간다. 한마디로 '청춘직장'이다.

누군가는 이 '젊음'을 착취의 의미로 보기도 한다. 사람들은 맥도날드를 '십대노동력 착취'의 대명사로 인식한다. 정말일까? 욕하고, 성희롱하고, 인간 취급 안 하고, 시간초과해서 일 시키고, 이런 것이 착취라면 지금까지 내가 경험한 맥도날드는 건전한 편이다. 이미 말했듯이 인간관계는 권위적이기보다는 훈훈하다. 혹시 상사에게 폭력을 당했다면 신고할 수 있다. 무단으로 근무시간을 연장하는 일이 없도록 지문인식을 하는 등, 관리시스템도 명확하게 갖추었다.

맥도날드의 착취는 바로 이렇게 합리적으로 일어난다. 노동을 빡세게 시킨다거나 시급을 쥐꼬리만큼 주는 것은 착취의 축에 못 낀다. 가령, 맥도날드는 4시간마다 30분씩 휴식시간을 준다. 아니, 반드시 쉬게 한다. 노동법을 지켜야 하기 때문이다. 처음에는 법을 잘 지키는 줄 알고 놀라워했지만 통장을 보니까 하루에 6시간씩 받아야 할 임금이 5시간 30분으로 계산되고 있었다. 알고 보니 휴식시간은 시급에서 제외하고 있었다. 이것은 합법적인 '꺾기'(임금꺾기: 가게에 손님이 없을 때 아르바이트생을 억지로 쉬게 하고, 그 시간 동안의 임금은 주지 않는 것)가 아닌가? 이 노동법은 이렇게 사용되라고 만들어진 건가? 심지어 30분 미만으로 쉬면 노동청에서 귀찮게 한다고 꼭 35분 이상씩 쉬게 하는데, 시급을 '분' 단위로 계산해서 35분을 쉬면 '35분'만큼의 시급을, 38분을 쉬면 '38분'만큼의 시급을 제한다. 따라서 나의 하루 임금노동은 그날그날 330분이 되기도 하고, 323분이 되기도 하고, 327분이 되기도 한다.

맥도날드에는 점심시간이 따로 없기 때문에 이 30분 휴식시간 동안 크루는 햄버거로 식사를 때워야 한다. 그런데 이 휴식시간을 정하는 것은 매니저의 권한이다. 물론 개인별로 쉬는 시간이 미리 정해져 있지만, 그날그날 매장의 상황에 따라서 매니저는 쉬는 시간을 조정할 수 있다. 손님이 너무 없을 때는 40분 일했는데 휴식을 갔다 올 때도 있고, 손님이 너무 많을 때는 일이 끝나기 직전에 쉴 때도 있다. 그래서 크루의 점심식사는 아침 10시가 되기도 하고, 오후 3시가 되기도 한다.

그러나 매니저들은 악당이 아니다. 사실 매니저들이 가장 괴롭게, 가장 많이 일한다. 매니저라고 해도 크루와 별로 차이 나지 않는 연령, 이십대 초반에서 후반이다. 시급이야 크루보다 훨씬 많을 테지만 그렇기 때문에 농땡이나 요령을 부릴 수 없다. 어설프게 함부로 대한다고 착취가 아니다. 착취를 하려면, 최소한 맥도날드쯤은 되어야 한다.

맥도날드가 십대의 노동력을 착취한다고 비판하면서, 동시에 그런 곳에 취직하지 못하게 하는 것은 정말 비합리적인 대안이다. 그것은 미성년자가 스스로의 힘으로 돈을 벌 수 있는 몇 안 되는 공간을 아예 차단해 버리는 길이다. 어쩌면 맥도날드는 이런 상황을 역으로 노렸을지도 모른다. 맥도날드는 만 15세 이상부터 크루로 고용하겠다고 공식적으로 밝혔다. 아동 착취라고 욕이야 엄청 먹었을 거다. 그러나 결과적으로 돈을 벌고 싶어 하는 대부분의 미성년자들이 맥도날드로 몰리게 되었다. 맥도날드만큼 십대에게 경제적으로 열린 공간이 없기 때문이다. 기름때에 찌든 유니폼을 입고 일하는 십대를 진정 위하는 길은 '미성년자 고용금지'가 아니라, 십대를 고용하는 '상식적인' 직장이 많아지는 것이다. 십대가 돈을 버는 것 자체는 문제가 아니다. 진짜 문제는 사람들이 십대 착취라고 가장 거세게 비판하는 이곳이, 실제로는 십대가 합법적으로 일할 수 있는 가장 열린 공간이라는 것이다.

그러니 맥도날드는 젊은 직장이 되지 않을 수 없다. 빵빵하게 틀어 놓은 최신가요, 사람들로 미어터지는 점심시간, 빠른 속도로 햄버거를 조립하고 포장하는 속도감, 에너지! 그리고, 노동하는 청춘.

이름 없는 '카운터'와 '미친 속도감'

지금 맥도날드에서 나의 직책은 카운터다. 카운터는 어떤 일을 할까? 주문을 받고 포장된 제품을 전달한다. 말로 들으면 간단해 보이지만, 실전에서는 하나부터 열까지 전부 배워야 할 것투성이다. 메뉴 이름과 가격을 외우고, 짜증내는 손님에게도 끝까지 웃는 낯으로 대하고, 결제할 때는 결코 실수하지 말고, 그 와중에 냅킨과 케첩같이 잡다한 것도 챙기고, 시골에서 올라온 할머니가 먹고 싶은 것을 죄다 나열하면 각각의 원소들을 집합으로 구성해서 세트메뉴를 추리는 수학적 능력도 가끔은 필요하다. 노동시장에서 가장 밑바닥 축에 속하는 노동이지만, 그 이름값과 시급만큼 쉬운 일은 아니다. 스펙을 화려하게 쌓은 고학력자도 이곳에 첫발을 내딛을 때는 처음 말을 배우는 어린아이처럼 더듬거릴 것이다.

그러나 현재 나는 카운터에 대한 애정이 전혀 없다. 기술과 노하우는 점점 축적되는데, 일에 대한 자부심은 축적되지 않는다. 왜 그럴까? 이 기술이 아무짝에도 쓸모가 없기 때문이다. 노동자에게 노동기술은 자산이다. 요가 수업을 하는 요가 선생, 구두를 고치는 구두 수선공, 떡볶이를 만드는 분식집 아줌마, 그들은 언제 어디에서도 그 기술을 사용할 수 있다. 마찬가지로, 햄버거를 만들 줄 아는 것은 대단히 유용한 기술이다. 그러나 맥도날드 크루는 수백 개의 햄버거를 조립할 수는 있어도 자기 집에서는 햄버거 하나 만들 줄 모른다. 햄버거는 본사에서 이미 완성되어서 통조림 속에 조각조각 나뉘어 도착

한다. 햄버거는 요리사의 정성과 기술로 완성되는 것이 아니라 오직 조립될 뿐이다. 결국 햄버거를 만드는 사람은 아무도 없다. 생산물을 해체했을 때 필연적으로 주체 또한 해체된다는 루카치의 말대로 맥도날드에는 기술자는 없다.

기계부속품의 일부로서의 나. 카운터에서 버튼을 누르는 일을 통해 나는 도대체 무슨 기술을 습득할 수 있을까? 맥도날드 메뉴 전체를 외우게 되었고, 어떻게 메뉴를 조합해서 시켜야 가장 유리한지도 알게 되었지만, 나는 앞으로 맥도날드에서는 햄버거를 사 먹지 않을 생각이기 때문에 이것은 별로 필요 없는 기술이다. 나는 카운터 '김해완'이 아니라 이름 없는 '1번 카운터'다. 언제든지 대체될 수 있고, 나 역시 언제든지 이 일을 포기할 수 있다. 그렇기 때문에 알바시간은 언제나 '4,110원' 그 이상의 의미도 이하의 의미도 아니다.

이 이름 없는 카운터는 무엇으로 자신의 노동에 의미를 부여할까? 맥도날드의 노동의 목적은 오직 속도, 'FAST'다. 제품의 질, 양, 미(美), 노동자의 보람, 기분, 건강, 이런 것들은 필요 없다. 그러니 괜히 노동에 대한 자부심을 가지려고 하지 말고, 그냥 생각 없이 정신 없이 무조건 몸을 움직이면 되는 것이다.

그러나 상식적으로 생각해 보자. '먹거리'를 파는 곳에서 이런 속도가 말이 되는가? "얼마나 기다려야 해요?" "3분은 기다리셔야 해요" 하면 얼굴이 찡그려지는, 이런 대화가 말이 되는가? 맥도날드의 상품은 음식이 아니라 속도인 것 같다. 다음의 문구는 2010년에 나왔다 도로 들어간 맥도날드 광고다. "60초 안에 주문하신 제품이 나오지 않으면 프렌치프라이를 하나 공짜로 드립니다♥" 맨 처음 면접을 보러 갔을 때 이 광고를 보고는 소름이 돋았다. 손님이야 행복할지 몰라도, 1분의 시간을 맞추기 위해 일하는 크루들은 그 시간이 지옥과 같다. 손님들 또한 이 컨베이어 벨트의 일부이다. 손님들은 기차시간 5분 남겨 두고 매장에 뛰어 들어와 햄버거를 주문하고("여기 패스트푸드점 맞아? 왜 이렇게 느려?"), 햄버거를 옆구리에 끼고 허겁지겁 기차역으로 뛰어간다. 밀물과 썰물처럼 움직이는 사람들을 보고 있으면 이런 생각이 든다. '이것이 세상의 속도구나.' 세상 전체가 거대한 컨베이어 벨트 같다. 급속하게 흐르는 세상의 물결이 매장을 한번 휙 거치고 다시 빠르게 흘러 나간다.

나만의 현장

왜 일을 그만두지 않느냐고? 현실적인 이유에서다. 돈을 벌어야 하기 때문이고, 맨 처음 취직할 때 최소한 6개월은 하겠다고 약속했기 때문이다. 그러나 일을 하는 나만의 이유를 찾기 위해, 이름 없는 '카운터'가 아니라 카운터 '김해완'이 되기 위해 노력하는 중이다. 내가 일하는 매장은 큰 기차역 안에 있는데, 그래서 맥도날드를 찾는 손님도 매우 다양하다. 그 스펙트럼은 노숙자부터 회사원, 유치원생, 군인, 철도노동자, 재미교포까지 아주 넓다. 나는 30초도 못 되는 짧디짧은 만남의 시간 동안 사람들을 관찰하기 시작했다.

나는 손님들과 늘 똑같은 대화를 나눈다. 대화 내용 자체는 아무런 감정 없이 무미건조하다. 어떤 손님과 대화를 나누느냐에 따라서 감정과 기분이 만들어진다. 그런데 카운터를 하다 보면 기분 좋은 대화를 나누는 일이 손에 꼽을 정도다. 손님들 중 가장 많이 차지하는 유형이 바로 '함부로 대하기'이다. 그들은 조금이라도 주문에 차질이 생기면 바로 말투와 표정을 바꾼다. 재료가 떨어져서 원하는 메뉴를 주문하지 못했다거나, 제품이 2분 안에 나오지 않았다거나. 그들은 절대적 서비스를 요구하며, 돈을 내는 손님인 이상 서비스를 제공하는 자에게 함부로 대해도 된다고 생각하는 것 같다. 가끔은 내가 햄버거를 파는 것이 아니라 짜증을 참아 주는 서비스를 제공하는 게 아닌가 헷갈린다. 그러나 나는 그들이 불쌍하다. 그들은 자신의 초보적인 감정, 불쾌함이나 초조함을 다스릴 줄 모른다. 화폐가 개입하지 않을 때도 그들이 누군가에게 그렇게 함부로 대할 수 있을까? 아마 아닐 것이다. 그들은 자신의 감정을 소비하는 주체로서만 해소한다.

그다음으로 많은 유형은 '속삭임' 유형이다. 목소리를 보면 그 사람이 어떤지 알 수 있다고 한다. 귀에는 MP3의 음량을 맥시멈으로 틀어놓고, 목소리는 '볼륨1' 크기로 주문을 하는 손님들이 상당하다. 그들에게서는 사 먹겠다는 의욕조차 느껴지지 않는다. 그들은 앞에 서서 한참을 망설이고, 가끔씩 나에게 결정할 권리를 넘겨준다. 적당한 걸로 주세요. 햄버거를 먹으려고 햄버거 가게에 온 것이 아닌가?

몇 시간씩 이런 손님들과 똑같은 대화를 하고 있으면 나도 모르게 화가 치밀어 오른다. 혹은, 아예 감정을 없애 버리고는 무표정한 얼굴로 기계처럼 대사를 읊고 계산을 한다. "감사합니다." "죄송합니다." "안녕하세요." 나도 손님들과 마주할 때 진심으로 웃고 진심으로 미안해하고 싶다. 정말 쉽지 않은 일이다. 가끔씩 찾아오는 특별한 손님들이 기분을 좋게 할 때가 있다. 얼굴에 미소가 가득하거나, 정중하게 여분의 휴지를 부탁하거나, 청량한 목소리로 주문을 하는 손님들과 만날 때는 나도 자연스러운 미소가 나온다.

나는 내가 일하는 현장에 의미를 부여하고 싶다. '카운터'라는 일에 나만의 의미를 부여했을 때, 나는 기계적 체계의 일부가 아니라 한 명의 기술자가 될 것이다. 그래서 나는 끊임없이 아르바이트 틈틈이 주어진 일 이외의 다른 일을 하려고 한다. 사람들을 관찰하고, 손님에게 한 번 더 진심에서 우러나오는 미소를 짓고, 짧게나마 대화하려고 한다. 맥도날드에서 일하는 내 6시간을 살아 움직이게 하기 위해서.

독립했는가?

"나는 독립해서 내 방식대로 살고 싶어요. 나에게 필요한 것이라면 그것이 무엇이든 마음의 준비가 되어 있어요. …… 난 단지 내가 누군가의 노예가 되고 싶지 않다는 것만 알 뿐이에요! 나는 자유롭고 싶어요! 나는 누군가에게 신세를 끼치고 싶지도 않지만 누군가가 '너는 너를 위해서 무엇인가를 해야 한다'고 감히 말하는 것은 더욱 참을 수 없어요."(『무엇을 할 것인가 上』, 72쪽)

아직 베라가 집을 나오기 전에, 언니에게 날린 감동적인 명대사다. 나의 자유를 위해서라면 맥도날드 아르바이트라도 하리라! 그러나 집 밖에서 맞닥뜨린 세상은 자유는커녕 더한 구속이 있었다. '취직'을 했다면 당연히 '정상적인 생활'이 가능해야 한다. 그러나 현실은 당연하지 않다. 만약 베라가 무작정 집을 뛰쳐나와서 아르바이트 생계전선에 뛰어든다면 그것은 마리아의 논리를 증명하는 셈이 될 뿐이다. 현재 맥도날드의 시급은 4,110원이다. 한 달에 60시간 이상 일하면 시급을 4,800원으로 올려 주는데 그렇게 한 달에 88만 원을 벌려면 대략 183시간을 일해야 한다. 주 5일 근무로 하루에 9시간씩 일해야 한다는 계산이 떨어진다. 그러나 그렇게 힘들게 번 88만원으로는 도대체 서울의 생활물가를 감당할 수가 없다. 보증금은 차치하고라도, 사글세로 최소한 30만 원은 필요하다. 그 외에도 식비, 옷값,

연구실 환율은 스리랑카?
연구실 주방의 돈통에는 여전히 "밥값은 한 끼에 1,800원"이라는 문구가 붙어 있다. 연구실에서는 스리랑카의 환율이 적용된다는 우스갯소리가 나돈 적이 있었다. 밥값 1,800원에 서경재 15만 원이면 연구실에서는 50만 원으로도 한 달을 거뜬히 살 수 있으니, 틀린 말은 아닌 것 같다.^^;

교통비…… 도저히 남은 돈으로 해결이 안 된다. 그렇다면 결론은 돈을 더 벌어야 한다? 길이 아예 없는 것은 아니다. 밤 11시부터 이튿날 아침 6시까지는 심야타임으로, 일반 시급보다 1.5배 더 올라간다.

현실의 베라는 스스로 돈을 벌고 있지만 이것은 그녀가 꿈꾸던 자유로운 생활이 아니다. 노동환경도 열악한데 심지어 기본적인 생활비를 확보하는 것도 불가능하다. 돈을 벌지 않으면 사람은 살 수 없다. 그런데 현실에서는 돈을 벌어도 자유롭지 못하다. 나도 맥도날드 아르바이트비가 최저임금이라는 것은 알고 있었다. 그것은 누구나 다 알고 있는 사실이다. 그러나 아르바이트를 하고 있는 지금, 나는 이것이 과연 '용돈벌이' 정도로만 취급받을 노동인지 모르겠다. 노동의 가치는 어떻게 정해지는 걸까? 스펙이 낮은 사람도 할 수 있기 때문에 이 노동이 이렇게 가치가 낮은 걸까? 독자적으로 생계를 꾸릴 경제력이 없다면 자유로운 삶도 불가능하다. 그렇다면 스펙이 낮은 사람은 자유민주주의국가의 시민이라도 자유롭지 못하다.

나는 맥도날드에서 한 달에 19만 7,000원을 번다. 19만 7,000원으로도 충분히 한 달을 살 수 있는 공간에 있기 때문이다. 지출에서 가장 많이 차지하는 부분은 식비와 주거비. 연구실에서는 돌아가면서 밥을 하기 때문에 한 끼 밥값이 1,800원이다. 또 나는 '서경재'라는 곳에서 열두 명과 함께 공동생활을 하고 있으므로 주거비도 더 저렴하게 해결할 수 있다. 그러나 현재 내가 누리는 자유는 연구실이라는 공간에 국한된 것이다. 나는 연구실을 떠나는 그 순간부터 자유로울 수 없다. 연구실 밖에 있는 사람들, 가령 내 동료 크루들이 뼈 빠지게 일해서 돈을 모아도 그것으로 서울의 무시무시한 물가를 감당할 수가 없다. 세상은 마리아의 말대로 굴러가고 있는 듯하다.──'부자가 돼라, 가난한 사람은 정당한 방법으로는 살아갈 수 없다!'

혼자 힘으로 먹고살기에는 너무 어려운 세상이다. 이것이 쉬웠다면 '88만 원 세대'라는 단어가 나왔을 리도 없고, 수많은 청년백수들이 생겼을 리도 없고, 마리아가 저렇게 억척스럽게 변했을 리도 없다. 이 점에서 베라는 마리아를 존경해야 한다. 마리아는 가난의 괴로움 속에서도 가족들을 끝까지 포기하지 않았고, 어떻게든 살길을 찾아냈다.

그러나 그렇다고 해서 마리아의 말대로 정략결혼을 하고, 훔치고 속이면서 살 수는 없다. 그것은 마리아에게서 독립하는 길이 아니다. 베라의 독립의 목적은 '내 방식대로 사는 것'이기 때문이다. 베라가 독립하기 위해서는 이 힘든 세상에서도 흔들리지 않는 뜻과 원칙을 세워야 한다. 베라가 정말로 독립하고 싶다면, 마리아와는 '다르게' 돈을 벌면서 자신의 생계를 책임져야 한다. 어떻게 '다르게' 할 수 있을까? 최소한, '맥도날드 취직'과 같은 전면전은 불가능하다는 사실을 이번에 똑똑히 알았다. 무엇인가 변해야 한다. 남들처럼 비싼 돈 들여서 스펙을 쌓은 후 비싼 직장에 취직을 하든지, 중졸 백수를 슬프게 만드는 현 맥도날드 노동환경과 임금 수준을 개선하든지, 연구실처럼 연대의 힘으로 돌파해 나가든지, 아니면 아무도 걷지 않는 길을 이 악물고 새로 뚫어 보든지.

자유와 독립을 찾는 베라의 여정은 집에서 독립하는 그 순간부터 시작되었는지도 모른다. 집 앞 문을 가로막는 마리아를 넘어섰나 했더니, 이 세상에는 마리아보다 강력한 적병들이 판을 치고 있었다. 베라가 정말로 독립했느냐에 대해서는 그후에 그녀가 밟아 가는 여정이 말해 줄 것이다. 나 역시 마찬가지다. 독립을 향한 여정은 끝이 없다.

새로운 집, 새로운 식구

'집'에서 벗어나기

집은 비싸다. 이것은 상식이다. 사람이 살아가는 데 기본적으로 갖춰야 할 세 가지, 의식주 중 하나이면서도 현실에서 이것을 가지는 것은 굉장히 힘들다. 현재 집은 '주거공간'으로서의 기능보다는 재산으로 더 많이 기능하기 때문이다. 전세든 월세든, 결코 맥도날드 아르바이트로는 모을 수 없다.

가난뱅이 제군, 밝고 씩씩하게 살아가고자 하는 우리들 앞에 떡 버티고 있는 가장 커다란 적은 '방세'다. 참 비싸기도 하다. 도쿄의 원룸 아파트에 살려고 하면 한 달에 6~7만 엔 정도 든다. 이 돈을 시급 800엔으로 환산해 보면 약 80시간! 짐을 두고 잠만 자는 공간을 위해 열흘이나 일을 해야 한다는 결론이다! 뭐야 이게, 말이 되나? 빌어먹을! 날 살려라! (마쓰모토 하지메, 『가난뱅이의 역습』, 김경원 옮

김, 이루, 2009, 17쪽)

　　그런데, 집에는 물리적 의미 외에도 다양한 의미가 있다. 일단 집
은 기본적으로 내 몸을 누일 수 있는 공간이다. 그곳에는 나뿐만 아
니라 내 물건들도 산다. 내 몸의 원동력인 밥을 먹는 곳이고, 내 몸을
깨끗하게 씻어서 리셋하는 곳이다. 그리고 그곳에서 나는 가족이라
는 사람들과 관계를 맺는다. 집은 현재 나의 생활을 가능하게 하고
실제로 굴러가게 하는 많은 기능을 포함하고 있다.

　　그러니까 원래 집을 떠나 새로운 곳에서 산다는 것은, 물건·밥·
가족 등등이 전부 사라지거나 혹은 변화를 겪는다는 것을 뜻한다. 사
람은 자기가 딛고 있는 땅, 살고 있는 공간을 떠나서는 자신을 설명
할 수가 없다. 가족을 떠나 독립한다는 의미는, 나의 정체성을 더 이
상 가족에게서만 찾지 않고 스스로 발 딛을 곳을 선택하겠다는 뜻이
기도 하다. 그렇다면 독립을 고려할 때는 보증금 못지않게 이 물음도
중요하다. 나는 어디를 새로운 집으로 삼을 것인가?

　　나의 부모님은 현재 충북 제천으로 이사를 가셨고 나는 남산 밑
에 있는 서울시 용산구 후암동에서 따로 살고 있다. 나의 신분은 중
졸 백수이고 일주일에 두 번 맥도날드 아르바이트를 뛰어서 한 달에
19만 7,000원을 번다. 그런데도 보증금 2,000만 원에 월세 200만 원
인 집에서 살고 있다. 열두 명의 사람들과 함께. 여기가 바로 나의 새
로운 집이다.

함께 지불하기 — 공동생활의 경제적 파워

앞에서도 말했지만 나는 현재 '서경재'라는 공간에서 살고 있다. 여러 사람들이 함께 생활하는 공동주택이다.

서경재의 원래 이름은 '낙산재'였다. 연구실이 원남동에 있던 시절 공동주택이 만들어졌고, 낙산(駱山) 앞에 자리 잡았다고 해서 집의 이름은 '낙산재'가 되었다. 낙산에서 시작한 낙산재는 몇 번의 이사를 거친 후 현재 '서경재'라는 새 이름으로 남산 바로 밑에 자리를 잡았다. 새 이름은 세미나 회원 한 분이 이사 선물로 주신 '서경유재'(書耕幽齋 : 글쓰기로 밭을 갈다)라는 서판을 따서 지었다. 이미 소개한 바와 같이 서경재는 월세가 200만 원이고, 집도 널찍하고 깨끗하다. 각자 매달 15만 원씩 내고 있고 현재 열두 명의 사람들이 함께 살고 있다.

거의 백수나 다름없는 사람들이 이런 집에서 살 수 있다니……! 공동생활의 놀라운 힘은 가난뱅이의 달인 마쓰모토 하지메도 극구 예찬했다.

일본의 고단수 가난뱅이, 마쓰모토 하지메
마쓰모토 하지메(松本哉)는 내가 너무너무 좋아하는 일본의 가난뱅이다! 그는 대학에서 '노숙 동호회'에 가입하여 온갖 노숙 기술과 공짜생활 기술을 갈고닦은 고단수 가난뱅이다. 거리에서 찌개투쟁을 하는 등 배꼽 잡는 데모를 벌이는 데 천부적 재능이 있다. 현재 재활용가게 <아마추어의 반란> 5호점의 점장이다.

곰곰이 생각해 보면 목욕탕은 하루에 30분에서 1시간밖에 사용하지 않으며 세탁기는 1주일에 1~2회 정도 돌린다. 거꾸로 말하면, 목욕탕은 하루에 23시간 정도 비어 있다는 것이고 세탁기는 거의 돌아가지 않고 있다는 말이다. 그런데도 일부러 비싼 돈을 들여서 이런 것을 독점한다는 것이 무슨 의미가 있는지 잘 모르겠다. 공유할 수 있다면 공유하는 쪽이 훨씬 이득이 아닐까.(『가난뱅이의 역습』, 26쪽)

마쓰모토의 지적은 간단하고 통쾌하면서도 허를 찌른다. 도서관이 없다면 우리는 한 번만 읽고 싶은 책도 반드시 사야 할 것이다. 그러나 도서관이라는 공유재산이 있기 때문에 사람들은 돈과 물자를 낭비하지 않고도 책을 읽을 수 있다. 책을 공유할 수 있다면 목욕탕, 거실, 집도 공유할 수 있지 않을까? 지금 내가 살고 있는 후암동을 기준으로 생각해 보면, 만약 혼자서 방 한 칸인 열 평짜리 집에서 살려면 대략 보증금 1,000만 원에 월세 40만 원 정도는 감수해야 한다. 그러나 세 명이서 방 세 칸짜리, 보증금 2,000만 원에 월세 60만 원인 집에서 함께 산다면 개인당 부담액수는 훨씬 낮아진다. 마쓰모토 하지메의 말마따나, 하루에 고작 1시간만 쓰는 욕실 때문에 월세를 무리하게 부담하는 것은 억울한 일이다.

앞에서도 나왔던 체르니셰프스키의 『무엇을 할 것인가』 속 주인공 베라는 나중에 직원들과 공동으로 운영하는 봉제공장을 세운다.

베라네 봉제공장 직원들도 공동생활을 한다. 처음에는 공장의 이익금 중 일부를 모아서 돈이 필요한 직원들에게 무이자로 돈을 빌려주는 신용조합을 만들었다. 곧 소비조합도 생겨났고 이것 역시 큰 경제적 이득을 가져왔다. 여러 가지 실험을 해본 결과, 그녀들은 같은 아파트에 모여 살면 더 좋겠다는 결론에 도달했다.

 ⋯⋯ 이 신용조합이 설립된 후에 소비조합이 생겼는데 처녀들은 차, 커피, 설탕, 신발, 양말, 그 밖의 다른 물건들을 이 가게에서 구입하는 것이 훨씬 이익이라는 것을 깨달았다. 그것은 도매가격으로 물건을 사는 것만큼이나 싸게 먹히는 것이었다. 짧은 기간 동안에, 그들은 ⋯⋯ 매일같이 구입해야 되는 빵과 식량들의 구매까지 그 영역을 확장하였다. 그러나 그렇게 하기 위해서는 그들이 서로 가까이 살아야 한다는 것을 알았다. ⋯⋯ 이렇게 1년 반쯤 지났을 때에는 거의 모든 처녀들이 현재의 큰 아파트에서 살게 되었는데 그들은 공동 식탁을 갖고 있을 뿐만 아니라 식구들이 많은 가정에서 하는 것과 똑같이 그들의 식량을 구입했다.(『무엇을 할 것인가 上』, 284쪽)

식비뿐만이 아니다. 경제적 효과는 사소한 생활용품에서도 톡톡히 발휘된다. 스무 명의 직원들이 따로 살 때는 스무 개의 양산이 필요했다. 그러나 함께 모여 살면 스무 명이 동시에 외출하는 일은 거의 없기 때문에 다섯 개의 양산으로도 충분하다. 비용은 1/n로 계산하기 때문에 개인당 금액의 75퍼센트가 절약된 셈이다. 이런 계산법이 모든 생활용품으로 확장된다고 생각하면 참으로 대단한 효과가 아닐 수 없다. 양산 하나도 우습게 볼 게 아니다!

함께 쓰기 — 사적 소유에서 공적 소유로

세상에 공짜는 없다고, 이런 근사한 생활이 거저먹기로 되지는 않는다. 공동생활을 잘 유지하기 위해서는 튼튼하고 현실적인 윤리가 필요하다. 지금까지 다른 스타일로 살아온 사람들이, 공통의 이해와 윤리 없이 함께 산다면 매사에 싸움이 벌어질 것은 당연하다.

서경재에는 다양한 윤리가 있다. 집에서는 술과 담배는 금지, 통금시간은 새벽 2시까지, 외박을 할 때는 누군가에게 알려야 한다(안 그러면 가출사건이 되어 서경재 인민재판에 오를 수도 있다). 그러나 그중에서도 가장 핵심적인 윤리는 청소다. 서경재에서는 일주일에 한 번씩 돌아오는 청소 당번을 절대 빼먹어서는 안 된다. 이것을 좀 더 정확하게 말하면 다음 문장과 같다. "흔적을 남기지 말라!"——이것은 연구실의 오랜 강령이기도 하다. 서경재에서는 방금 전까지 누가 있었는지 추측할 수 없게끔 늘 깨끗해야 한다.

왜 이렇게 흔적을 남기는 것에 민감한 걸까? 이것은 서경재가 '공적 공간'이기 때문이다. 나는 가족과 함께 살 때도 청소 문제 때문에 많은 트러블을 겪었다. 그러나 집이나 내 방과 같은 경우는 '사적 공간'이기 때문에 좀 더럽더라도 크게 문제가 되지는 않는다. 반면, 서경재는 공적 공간이다. 함께 사는 열두 명의 사람들이 언제든지 모든 공간을 자유롭게 사용할 수 있어야 한다. 그런데 사람들이 함께 쓰는 공간에 나의 물건을 두는 것은 이곳을 사적으로 점유하겠다는 뜻이다. 따라서 공동생활에서 흔적을 문제 삼는 것은 집에서 청소 문제로 엄마와 싸우는 것처럼 단순한 문제가 아니다. 타인의 사유재산에 함부로 손을 대서는 안 되는 것처럼 공유재산에도 규칙이 있다.

우리는 대개 '공유'를 별로 좋아하지 않는다. 사유가 더 익숙하기도 하고 또 공유는 불편하고 쉽게 망가진다는 인식이 있다. 하지만 목욕탕이나 가스레인지를 공유하기로 했을 때 무슨 일이 생겼는지, 우리는 이미 알고 있다. 이 생각의 전환은 일본의 가난뱅이 마쓰모토에게 책을 쓰게 했으며 대한민국 열두 명의 백수들에게 월세 200만 원짜리 집을 가능케 했다. 게다가 공유는 해보지 않은 사람들은 모르는 재미가 쏠쏠하다.

서경재는 사람이 많기 때문에 개인 물품을 많이 보관할 수 없다. 그렇다고 서경재 사람들이 종교인처럼 '무소유'의 생활을 실천하는 것은 아니다. 서경재 사람들은 새 물건을 들인 만큼 옛 물건을 밖에 내놓는다. 그중 대부분은 연구실에 있는 '넝마주의' 코너로 간다. 넝마주의는 연구실의 재활용가게인데, 나와의 인연이 끝난 물건들을 기부하면 새 주인이 나타나서 그 물건을 가져간다. 이렇게 되면 '내꺼'와 '니꺼'가 헛갈리기 시작한다. 어제까지만 해도 내 티셔츠였는데 오늘은 서경재의 누군가가 입고 있다거나, 받침대에 걸어 놓은 내 가방이 연구실 외부방문자에게 간택받아 새 길을 떠났다거나 하는 경우 말이다. 넝마주의를 통해서 나는 서경재 언니와, 또 얼굴도 모르는 사람들과 물건을 공유하고 있는 셈이다. 그런데 그 효과는 실로 놀랍다. 헐벗은 나를 입혀 주고 꽉 찬 나의 옷칸을 비워 준다.

서경재 안에서 '공유습관'은 활성화되는 것을 넘어 보기 드문 경지까지 발전했다. 양말을 모두 한 통에 모아 두고 아무거나 꺼내 신는 것은 예사이고, 심지어 칫솔까지 섞어 쓴 사건도 있었다. 지금까지 어떤 공산주의 체제에서도 칫솔까지 공유한 사회는 없었다는데 어쩌다 보니 서경재는 가장 급진적인(?) 공동체가 되어 버렸다.

내 물건이 거의 없다는 것은 생각보다 괜찮은 일이다. 알고 보면 실제로 일상생활에서 자주 사용하는 물건은 몇 개 되지 않는다(노트북, 필기도구, 책, 옷, MP3 정도?). 돼지우리처럼 물건이 쌓인 내 방을 볼 필요도 없고, 청소도 돌아가면서 하니까 일주일에 한 번만 해도 된

연구실 재활용의 메카(?) '넝마주의'
'버릴 거면 나 줘! 안 쓸 거면 나 줘!' ―― 연구실 카페 앞에 있는 넝마주의 슬로건(?)이다. 괜찮은 물건들이 많아서 눈으로 찜해 놓은 신상품이 다음 날이면 감쪽같이 사라진 경우도 많다. 넝마주의에서는 주인도 당신이고 손님도 당신이다. 언제든지 물건을 내놓을 수 있고, 사고 싶은 물건은 자체적으로 가격을 책정해서 돈통에 넣고 가져가면 된다. 옛날 아즈텍 문명에서는 잉여를 남김없이 쓰지 않으면 그 에너지가 자기 몸을 파괴한다고 생각했단다. 내 한 몸 지킨다고 생각하고, 필요 없지만 깨끗한 물건들을 내놓아 넝마주의의 운영자가 되는 것은 어떨까?^^

다. 이제는 물건을 흘리고 다니거나 잃어버리는 일도 줄어들었다. 아침에 양말통을 열었을 때 그득하게 차 있는 양말을 보면 내가 부자가 된 기분이다……!

반드시 공동생활을 해야 하고, 또 모든 것을 공유해야 한다고 말하려는 것이 아니다. 나는 사적 물건이 공유될 때 발생하는 효과, 즐거움에 대해서 말하고 싶다. 서경재의 양말들은 사람들이 공유하는 순간부터 역동성을 가지게 되었다. 이제 양말은 한 사람의 발에서 여러 사람의 발로, 매번 걷는 똑같은 길이 아니라 다른 거리와 다양한 장소를 돌아다닐 것이다. 공간도 마찬가지다. 수많은 사람들이 함께 모여서 서로 다른 방식으로 무언가를 할 때, 공간에는 고립된 개인방에서는 볼 수 없는 활기가 넘친다.

물론 갈등은 분명히 있다. 서경재의 여자들은 일곱 명이서 한방을 함께 쓴다. 손님이 올 때면 여덟 명이서 자야 할 때도 있다. 그녀들은 작은 옷장 두 개와 칸막이 하나에 자신들의 모든 옷을 보관하는 놀라운 기술력을 자랑한다. 하지만 그 때문에 조금만 물건들이 나와 있어도 상당히 지저분하게 보인다. 이러니 갈등이 생기지 않을 수 없다. 내 속옷이 다른 사람들 옷 밑에 2주 동안 깔려 있을 때, 아침 6시부터 8시 사이에 일곱 개의 각양각색 알람이 울릴 때는 내 방 생각을 간절히 해보기도 한다. 공동생활에 익숙해지면 내 알람만 듣는 신공이 생긴다는데 나는 끝까지 그 기술을 익히지 못했다.

그러나 함께 산다는 것은 공간을 공유하는 것이고, 공유가 필요한 것도 결국 함께 살기 때문이다. 타인과 함께 살 때는 이런 갈등은 전부 감수해야 한다. 어차피 언젠가는 집을 떠나 독립을 해야 한다. 그리고 집을 떠나기 위해서는 몸이 가벼워야 한다. 물건들이 몸에 덕지덕지 붙어 있으면 움직이기도 힘들고 공간만 많이 차지하게 되어 어디를 가도 환영받기 힘들 것이다.

공유는 생각처럼 엄청난 것이 아니다. '죽어도 내 방 아니면 못 산다'는 사람들, 공동생활이 견딜 수 없는 이유는 함께이기 때문이 아니라 한 번도 함께하지 않았기 때문이고, 몸에 너무 많은 물건이 따라다니기 때문이다. 사람은 변하기 마련이다. 함께 쓰고 함께 자면서 사람들은 서로를 함께 살게끔 변화시킨다.

함께 산다는 것 — 食口로 만나다

나는 서경재가 좋다. 단순히 '생활비'가 값싸기 때문이 아니다. 누군가 15만 원보다 더 싼 가격으로 공간을 빌려주겠다고 제안한다고 해도 서경재 사람들이 사는 곳을 옮기지는 않을 것이다.

집이 좋은 이유는 나를 기다리는 식구가 있기 때문이다. 마찬가지로 서경재의 매력은 바로 이곳에서 형성되는 관계로부터 나온다. 우리는 공부를 하고자 연구실에 모였고, 그것이 인연이 되어 서경재에서 함께 살게 되었다. 이 관계는 일반 고시원이나 기숙사의 그것과는 다르다. 서경재 사람들은 일반 동거인처럼 돈으로 엮인 사이도, 그렇다고 가족처럼 피로 엮인 사이도 아니다. 이 관계는 식구(食口)라는 단어가 가장 적절할 것 같다. 식구란 같은 식탁에서 한솥밥 먹는 사람을 뜻한다. 식구는 서로 삼시 세 끼를 챙겨 먹게 만들고, 쓸쓸한 야밤에 치킨 먹자고 꼬실 수 있고, 서로에게 운동을 강요하기도 하며 아플 때는 쌍화탕을 끓여 주기도 한다.

그러나 어떤 공간을 선택해서 식구로 들어간다는 것은 간단한 일이 아니다. 고시원처럼 물리적 공간만 있을 때는 돈을 주면 간단하겠지만, 서경재는 그 안에 인간관계가 함께 있었다. 나뿐만이 아니라 그 공간 역시 나를 선택해야 했다.

내가 서경재에 들어가고 싶다는 의사를 밝혔을 때, 서경재 사람들은 나를 새로 받아들이는 것에 대해 찬반토론을 했다. 여자 방에는 이미 여섯 명이 꽉 차 있었다. 더 문제가 된 것은 내가 미성년자라는 점이었다. 물론 서경재 식구들은 '십대는 반드시 가족과 함께 살아야 한다'고 생각하지는 않았다. 오히려 서경재 식구의 질문은 이것이었다.──"미성년자인 저 아이는 한 '주체'가 될 수 있는가?" 서경재 사람들은 단순한 동거인을 넘어서 *끈끈한* 관계를 형성하지만, 그것은 부모자식처럼 의존적 관계가 아니다. 서로 대등한 '주체'가 되었을 때, 비로소 나이의 벽을 뛰어넘어 친구가 될 수 있다.

주체라면 자신의 문제를 *스스로* 책임질 수 있어야 한다. 그런데 미성년자 같은 경우는 부모님의 영향력이 아직 크게 미치기 때문에 부모님이 중간에 개입할 여지가 크다. 사실 부모님은 둘째 문제이고, 첫째로는 미성년자가 자신을 주체로서 인식하고 그렇게 행동하는지가 더 중요하다. 내 모든 언사와 행동, 신체에 대해서 스스로 책임지는 것. 빨래, 청소, 잠자리, 밥, 살아가는 데 필요한 것들을 남에게 의존하지 않고 스스로 하는 것.

이제 질문은 나에게로 돌아온다. 나는 독립할 준비가 되었는가? 나나 서경재 사람들이나 대답은 '음……아니'였다. 그렇다고 서경재를 포기하느냐? 그럴 순 없다.

소설 『임꺽정』을 보면 뻔뻔한 과객이 하룻밤 묵고 가려다가 집주인에게 거절당하는 장면이 나온다. 그러자 과객은 도리어 집주인에게 큰소리를 친다. "사람의 집에서 사람이 못 잔단 말이오?"(홍명희, 『임꺽정』 1권, 사계절, 2009, 60쪽) 결국 과객은 하룻밤 묵은 것도 모자라서 며칠간 그 집에서 앓아누워 간호까지 받는다. 천만다행으로, 서경재에는 길에서 떠도는 나그네와 생떼 부리는 과객을 받아 주는 조선의 귀한 풍속이 남아 있었다. 나는 배수진을 쳤다. "여기가 아니

> **함께 사는 일, 즐겁거나 혹은 어렵거나?**
> 서경재의 윤리를 정리하자면 다음과 같다. ① 흔적 남기지 말기 ② 일주일에 한 번씩은 청소당번 ③ 통금시간은 새벽 2시 ④ 다른 곳에서 잘 때는 서경재 일원에게 꼭 말하기 ⑤ 연구실에서 함께 공부하기. 서로에게 늘 배우고, 좋은 동료가 되기. —별거 없지만, 함께 살기 위해서는 절대적으로 필요한 윤리들이다.
> 현재 나는 서경재에 살지 않는다. 새해의 새로운 기운이 들어왔기 때문일까, 나를 식구로 받아 준 열두 명의 사람들은 2011년 초에 각자 새로운 각오를 다지며 서경재에 남거나 자신의 길을 떠났다. 현재 서경재는 새로운 멤버를 구축해서 열심히 굴러가고 있는 중이다. 그러나 서경재의 일부로 살았던 5개월은 나를 그전과 그후로 나눌 수 있을 만큼 커다란 선물이었다.

면 갈 곳이 없습니다! 여기서 살고 싶습니다!" 그리고 같이 살고 싶다고 계속 사람들을 졸랐다. 처음부터 반대가 완강하지 않았음에, 결국 나는 서경재에 합류하게 되었다.

독립할 준비가 안 되었다더니, 잘 사냐고? 이미 말했지만, 독립을 향한 길은 끝도 없다. 아직도 갈 길이 멀다. 그런데 살아 보니 '주체'로 선다는 것이 홀로 '완벽하게 독립된 존재'가 되는 것은 아닌 것 같다. 사람은 완벽할 수 없다. 그렇기 때문에 함께 사는 것이다. 때 묻은 돈을 모아서 함께 월세를 내고, 돌아가면서 밥을 짓고, 함께 청소를 하고, 그렇게 혼자서는 벅찬 일들을 함께 해나가면서 살아간다. '주체'가 된다고 함은, 내가 식구들에게 받고 있는 만큼 그들에게도 베풀 수 있을 때를 말하는 것이 아닐까? 그때 비로소 식구가 되었다고 말을 할 수 있을 것이다. 독립한다는 것, 그것은 새로운 식구를 찾는 것, 누군가에게 새로운 식구가 되는 것이다.

새로운 집에서 새로운 식구를 만났다. 그것도 고생은 한 번 안 하고, 순전히 인맥과 다른 사람들의 도움으로 말이다. 빚진 것 이상으로 베풀 때 비로소 주체가 될 테다. 그렇다, 어떻게든 잘 살아가는 중이다. 하루하루 함께 살기 위해 필요한 것들을 조금씩 알아 가고 있다. 모자란 나를 받아 준 서경재 식구들에게 감사를 표하며, 오늘도 여전히 독립을 위해, 일보전진하려 애쓰고 산다.

밥 먹기 캠페인

살기 위해 먹거나, 먹기 위해 살거나

맥도날드에서 아르바이트하던 중, 나는 아주 이상한 현상을 보았다.

현재 지구에서 생산되는 곡물이 전 세계 모든 사람들을 배불리 먹이고도 남는다는 사실은 잘 알려져 있다. 그러나 기괴한 경제논리에 의해 제 몫을 전혀 배당받지 못하는 사람들과, 음식이 풍족하다 못해 넘쳐서 버리게 되는 사람들로 나뉘게 된다. 살기 위해 먹거나, 먹기 위해 살거나. 한편에서는 모든 사람들이 '먹고 죽은 귀신이 때깔도 좋다'는 격언을 온몸으로 실천 중인 반면, 반대편에는 진흙빵으로 배를 채우는 아이들이 있고, 가까운 곳에는 맥도날드 500원짜리 아이스크림으로 배를 채우는 서울역 노숙자가 있다.

그런데, 그 이분법이 허물어지고 있다. 돈이 없는 것도 아닌 사람들이 잘 먹고 잘 살지 못하고 있는 이상한 현상이 발생하는 것이다. 잘 먹고 잘 살기에는 이 세상이 너무 바쁘기 때문이다. 회사원과 학생이 700원짜리 삼각김밥을 입에 물고 나란히 아침을 달린다. 허겁지겁 맥도날드로 뛰어와서, 3분 뒤에 떠날 기차를 머릿속으로 초조하게 붙잡으며, 1분 만에 기적처럼 나온 맥모닝 세트를 옆구리에 끼고 다시 플랫폼을 향해 뛰어간다. 그러고는 턱까지 차오른 숨을 고르고 땀을 닦으면서, 좌석에 앉아 허기진 배를 채울 것이다……. 이건 먹는 게 아니라 때우는 거다. 음식의 질이나 가격, 심지어 음식을 먹는 태도까지 '살기 위해 먹는' 모양새다. 돈은 있는데, 시간이 없다.

길가에 늘어선 음식점들도 세상 돌아가는 모양새를 잘 알고 있다. 세계 최대의 식당 맥도날드에서 이런 문구를 내걸었다. "60초 안에 주문하신 제품이 나오지 않으면 프렌치프라이를 공짜로 드립니다♥" 이것은 무엇을 의미하는가? 3분 뒤에 대전행 KTX를 타야 하는 회사원에게는 환상적인 서비스일 테고, 햄버거를 만들어야 하는 맥도날드 아르바이트생 입장에서는 살 떨리는 이야기일 테다. 그러나 회사원과 아르바이트생의 점심메뉴는 똑같다. 회사원은 기차 좌석에서 햄버거를 먹고 아르바이트생은 크루룸에서 햄버거를 먹는다. 노숙자는 서울역 계단에 앉아서 햄버거를 먹고 여대생은 매장 안에서 햄버거를 먹고 엄마는 아이를 위해 해피밀 세트를 사간다. 바쁘든 안 바쁘든, 돈이 많든 적든, 남녀노소 모두가, 1분 만에 완성된 기적의 빵을 먹는다.

패스트푸드가 얼마나 고약한 과정을 거쳐서 탄생되는지는 사람들도 다 알고 있다. 상추를 생(生)으로 먹으려고 해도 밭에서 뜯어다가 부엌에서 깨끗이 씻어 먹는 수고가 필요하다. 싱싱한 야채와 고기만을 엄선하고 있다고 선전하지만, 싱싱한 재료로 1분 만에 조리된 음식을 만든다는 것은 누가 봐도 '뻥'이다. 그것은 음식이 아니라 통조림이다. 1분 만에 완성된 기적의 음식이 아니라, 몇 날 며칠 동안 통조림 속에서 죽어 있다가 1분 동안 뜨거운 불판 위에서 잠깐 새 생명을 얻은 음식이다.

그러나 사람들은 또한 '먹기 위해 산다'. 사람들은 헛가지로 끼니를 때우면서도 먹기를 멈추지 않고, 하루 종일 먹을 것을 찾아다닌다. 그리고 그것은 결국 햄버거와 그 아류들이다. 이 세상에서 '살기 위해 먹는' 수준으로 음식의 질을 떨어뜨리는 것은 패스트푸드만이 아니다. 촛불시위에서 뜨겁게 다뤄졌던 광우병사건을 떠올려 보라. 식당에서 빠지지 않고 사용하는 인공조미료, 자장면에서 된장찌개에까지 들어가는 MSG, 과자에 절대 빠지지 않는 착색향신료……. 식품위생은 늘 논란의 중심에 있지만, 그렇다고 우리가 자장면과 과자를 사 먹지 않는 것은 아니다!

잘 먹고 잘 살기에는 세상에 음식이 너무 많다. '식탐'은 공공연하게 세상 곳곳에서 얼굴을 드러낸다. 살인해서도 안 되고 스펙이 낮아서도 안 되지만, '식탐'만은 누구도 금지하지 않는 거의 유일한 것이다. 그러나 우리는 끊임없이 식탐 앞에서 걸려 넘어진다. 거식증, 헛헛증, 다이어트에 관한 수많은 성공담과 실패담, 비만, 스트레스, 그 끝에는 망가진 몸이 있다. 식탐은 스스로 '먹는' 행위를 조절할 수 없음을 뜻한다. 세상이 나에게 끊임없이 먹으라고 요구하는 것을 받아들이고, 도처에 쌓여 있는 음식 앞에서 절제력을 포기하는 것이다. 나중에는 좋아서 먹는 것이 아니라 불가항력에 끌려가는 것처럼 먹지 않을 수 없게 된다. '먹기 위해 산다'는 모습이, 마치 죽기 위해 먹는 것 같다.

세상에는 살기 위해 먹는 사람과 먹기 위해 사는 사람이 있다. 그러나 지금 내가 있는 이곳에서는 '살기 위해 먹는다'와 '먹기 위해 산다'는 이분법은 분명하지 않아 보인다. 너무 바빠서 하루 세 끼를 못 챙겨 먹고 통조림으로 때우면서 사는 사람과 넘쳐나는 음식 속에 묻힌 사람이 있다. 그 둘은 다른 사람이 아니다. 먹기 위해 사나 살기 위해 먹으나 음식의 질이 똑같기 때문이다. 노숙자나 회사원이나 전부 맥도날드에서 1분짜리 음식을 사가기 때문이다. 가슴에는 '식탐'이 자라나고 있다. 혹시, 음식 앞에서 인간이 하향평준화되는 세상이 도래하는 걸까?

'밥' 먹읍시다

참 먹고살기 힘들다. 도처에 널린 것이 음식인데 도대체 그중에서 먹을 수 있는 것이 없다는 것은 정말 아이러니다. 참, 잘 먹고 잘 사는 사람 보기 힘들다. 아르바이트하느라 매일 아침을 거르는 내 동거인, 정열적으로 식탁에 불타는 내 또 다른 동거인, 기차 타야 하니 빨리 햄버거를 달라고 성질내는 회사원, 소프트아이스크림으로 끼니를 때우는 노숙자, 매번 방학마다 다이어트 한다고 선언하는 친구, 그리고……?

진심으로 나는 '잘' 먹고 '잘' 살고 싶다. 공부도 결국 잘 살기 위해서 하는 것이다. 만일 먹는 것이 공부가 될 수 있다면 바로 이 지점이 될 것이다. 잘 산다는 것은 어떤 것인가. 우스갯소리이지만, 포이어바흐도 "인간이란 자기가 먹는 것과 다르지 않다"고 했다. 밥 한 숟갈 한 숟갈이 모여서 뼈가 되고 살이 된다. 하루하루 먹는 음식이 곧 내가 된다. 밥을 먹으면 밥의 기운으로, 햄버거를 먹으면 맥도날드의 기운으로, 굶으면 허한 기운으로 내 신체가 구성될 것이다. 신체는 내가 세상을 바라보는 창구다. 그러니 잘 살기 위해서는 잘 먹어야 한다. 이는 의심할 수 없는 명제이다.

무엇을 먹어야 잘 먹었다고 말할 수 있을까? 그것은 '집에서 직접 차린 밥'이다. 내 삶과 몸이 그렇게 말한다. 어렸을 땐 외식하기를 날마다 간절히 바랐었는데 지나고 나서 생각해 보니 엄마가 집에서 차려 준 밥이 제일 좋았다. 그렇다고 우리 엄마가 식탁에 대한 애정이 넘치는 어머니는 아니었다. 식단은 밥과 김치와 삼삼한 나물이 대부분이었고, 식탁이 너무 부실할 때면 계란 프라이 하나를 더하는 정도였다. 그러나 여기에는 정성이 있었고 사람에 대한 예의가 있었고, 대화가 있었다.

'밥' 차려 먹기! 그것은 곧 나를 소중히 여기는 것이다. 그리고 결코 녹록지 않은 공부다. 세상의 배치는 내 신체 깊숙이 스멀스멀 스며들어 와 뿌리를 내렸다. 밥해 먹을 여유조차 없는 일상, 해 먹기보다는 사 먹고 싶은 게으름, 조미료 앞에서 감각을 잃어버린 혀가 내 발목을 잡는나.

지식인 공동체로 만난 연구실에서 '주방'이라는 공간이 의미를 가지는 것도 이런 지점에서다. 연구실에서는 점심, 저녁 두 끼를 함께 해 먹는다. 직접 장을 보고, 모두가 돌아가면서 밥당번을 한다. 이는 가난한 지식인들의 절박한 생존전략이기도 하지만, 몸과 머리가 따로 노는 지식인들의 '먹는 공부'이기도 하다. 신체에 깊숙이 뿌리박힌 '먹는 것'에 대한 습(習)을 뒤엎는 것이다. 밥당번을 하면 생야채가 조리된 반찬이 되기까지의 과정을 전부 책임져야 한다. 이 밥은 1분 만에 나오는 햄버거도 아니고 재료를 알 수 없는 수상한 음식도 아니다. 이것은 엄마가 해주는 밥과 같다. 밥을 거르는 사람들에게 밥 먹으라고 재촉하고, 때로는 재촉당하면서 밥을 먹는다.

이 기묘한 세상에서 친구를 모으면 밥 먹는 일이 한결 더 수월해진다. 그 친구를 다른 말로 하면 '식구'다. 1,800원의 돈을 내고 먹는 것은 가정식 백반이지만, 시간에 쫓기지 않은 채, 사람들과 대화하면서, 통조림이 아닌 진짜 밥을 먹을 때 비로소 나는 내가 지금 한 끼 '잘' 살고 있음을 느낀다. 점심 도시락이 없어서 물로 배를 채웠다는 옛 시절에는 밥 사 먹을 만큼만 돈이 있으면 그것이 잘 사는 것이었을 테다. 그러나 돈이면 모든 것을 할 수 있다는 지금, 아이러니하게도 돈은 나를 잘 살게 해주지 못한다. 나를 살게 하는 것은 밥이다. 그리고 나를 '잘' 살게 하는 것은 식구다.

세상이 번잡할수록, 음식이 넘쳐날수록, 잘 살고 싶을수록 이 질문을 놓치면 안 된다. "밥은 먹고 다니냐?" 통조림 말고, 밥 좀 먹자. 밥 먹는 것조차 힘들게 하는 이 험난한 세상풍파에 대책 없이 휩쓸릴 수는 없다. 아무 생각 없이 자본주의가 쳐놓은 그물망에 내 발로 걸어 들어갈 수는 없다. 그것은 음식에 대한 예의가 아니고, 나에 대한 예의는 더욱 아니다.

밥을 굶는 당신이 걱정된다. 매일 아침 햄버거로 끼니를 때우는 당신이, 오늘도 배가 아플 정도로 과식한 당신이 걱정된다. 걱정하는 이유는 나 역시 조금 더 나은 삶을 살고 싶어서 발버둥 치는 중이기 때문이다. 살기 위해 먹고 싶지도, 먹기 위해 살고 싶지도 않다. 잘 먹고 잘 살고 싶다. 당신은 식구가 있는가? 잘 먹고 잘 살고 싶은 이 단순한 몸짓에 함께했으면 좋겠다. 이 글을 보고 내일 아침에는 꼭 따뜻한 밥 한 그릇 먹고 나갔으면 좋겠다.

마이너리티의 작은 사건

'학력 중졸, 주민등록증이 나오지 않은 미성년자, 부모와 함께 살지 않음.'

나를 규정하는 일련의 조건들이 이 사회에서 '마이너'에 속한다는 사실. 머리로야 진작부터 알고 있었지만 내 몸은 전혀 체감하지 못하고 있었다. 그 까닭은 나의 거의 모든 생활이 연구실에서 이루어지기 때문이고, 여기서는 중졸이나 미성년자라는 불리한 조건이 실생활에 별 영향을 미치지 않기 때문이다. 그러나 연구실 외부에서 작은 사건을 겪고 나서야 나는 비로소 사회에서 마이너에 속한다는 것이 어떤 의미인지 체감할 수 있었다. 그 사건이 해결되는 3주간, 나는 이 대한민국 서울 한복판에서 졸지에 국적불명 신원불명 '난민'이 되었다……!

사건의 시작은 '지갑 분실'이었다. 나는 워낙 옛날부터 물건을 이곳저곳에 잘 흘리고 다녔다. 가방을 지하철 선반 위에 올려 둔 채 내릴 때는 까먹고 두고 간다거나, 좌석버스 옆자리에 지갑을 두고 그대로 내린다거나 하는 일이 심심찮게 있었다. 나이를 먹으면서 이 구질구질한 습관도 고쳐진다 싶었는데 또다시 일이 터졌다. 예전과 달리 이번에는 지갑 안에 돈뿐만이 아니라 체크카드, 현금카드, 그리고 청소년증이 들어 있었다. 청소년증이야 평소에는 도서관증보다도 취급을 안 했으니 별로 아쉬울 것이 없었지만, 체크카드 같은 경우는 당장 돈을 뽑을 수 없다는 것, 생존과 직결된 새로운 문제를 야기했다. 나는 카드 재발급 및 현금인출을 위해 가까운 은행을 방문했다.

그러나 은행원이 나에게 한 말은 단 한 마디였다. "엄마를 데려오세요!" 돈을 뽑기 위해 들고 간 통장은 도장이 없기 때문에 무용지물이었다. 미성년자가 돈을 뽑을 때는 사인을 사용할 수 없고 반드시 도장을 써야 한단다. 또한 미성년자가 카드 재발급을 받거나 통장을 ATM에서도 쓸 수 있도록 등록할 때도 전부 보호자가 필요하단다. 도장은 이사 통에 종적을 감춘 지 오래였다. 부모님은 머나먼(?) 충청도에 계셨다. 그것도 차를 타고 20분은 달려야 겨우 '농협'이 나타나는 산골짜기에. 통사정을 해보았지만 은행원은 울상을 지으며 단호하게 'NO'로 일관했다. 미성년자 관련 보호규정이야 원래 복잡하다지만, 그래도 은근히 화가 치밀었다. 체크카드를 겨우 '재발급'하는 데도 보호자가 필요하다니, 정말 '애' 취급이다.

후에, 실상은 그 은행원이 착각을 했던 것으로 밝혀졌다. 체크카드를 발행할 때는 부모님의 동의가 필요하지만 재발급받을 때는 신분증만 있으면 된다는 것이다. 미성년자 관련해서는 워낙 경우의 수가 많아서 착각할 수 있단다. 결국 체크카드를 재발급받기 위해서 나는 먼저 내 신분을 증명해야 했다. 나는 청소년증을 재발급받으러 동사무소를 방문했다. 청소년증은 학교를 다니지 않는 미성년자의 신분보장과 혜택을 위해 2004년부터 전국적으로 시행된 정책이다.

바로 이때부터 진짜로 두려운 사건이 시작되었다. 증명사진까지 깔끔하게 붙여서 재발급 신청서를 작성했더니, 이번에도 담당자는 'NO'라고 대답했다. 청소년증 발급은 본인의 거주지에서만 가능하다는 것이다. 내 주소는 세대주인 아빠를 따라 '충청북도 제천시 수산면'으로 되어 있었다. 은행에서는 충청도에 있는 부모님을 부르라고 하더니, 동사무소에서는 충청도에 가서 부모님과 함께 볼일을 보라고 한다. 담당자는, 여의치 않다면 현재 살고 있는 곳으로 새로 전입신고를 하고 그다음에 신분증을 발급받으라고 했다.

나는 전입신고 담당자에게 갔다. 그런데 전입신고 담당자 왈, "신분증이 있어야 전입신고를 하는데요." 그 순간 나는 머릿속이 새하얘졌다. 신분증을 발급받으려면 전입신고를 해야 하고 전입신고를 하려면 신분증이 있어야 한다는, 마치 닭이 먼저냐 계란이 먼저냐 논쟁을 연상케 하는 상황이었다. 어떻게 생각하면 우스운 상황이었지만, 웃음은 나오지 않았다. 이제 나는 어떻게 되는 것인가? 얼이 빠진 채로 담당자의 설명을 계속 들었다. 전입 담당자는 내가 아직 주민등록증이 나오지 않은 미성년자라면 청소년증이 있어도 어차피 전입신고는 불가능하다고 했다. 미성년자의 거취문제는 세대주에게 권리가 있기 때문에 무조건 세대주 밑으로 주소지가 입력된다는 것이다. 동거하고 있는 성인에게 미성년자를 맡기겠다는 신고를 세대주가 직접 할 때야 비로소 전입신고가 가능하다고 했다.

정리해 보니 네 가지 방법이 있었다.

①충청도 수산면사무소에서 청소년증을 뗀다 → 은행에 간다.
②세대주와 성인 동거인의 협력 아래 용산2동으로 주소를 옮긴다 → 여기서 청소년증을 뗀다 → 은행에 간다.
③학생증을 발급받는다 → 은행에 간다.
④엄마를 불러서 함께 은행에 간다.

3번은 학교를 나왔으니 불가능한 방법이고, 나머지 세 개의 방법은 신분증이 없어도 내 신분을 보장해 주는 유일한 사람들, '부모'와 함께하는 것이었다. 그러나 그때 당시 나는 시골에 내려갈 수 있는 형편이 아니었고 부모님도 마찬가지로 서울에 올라올 수 없었다. 나는 신분증이 없었기 때문에 등본도 뗄 수 없었고, 따라서 '부모'와의 관계를 증명할 수가 없었다. 결국 '김해완'이라는 이름만 아빠네 집 충청도에 머물렀고 정작 진짜 '김해완'은 어느 곳에도 없었다. 전입신고 담당자는 "네가 누구인 줄 알고 등록해 주겠느냐"고 친절하게 설명해 주었다. '네가 누구인지 어떻게 알고'라니⋯⋯. 나는 서울 한

복판에서 '신원불명'이 되었던 것이다. 이 새로운 신분(?) 앞에서, 중졸 학벌이나 미성년자라거나 하는 조건들이 다 무색해졌다. 내가 18년 동안 한국에서 살아온 과거를 이야기해도, 나를 증명해 줄 수 있는 친구관계를 이야기해도 저쪽에는 전혀 닿지 않았다. 난 이제 어떻게 해야 할까? 어차피 아무것도 할 수 없다. 눈에 보이는 투명인간이 된 것이다.

2009년 10월, 네팔에서 온 외국인 노동자 미누 씨가 출입국관리소에 잡혀갔다. 미누 씨는 연구실과 함께 공간을 쓰고 있는 MWTV(이주노동자방송국)에서 몇 년째 활동하고 있었다. 미누 씨는 스무 살에 한국에 와서 2009년까지 18년 동안 이곳에 살았다. 그리고 이주노동자 밴드 'Stop Crackdown'(강제추방반대)을 결성해 보

Stop Crackdown

맥도날드 아르바이트를 하면서도 햄버거를 주문하는 이주노동자들을 아주 쉽게 만날 수 있다. 그들은 한국 경제의 가장 밑바닥을 떠맡고 있다. 여기에는 이중적인 의미가 있다. 이주노동자들은 대부분 한국인들이 가장 천하게 여기는 업종(3D)에 종사한다. 그러나 그것은 한국 경제에서 필수적인 업종이다. 이주노동자들이 전부 한국을 빠져나가는 상황을 가정해 보면 한국 경제는 제대로 돌아갈 수 없다. 이와 마찬가지로, 이주노동자를 대하는 정부의 태도도 이중적이다. 여러 가지 제도를 통해 계속해서 이주노동자를 들여온다. 그러나 한편에서는 '범법자' 꼬리표를 붙이고, 쫓아내며, 쫓아내야만 하는 존재로 만들려고 애를 쓴다.

미누 씨는 나보다 한국에 더 오래 살고서도 그의 존재를 인정받지 못했다. 그는 자신의 인생에서 반절 가까이 머무른 땅을 떠나야 했다. 그러나 미누 씨가 밴드 'Stop Crackdown'을 하면서 만들었던 노래들은 계속 존재할 것이다.

컬로 활동을 해왔다. 그는 2008년 촛불시위에서 공연을 한 이후 계속 주시되다가 결국 '미등록'을 이유로 강제출국당했다. 그에게는 신분증이 없었다. 아무도 미누 씨의 신분을 보장해 줄 수 없었고, 그러기 위해 각고의 노력을 기울였으나 결국 실패했다. 그를 아끼는 많은 한국인 친구들이 언론에 호소해 보았지만 아무 효력도 없었다.

'나'는 내 몸뚱이가 아니라 내 신분증이라는 생각. 나는 학교도 다니지 않고 주민등록증도 없다. 그러나 내게는 최후의 보루로 '가족'이 있다. 내가 집에서 나와 독립적인 삶을 꾸리는 것과 상관없이, 부모님은 현재 나를 대한민국과 연결해 주는 끈이고, 나는 그것을 기반으로 정상적인 삶을 살고 있다. 삶은 신분증과 별개로 계속된다. 그러나 등록되지 않는 삶은 친구도, 직장도, 돈도, 시간도 전부 인정받을 수 없다. 수많은 철학자들은 '인간이란 무엇인가' 하는 무거운 고민을 했지만, 어쩌면 인간은 정말 간단한 것일지도 모른다. 바로 '신분증'이다. 신분증이 나를 보증해 주지 않으면 나는 돈을 버는 것도, 친구를 만드는 것도, 이동도 불가능하다.

사건은 간단하게 마무리되었다. 나는 체크카드를 다시 발급받았다. 생각해 보니 나에게는 '여권'이 있었다. 여권이야말로 진정한 마법의 카드였다. 여권을 지참하자마자 나는 완벽하게 신원이 복구되었다. 그 조그만 수첩을 통해 일이 풀리지 않는 곳이 없었다. 체크카드가 단박에 발급되었고 통장은 자동화기기용으로 등록되었다. 엄마와 제주도 여행을 갔다가 혼자 돌아올 때에도 여권 덕분에 G20 때문에 한층 더 삼엄해진 공항을 무사히 통과할 수 있었다. 공포감은 컸으나, 겪었던 것은 정말 작은 사건이었다.

이번 겨울에 주민등록증이 나온다. 주민등록증이 나와 봤자 난 여전히 미성년자이므로 별 소용은 없지만, 이번 사건을 겪으면서 나름대로의 의미가 특별해졌다. 난 그래도 주민등록증이 나오는 '메이저'다. 학벌이나 나이가 불리하다고 해도, 어쨌거나 나는 이곳에서 사람으로 살아가는 데 필요한 관계들을 '정당하게' 가질 수 있다. 신분증이 없는 사람은 한국에서 오랫동안 살고 또 한국을 좋아해도 언제까지나 투명인간으로 살아야 한다. 이제 곧 나는 대한민국 국민으로 정식 인정을 받는다. 학력은 중졸에 직업은 백수이며 대한민국을 소중히 여긴 적이 단 한 번도 없지만, 그래도 신분증은 가지고 있으니, 마이너리티는 아니다.

세상 속에서 '독립'

: 새로운 우리들의 이야기

_ 니콜라이 체르니셰프스키, 『무엇을 할 것인가』, 서정록 옮김, 열린책들, 2009

『무엇을 할 것인가』, 레닌의 작품으로 더 널리 알려져 있는 책 제목이다. 그러나 사실 레닌 이전에 이미 똑같은 제목으로 책을, 그것도 무려 연애소설을 쓴 사람이 있었다. 바로 니콜라이 체르니셰프스키(1828~1889)이다. 그는 서른네 살에 투옥된 후로 죽을 때까지 감옥살이를 했는데, 『무엇을 할 것인가』는 투옥된 바로 다음 해에 발표한 소설이다. 새로운 사람들은 어떻게 사랑하고 또 살아가는가! 이 소설은 당시 러시아 청년들에게 엄청난 반향을 불러일으켰다고 한다. 오죽했으면 레닌도 자신의 책에 똑같은 제목을 붙였을까.

19세기 러시아 청년들을 흥분시킨 이 대단한 연애소설은 21세기 청년들 역시 뒤흔들었다. 작가가 예고했듯이 이것은 정말 새로운 사람들의 이야기인지라 감정이입이 쉽지 않았지만, 나를 비롯해서 함께 이 책을 공부한 세미나원들은 열광했다. 그런데 우리들이 꽂혔던 부분은 바로 '독립'이었다.

왜 하필 독립인가? 아니, 그전에 연애와 독립이 도대체 무슨 상관인가? 이 두 개의 단어는 서로 완전히 동떨어진 것처럼 보인다. 그러나 여주인공 베라 파블로브나에게 연애와 독립은 서로 떼어 놓을 수 없는 관계다. 베라의 소녀시절은 귀족 도련님과 정략결혼을 시키려는 엄마에게서 벗어나기 위한 투쟁이었다. 소녀의 간절한 바람은 오직 가족으로부터의 '독립'뿐이었지만, 주변에서는 도움은커녕 결혼만이 최선책이라며 그녀의 기를 꺾으려 했다. 다음은 베라가 친구와의 말다툼 끝에 체념하고는 자신의 갈증을 독백하는 부분이다(앞서 본문에서 이미 일부분을 인용했으므로, 여기서는 독백 전문을 다 인용한다. 길지만 충분히 그럴 만한 가치가 있다고 생각한다. 음미하시길!).

당신은 나를 변덕스럽다고 하겠지요 내가 인생에서 원하는 게 무엇인지 알고 싶겠지요. 나는 누구를 지배하는 것도 누구에게 복종하는 것도 원하지 않아요. 누구를 기만하거나 그럴듯하게 가장하고 싶지도 않고요. 뿐만 아니라 다른 사람들의 생각에 귀 기울인다거나 그들이 원하는 것을 위해 애쓴다거나 하는 일은 더욱 하고 싶지 않아요. 내가 필요를 느끼지 않는 한 말이에요. 나는 부자들에게 친숙하지 못해요. 그들이 나를 필요로 하지도 않고요. 그러니 내가 왜 그들을 좇아야 하겠어요? 단지 부유한 것이 좋은 것이므로 결과적으로 나에게도 좋을 것이라고 생각하기 때문인가요? 나는 아직 사회를 경험하지 못했어요. 사회가 어떤 곳인지도 모르고

요. 또 아직 알고 싶지도 않아요. 그리고 내가 왜 무엇인가를 희생해 가면서까지 화려한 지위를 가져야 하나요? 단지 남들이 좋다고 하기 때문인가요? 조금도 필요를 느끼지 않는 것을 위해서 희생할 생각은 추호도 없어요. 그냥 혼자 해보는 말이 아니에요. 그런 문제라면 나는 나의 아주 작은 변덕조차도 용납하지 못해요. 나는 독립해서 내 방식대로 살고 싶어요. 나에게 필요한 것이라면 그것이 무엇이든 마음의 준비가 되어 있어요. 하지만 필요하지 않은 것에 대해선 그게 무엇이든 원치 않아요. 장차 나에게 무엇이 필요할지 나는 아직 몰라요. 당신은 말했죠. 나는 어리고 경험이 부족하다고……. 그리고 시간이 흐르면 나도 변할 거예요. 그러나 내가 하기 싫은 것은 어떤 것도 원하지 않아요. 그래요, 원하지 않아요! '그러면 네가 지금 원하는 게 뭐냐'고 당신은 묻겠지요. 그래요, 나는 내가 단지 모른다는 것만 알 뿐이에요. 내가 한 남자를 사랑하길 원하냐고요? 모르겠어요! 어제 아침까지만 해도 내가 당신을 사랑하게 될 줄은 전혀 몰랐어요! 그리고 당신을 사랑하기 시작한 몇 시간 전만 해도 내가 누군가를 사랑할 수 있으리라고 생각하지도 못했어요. 게다가 내가 당신에게 사랑을 느꼈을 때 어떻게 해야 하는지 몰랐어요. 그리고 지금도 한 남자를 사랑하게 되면 어떻게 해야 하는 건지 몰라요. 나는 단지 내가 누군가의 노예가 되고 싶지 않다는 것만 알 뿐이에요. 나는 자유롭고 싶어요! 나는 누군가에게 신세를 끼치고 싶지도 않지만 누군가가 '너는 너를 위해서 무엇인가를 해야 한다'고 감히 말하는 것은 더욱 참을 수 없어요. 나는 단지 내 마음이 하고 싶어 하는 것을 하려고 할 뿐이에요. 다른 사람에 대해서도 마찬가지고요. 뿐만 아니라 누군가에게 그 무엇을 하도록 요구하는 짓은 하고 싶지 않아요. 한마디로, 타인의 자유를 빼앗고 싶지 않아요. 나는 자유롭고 싶을 뿐이에요!(『무엇을 할 것인가 上』, 71~73쪽)

철없지만 힘 있고, 무엇보다 감동적이다. 자유롭고 싶다는 것은 이처럼 원초적 열망이 아닐까. 근사한 이론이나 혁명의 언어를 빌려오지 않아도 어린 베라는 본능적으로 뜨겁게 '자유'를 외친다. 21세기 청년들은 이 외침을 듣고 가슴이 뛴다. 얼마나 많은 사람들이 독립하지 못한 채, 독립할 의지를 포기한 채 살아가는가. 우리는 독립과 함께 '자기 식대로 살아갈 자유'를 포기해 버렸다. 이것을 포기하기는 쉽다. 감정은 무디게, 생각은 안 하고 살다 보면 어느새 보이지 않는 손들이 미리 닦아 놓은 트랙을 따라 걷고 있기 십상이다. 베라의 외침이 녹슬어 버린 본능을 일깨운다.

이 뜨거운 외침을 한 남자가 듣는다. 그는 가난한 의대생이자 베라의 남동생의 과외 선생인 로푸호프였다. 이쯤 되면 다들 눈치챘을 것이다. 베라와 로푸호프는 뜨거운 사랑에 빠지고, 마침내 베라는 사랑의 도피를 통해 자신이 그토록 꿈꿔 온, 집으로부터의 독립에 성공한다. 그러나 그들은 여느 커플처럼 젊은 혈기로 무작정 '지르지' 않는다. 로푸호프는 성격이 칼 같은 유물론자이며, 그는 베라를 위해 그녀가 집에서 탈출할 수 있는 모든 경우의 수를 떠올리고 또 거듭해서 질문을 던진다. "그게 최선이야? 확실해?" 마침내 탈출이 확정되었을 때도 그들은 함께 생활할 수 있는 공간과 생활비 등 현실적인 문제들을 하나씩 해결해 나간다.

이처럼 물리적·경제적 조건을 구축하는 것이 보통 생각하는 '독립'이다. 돈이 있어야 자유도 있다. 왜 베라는 로푸호프를 만나기 전까지 가족에게서 독립할 수 없었을까? 왜 현재 수많은 '캥거루족'들은 독립하지 못하고 부모님에게 기대야 할까? 간단한 답변. 돈이 없기 때문에, 돈을 벌 수 없기 때문에, '88만 원 세대'로 대변되는 낮은 월급 때문이다. 베라와 로푸호프는 이 사실을 아주 잘 알고 있었다. 사랑의 도피행각을 벌인 후 가난한 의대생은 학위를 포기하고 과외 및 번역 아르바이트에 뛰어들었으며 가출소녀는 가정교사가 되었다. 그들은 자신들의 독립을 위해서라면 정말로 '무엇이든 마음의 준비'가 되어 있었던 것이다.

그러나 '존재의 독립과 자유를 부르짖던 소녀는 성공적으로 결혼에 골인하여 돈 버는 아줌마가 되었다'는 내용이 『무엇을 할 것인가』의 전부라면, 혁명가 레닌은 절대 이 책의 팬이 되지 않았을 것이다. 베라와 로푸호프는 '새로운 사람들'이다. 그들은 분명히 독립에 대하여 더 본질적인 어떤 것을 알고 있다. 다음의 특이한 사실에 주목해 보자. 베라와 로푸호프의 주된 관심은 '돈'이 아니었다. 사실 그들은 둘 중 한 명만 일해도 충분히 생계를 유지할 수 있었다. 그런데도 그들이 굳이 맞벌이를 고집한 이유는 뭘까? (그 당시 러시아에서는 정말 가난한 부부만이 맞벌이를 했었다.) 다음은 베라와 로푸호프가 결혼 전에 나눈 대화이다. 베라는 로푸호프가 벌어다 주는 돈으로 일생을 한가롭게 보내고 싶지 않다고 못을 박는다. "돈이 모든 일의 근본이라고 말한 건 바로 당신이에요. …… 여자가 남편의 돈으로 살아가게 되면 그녀는 그에게 의존하게 돼요." "그래요, 그 말이 맞아요. 누구든지 타인으로부터 자기를 지켜야 해요. 그가 누군가를 사랑하고 신뢰하는 건 별개의 문제이지요!"(『무엇을 할 것인가 上』, 194~195쪽)

　이것이 바로 베라와 로푸호프의 독립의 핵심이다. 독립은 나만의 공간을 소유하고 내가 좋아하는 물건들로 채우는 것이 아니다. 독립은 관계 속에서 이루어진다. 독립한 사람은 가장 가까운 가족, 연인 관계에서조차도 상대에게 의존하지 않고 오로지 자기 두 발로 선다. 그러나 이것은 '사생활을 간섭하지 말라', '내 멋대로 살겠다' 등과 같은 개입의 금지를 의미하지 않는다(툭하면 이렇게 선언하는 사춘기 반항아는 사실 전혀 독립적이지 않다. 내 멋대로 살겠다고 선언해 놓고는 온갖 곳에 민폐를 끼치고 타인에게 영향을 끼친다). 어차피 사람은 세상 속에서 늘 같이, 늘 함께 살아가야 한다. 베라는 가족을 벗어나 자기 식대로 살고 싶다고 부르짖었지만 가족의 울타리 밖에서 그녀는 또 누군가와 함께 살아가고 있다. 물질적 조건은 바뀔 수 있지만 어디를 가든 '관계'를 벗어날 수 없다. 따라서 독립은 '관계 속'에서 생각되어야 한다.

관계에서의 독립은, 이미 소녀시절에 베라가 "누군가의 노예가 되고 싶지 않을 뿐만 아니라 타인의 자유를 해치고 싶지도 않다"고 외쳤던 것이다. 의존관계는 곧 권력관계를 만들어 낸다. 이런 배치에서는 경제적 능력이 아무리 뛰어난들 '독립'이라고 말할 수 없다. 역으로, 관계는 독립된 주체 사이에서만 '진짜로' 형성된다. 나와 타인 사이에는 직접적 만남을 방해하는 수많은 요소들이 있다. 성별, 나이, 외모, 국경, 편견, 직업……. 우리는 흔히 상대가 아니라 상대의 이런 요소들과 관계를 맺는다. 대신해서 나를 설명해 주는 것들에서 벗어나지 않은 채 여기에 의존해서 관계를 맺는 한, 아무리 관계에 공을 들여도 정작 상대는 머나먼 곳에 있다. 의존관계와 지배-피지배관계를 넘어서 어떻게 관계를 맺을 수 있을까? 상대의 존재에 닿기 위해서는 어떻게 해야 할까? 상대에게조차 의존하지 않고 내가 '나'에 대해서 설명하고 행동할 수 있어야 한다. 그리고 그런 나로부터 관계를 시작하며, 어떤 것에도 의존하지 않고 밑바닥부터 차근차근 관계를 쌓아야 한다. 그때 비로소 우리는 '진짜로' 나와 상대에게 '부딪힐 수 있다'.

그러니까 베라와 로푸호프가 연인관계에서조차 자기 자신을 지켜야 한다고 생각했던 것은 진정한 '독립'을 위해서였으며, 더 나아가 정말로 서로를 사랑하기 위해서였다. 이 우월한 신혼부부도 실제 삶에서 자신들의 한계를 겪고 나서야 이 이론의 진가를 깨닫게 된다.

삶은 길섶에 보이지 않는 교묘한 함정들을 여러 개 숨겨 놓는다. 가령 남편의 친구와 사랑에 빠졌다거나, 남편이 그것을 알아차렸다거나, 삼각관계에 처하게 되었다거나 하는 일이 살다 보면 생길 수도 있다. 어느 날 로푸호프는 베라와 자신의 '베프' 키르사노프가 사랑에 빠졌다는 것을 깨닫는다. 그리고 그 때문에 키르사노프는 그들을 떠날 준비를 하고 있으며 베라는 아직 자신의 감정을 깨닫지 못했다는 것을 파악한다.

집을 떠나 자유를 찾은 베라, 그녀는 이 삼각관계 사건 속에서 전혀 자유롭지 못했다. 베라는 그 관계 속에서 독립하지 못했기 때문이다. 로푸호프, 베라, 키르사노프를 둘러싼 삼각관계는 로푸호프가 베라와 키르사노프를 맺어 주고 자신은 떠나 버리면서 마무리되었다. 그러나 이 사건은 베라에게 두 가지를 확인시켜 주었다. 첫째, 베라와 로푸호프는 그들의 원칙대로 독립적인 연인관계가 아니었다. 비유하자면 로푸호프는 선생이었고 베라는 제자였다. 그녀는 언제나 그의 판단이 모두 옳다고 생각했고, 그래서 그들은 서로의 성격이 안 맞고 점점 사이가 벌어지고 있다는 것도 알아차리지 못했다. 둘째, 베라는 자기 자신과 독립적인 관계를 맺지 못했다. 베라는 사건이 닥쳤을 때 자신을 먼저 생각하기보다는 남들의 상황에 휘둘리다가 결국 자기 감정을 주체하지 못했다. 그래서 베라는 이별하는 순간까지 고통에서 허우적대며 스스로 판단하지 못하고 로푸호프의 선의에 의존해서 해결하게 되었다.

문턱에 걸려 넘어졌다면 그다음 할 일은 똑같은 문턱에 걸려 넘어지지 않는 것이다. 끝나 버린 로푸호프와의 사랑이 여전히 아름답다면, 그것은 베라가 키르사노프와의 사랑을 훨씬 더 훌륭하게 이루었을 때이다. 이제 관계 속에서의 독립은 생각에서 그쳐서는 안 되고 구체적으로 실행되어야 한다. 두번째 사랑을 시작하면서 베라는 로푸호프와 자신의 관계에서 부족했던 것, 그리고 로푸호프와 키르사노프에게는 있지만 자신에게는 없는 것을 열심히 관찰한다. 마침내 베라는 그녀에게 '자신만의 길'이 없다는 것을 깨닫는다. 로푸호프나 키르사노프는 갑작스레 외부적 사건이 찾아오더라도 묵묵히 자신의 길인 '의학'에 정진하면서 개인적 감정과 괴로움을 견뎌 냈다. 그것은 생계를 유지하기 위해서만 하는 일, 남을 돕는 일, 해도 되고 안 해도 되는 그런 일이 아니었다. 하면 할수록 내 존재를 완성시켜 주는, 나만을 위한 이기적인 일이었다.

나 역시 당신처럼 내 생활의 기둥이 될 만한 일을 필요로 해요. 그래서, 당신이 하시는 것처럼, 나도 온 정성과 열의를 다해서 전념할 수 있도록 말이에요! 내가 무엇보다도 그런 일을 필요로 하는 것은, 솔직히 말해서, 나의 자존심이 너무 지나치게 강하기 때문이에요. 내가 나 자신의 감정 문제로 그처럼 쓸데없이 번민했다는 것을 깨달았을 때 그것은 내게 엄청난 부담과 부끄러움으로 다가왔어요. 물론 그때의 번민이 단순히 무의미했다는 것은 아니에요. 당신에게도 그것이 쉽지 않았던 것처럼 말이에요. 하지만 그것은 결국 정도 문제예요. …… 왜 내게는 당신처럼 그런 감정에 대항할 만한 단단한 기둥이 없었을까요? 나도 그런 기둥을 갖고 싶어요. 이건 그냥 한번 해본 생각이 아니라 진정이에요. 정말로 그런 일을 갖고 싶은 거예요. 그것은 말이죠, 모든 점에서 당신과 대등해지고 싶기 때문이에요.(『무엇을 할 것인가 下』, 560~561쪽)

'길'이 필요한 까닭은 관계 속에서 독립하기 위해서이고, 또한 당신을 사랑하기 위해서다. 자존심 강한 그녀가 러시아 최초로 여의사가 되겠다고 선언했을 때, 이것은 세상에서 가장 뜨거운 프러포즈다. 당신과 대등해지고 싶은 마음은 '정말로' 당신을 사랑하고 싶은 마음이니까. 독립은 혼자서는 불가능하다. 베라는 로푸호프와 함께 있을 때, 키르사노프와 함께 있을 때 비로소 독립을 꿈꾸고 그곳으로 나아간다. 또한 우리는 함께 사랑하기 위해서, 더 온몸으로 만나기 위해서 서로 독립을 한다. 사랑과 독립은 이렇게 절묘한 이중주를 노래한다. 나와 세상, 나와 너는 이 노래를 부르며 만난다.

베라 우리는 자기의 삶 속에서만 살아갈 수가 있어요. …… 그 무엇보다도 우선 자기의 삶이 소중해요. 나의 삶, 나의 생활 방식, 나의 생계, 나아가 내 삶 전체가 그 어떤 정열보다도 절실하고 중요한 거예요. 그러한 것만이 내 삶의 참된 바탕이 될 수가 있어요. 그리고 오직 그때에만 나의 삶이 흐트러지지 않고 두 다리로 바로 설수 있어요. 또 내게 힘과 휴식을 갖다줘요. 난 그런 삶을 원해요.

로푸호프 "누구든지 나 때문에 자기 의사를 거스르는 일이 생긴다면 나는 그것을—청하거나 요구하는 것은 고사하고—단지 허락하는 것만으로도 차라리 죽어 버리겠다. 그리고 그가 억지로 무엇을 하거나 불편을 참고서 나를 위해서 무엇인가를 할 가능성을 보이기만 해도 나는 그것을 허락하느니 차라리 죽음을 택하겠다"고. 이런 식으로 말하는 열정이 바로 사랑입니다.

베라는 자유를 꿈꾸었다. 뜨겁게 열망했고, 마침내 그녀는 불가능과도 같았던 지하실에서의 탈출에 성공했다. 그러나 집 밖에서 그녀가 만난 것은 달콤한 행복이 아니라 삶의 자질구레한 괴로움이었다. 자유는 손으로 거머쥘 수 있는 것이 아니었고, 억압의 테두리 외부에 자유가 따로 존재하는 것도 아니었다.

자유는 결국 벽을 뛰어넘는 그 찰나의 순간이다. 독립한 후에 자유를 거머쥐는 것이 아니다. 자유, 그 찰나의 순간을 위해서 우리는 세상 속에서 독립해야 한다. 우리는 이 세상에 태어날 때부터 모든 것에서 자유롭지 못했다. 그러나 우리에게 유일한 권리가 있다면, 그것은 독립할 자유다. 그렇게 우리는 세상과 만나기 위해 손을 뻗는다. 세상은 결국 수많은 관계들의 집합이다. 이 수많은 관계들 속에서도 묵묵히 내 길을 가야 하고, 누군가와 관계를 맺기 위해 혈혈단신으로 부딪혀야 한다. 그렇지 않다면 소세키가 안개 낀 런던 한복판에서 신경증을 앓으면서도 '문학이란 무엇인가'를 박 터지게 고민할 까닭이 없다. (다음 글에 등장할) 『임꺽정』의 유복이가 30년간 끈질기게 복수를 물고 늘어진 것도, 니체가 망치를 휘두르며 끝없이 인간의 밑바닥으로 내려간 것도 다 그런 것이다.

그렇다면 베라는, 나는, 우리는 무엇을 할 것인가. 질문은 이렇게 돌아온다. 250년 전 한 정치범이 쓴 소설의 제목은 언제까지고 유효할 것으로 보인다. 세상을 향해 자유를 외치는 순간부터, 우리는 독립과 사랑을 향한 끝없는 여정을 시작한다.

청석골 패거리의 '의리', 그 낯선 유쾌함

: 500년 전 그들의 윤리

_ 홍명희, 『임꺽정』(전10권), 사계절, 2008
_ 고미숙, 『임꺽정, 길 위에서 펼쳐지는 마이너리그의 향연』, 사계절, 2009

연구실에서 맨 처음 맞닥뜨린 이름이 '니체'였다면, 학교를 나오고 맨 처음 맞닥뜨린 이름은 '임꺽정'이었다. 마침 그때 고미숙 선생님의 책 『임꺽정, 길 위에서 펼쳐지는 마이너리그의 향연』이 출간되었던 데다가 내가 참여한 '백수 케포이필리아 3기'의 커리큘럼이 바로 이 『임꺽정』이었다.

홍명희가 『임꺽정』을 통해서 그리는 500년 전의 시공간은 그야말로 새로운 세상이다. 그 세상에서는 스펙터클한 사건들이 영화에서가 아니라 일상에서 일어난다. 살인, 방화, 탈출, 복수……. 그런데 영화주인공처럼 특별해 보이지도 않는 사람들이, 이 풍파 속에서 너무나 유쾌하고 태연자약하게 살아간다. 이 낯섦은 도대체 뭘까? 사극 드라마에서는 좀처럼 발견하기 힘든 생생한 낯섦이 이 책 속에 담겨 있다.

복수는 나의 것 : 박유복의 덤덤한 '복수'

박유복은 꺽정이의 '원조 의형제' 중 한 명이다. 유복이는 이름 그대로 '유복자'다. 유복이가 엄마 배속에서 나와 세상구경을 했을 때 이미 아버지는 저세상에 가 있었다. 유복이의 아버지는 밭을 갈면서 조광조에게 사약을 내린 일을 두고 '나라님들 뒷담화'를 깠는데, 치사한 친구 한 명이 상금을 탈 요량으로 이것을 부풀려서 관아에 밀고한 것이다.

이처럼 유복이는 아버지의 얼굴을 본 적이 한 번도 없지만 '복수'는 유복이가 태어난 순간부터 그의 삶의 원동력이 되었다. 몹쓸병에 걸려서 앉은뱅이 걸인생활을 하던 시절에도 그는 복수의 정념을 불태우며 10년 동안 매일같이 표창 던지기를 연습한다. 그의 유일한 걱정은 복수하기 전에 원수가 먼저 늙어 죽는 것이다. 귀인을 만나서 병을 고친 후, 유복이는 전 생애에 걸쳐 추진한 사업을 이루기 위해 고향을 찾아간다. 수소문 끝에 아버지의 원수가 이 근방에서 부자로 이름을 날리는 '노첨지'라는 것을 알게 된다. 이제 유복이에게 남은 것은 복수극의 하이라이트를 찍는 것뿐이다.

…… 노첨지는 정신이 돌아서 눈을 말똥말똥 뜨고 사지를 꿈실거리는데 그 사람이 서서 내려다보며 한 번 싱긋 웃고
"내가 귀신이 아니라 사람이다. 네가 모함해서 죽인 박서방의 아들이다. 이놈아, 정신 차려서 똑똑히 들어라. 네 배를 가르구 간을

내서 씹구 싶지마는 드러워서 내가 고만둔다. 네 모가지만은 나를
다구. 우리 아버지 갖다드리겠다."
하고 타이르듯이 말하고서 허리에 찬 환도를 빼어 들고 앉으니 노
첨지의 눈이 감겨졌다. 환도가 두어 번 번쩍거리더니 고추상투 달
린 노첨지의 목이 몸에서 떨어졌다.(『임꺽정』 4권, 134~135쪽)

'타이르듯이' 말하고 차분히 원수의 목을 베다니……! 이 엽기적
인 잔인함을 '효성'으로 정당화하기에는 기분이 껄끄럽다. 그런데 비
단 박유복뿐만이 아니다.『임꺽정』에 나오는 수많은 사람들, 평범한
백성들도 모두 잔인한 '복수'를 행한다. 호랑이에게 아들을 잃은 어
머니가 고을 원님에게 가서 울고불고 사정을 하여, 마침내 그 호랑이
의 새끼를 죽이고 나중에는 호랑이까지 잡아 배때기를 갈라서 생간
을 씹어 먹는 에피소드도 있다. 아니, 조선시대 사람들의 일상과 정서
는 '액션+호러영화'였단 말인가? 그러나 나를 비웃기라도 하듯이 등
장인물들에게서 성격 파탄의 조짐은 찾아볼 수가 없다. 대표적으로
유복이는『임꺽정』의 등장인물 중에서도 가장 따뜻하고 속이 깊은
사람이다. 웃어른은 깍듯이 모시고, 아랫사람을 소홀히 대하지 않으
며, 형제가 다치면 지극정성으로 돌본다. 이 간극이 나를 혼란스럽게
한다!
　이 혼란스러움은 21세기를 살고 있는 내 몫이다. 정작 당사자인
박유복은 당연하게 복수를 하고 그 이후로도 멀쩡하게 따뜻한 사람

으로 살아간다. 유복이를 이해하기 위해서는 다음 두 가지 사실을 기억해야 한다. 첫째, 유복이는 선인(善人)이 아니다. 유복이는 '효'(孝)를 행하기 위해서, 혹은 노첨지가 악인이라서 처단하는 것이 아니다. 그는 어떤 정당성도 내세우지 않았다. 둘째, 유복이는 변태(?)가 아니다. 유복이는 희열을 느끼기 위해, 혹은 과거의 상처를 보상받기 위해 노첨지와 그의 가족을 괴롭히는 것이 아니다. 유복이도 이 복수와 살인이 또 다른 업보를 낳는다는 것을 잘 알고 있었고, 대가를 치를 각오도 한 상태였다.

500년 전의 시공간에 살고 있는 유복이는 현재의 우리가 사로잡혀 있는 '복수'의 관념에서 자유롭다. 유복이는 도대체 왜 복수를 했을까? 자기 가슴속에 맺힌 한(恨)을 풀기 위해서였다. 유복이의 행동 속에서 복수는 현재와 다른 의미를 획득한다. 유복이에게도, 호랑이를 잡아 죽인 어머니에게도, '복수'는 개인적 만족을 위한 단순한 행위가 아니라 신체에 덕지덕지 달라붙어 있는 상대방에 대한 미운 감정들을 전부 불태워 버리는 절차였다. 태워 버리지 못한 감정은 몸에 찰싹 달라붙어 점점 삶을 먹어 버린다. 따라서 이 마음속 짐과 빚을 해결한 후에야 멀쩡한 삶이 가능하다. 또한 복수는 훗날 맘 편히 눈감고 죽음을 맞이하기 위한 필수조건이기도 했다. '~을 하지 않으면 죽어서도 눈을 못 감겠다'는 표현이 있다. '~'에 들어갈 것은 다음과 같다. 재산도, 해야 할 일도, 신체도, 감정도, 원한도, 빚도, 그 어디에도 어떤 찌꺼기도 남기지 말고 불태워 버리는 것. 이것이 선조들이 생각한 좋은 죽음이다. 유복이는 잘 살기 위한 만큼이나 잘 죽기 위해서라도 태어나기 전부터 이어진 이 질긴 인연을 자기 두 손으로 끝내야 한다. 이때 삶과 죽음의 경계가 모호해지고, 잘 사는 것과 잘 죽는 것은 동의어가 되며, 죽음을 전혀 두려워하지 않는 유복이의 집요한 복수를 이해할 수 있게 된다.

그러니까 유복이는 '무엇이 정의인가' 머리 아프게 고민할 필요가 없다. 누군가 이 사건에 대해 도덕적으로 시비를 가리더라도, 국가의 표적이 되어 평생 숨어 사는 처지가 되더라도, 유복이에게는 반드시 복수를 해야 할 충분한 이유가 있었다. 인생의 목표를 딱 한 가지로 삼는 사람들은 그것을 달성한 후에는 도리어 허무함에 빠진다. 이제 더 이상 살아갈 이유를 찾을 수 없기 때문이다. 반면 유복이는 복수의 살인극을 화려하게 해치우고 태연히 새 인생에 돌입한다. 그 삶은 다른 이들과 마찬가지로 평범하다. 아내를 얻고, 친구와 술을 마시고, 스승님을 찾아뵙고, 생계를 유지하기 위해 도적질도 적당히 한다. 애초부터 유복이의 복수의 최종목표는 이 새로운 삶이었다. 태어나면서부터 드리워진 출생의 그늘을 걷어 버리고, 이제는 평범한 삶을 자기 자신으로부터 다시 시작하겠다는 의지. 이것 덕분에 유복이가 30년 동안 복수심에 불탔지만 그의 삶은 망가지지 않았다. 유복이가 살인자가 된 후에도 그에게는 자신을 든든히 보호해 주고 새 삶을 시작할 수 있도록 도와주는 친구들이 있다는 것이 그 증거다. 다음은 유복이가 복수를 하기 전에 오랜 스승인 양주팔을 찾아갔을 때 나눈 대화이다.

"그 일이 소원대로 잘될까 점 하나 쳐 주십시오."

하고 청하니 대사가 빙그레 웃으며

"그 일이 점괘가 시원치 못하면 아니해도 좋을 일인가."

하고 말한 뒤

"지금 할까 말까 하는 일이면 점도 치는 것이 좋지마는 좋든 그르든 할 일에야 점이 소용 있나. 그저 하는 것이지. 하면 또 되느니."

(『임꺽정』 4권, 75쪽)

지금도 '복수'를 주제로 한 영화나 소설이 많이 나온다. 그러나 『임꺽정』에서처럼 평범한 사람들이 복수의 주인공이 되지는 않는다. 복수의 주체는 특별한 사람들 혹은 복수를 하기 위해서 특별해진 사람들이다. 이것은 21세기의 현실을 보여 준다. 평범한 사람은 복수를 할 수 없다. 우리의 모든 복수는 법이 대신 해준다. 법은 복수의 방법, 강도, 장소와 시간 등 모든 것을 결정하고 또 집행하지만, 그렇다고 가슴에 맺힌 한은 풀리지 않는다. 그러나 이미 나의 신체는 복수를 감행할 수 없을 만큼 나약해져 버렸다. 피만 봐도 몸서리가 쳐지는데, 유복이처럼 '타이르듯이' 대화를 걸며 쓱싹쓱싹 목을 베는 것은 상상할 수 없다. 누가 시키지 않아도 우리는 복수의 권리를 양도하고, 상실감은 보상금으로 메우려 한다. '복수는 나의 것'을 외치는 사람들은 더 이상 현실에 없다. 500년 전 거리를 활보했던 유복이의 징한 복수나 어머니의 호랑이 사냥은 영화 스크린 속으로 들어가 버렸다.

원망은 무슨 원망 : 이봉학의 공무원 비리사건, 그리고 '의리'

머리보다는 몸이, 사리분별보다는 자존심이 먼저 발동하는 야생마 같은 칠두령 중에도 '공무원'이 한 명 있다. 박유복과 함께 꺽정이의 원조 의형제이자 유일한 양반 출신인 이봉학이다. 태어나고 얼마 후 갑자사화를 겪으며 집안이 풍비박산이 난 까닭에 정작 스스로는 '양반'이라고 생각하지 않지만, 봉학이는 뛰어난 활솜씨로 전쟁터에서 공을 세우며 자기 힘으로 '임진별장'이라는 벼슬까지 올라간다. 물론 임진별장이 되어서도 유복이와 꺽정이와의 우정은 변함이 없다.

그런데 어느 날, 꺽정이가 양주에서 대형 사고를 친다. 사람을 몇이나 죽이고 방화까지 저질렀으니 잡히면 무조건 사형감이다. 꺽정이네는 관군의 눈을 피해 유복이가 미리 자리 잡고 있는 청석골로 도주하는데, 임진나루에 이르러 봉학이에게 도움을 청한다. 소식을 미리 듣고 걱정하고 있던 이봉학은 "긴말 않고 배 한 척을 내준"다. 마침내 꺽정이네는 안전하게 청석골로 골인한다. 그러나 불꽃은 엉뚱한 곳으로 튀어, 봉학이만 중간에 밤배를 내준 것이 발각되어 한양으로 압송된다.

"어제 서울 가려다가 포교들에게 붙잡혀서 못 간 일이 있소?"

"그런 소리 날 만한 일이 있었네."

"밤배를 내준 일이 발각되었다는구려."

"그런 모양일세."

"그럼 탈 아니오? 내 생각엔 진작 우리 같이 피신하는 것이 상책일 것 같은데, 의향이 어떻소?"

"그렇게까지 안 하드래두 내 일은 펴일 수 있을 겔세."

"그러면 작히 좋겠소. 그러나 아까 사인교 앞에서 욕당하는 걸 보니까 벼슬이 좋은지 모르겠습디다."

"말 말게. 속상하네."(『임꺽정』6권, 180쪽)

소식을 들은 꺽정이네. 꺽정이의 처남 천왕동이는 봉학이를 찾아와서 함께 청석골로 도망가자고 권유를 한다. 그런데 하는 말이 압권이다. 지금 누구 때문에 멀쩡한 일자리 잃고 감옥살이까지 하러 가는데 미안해하기는커녕 "벼슬이 좋은지 모르겠다"니, 지금 놀리는 건가?

그러나 사실 가장 이상한 것은 별 반응 없는 이봉학이다. 그는 사적인 이유로 국법을 어기고 범죄를 도왔다. 지금으로 치자면 공무원 비리사건쯤 될 텐데, 그러나 봉학이는 언젠가 꺽정이가 공물을 약탈해서 일부를 보냈을 때도 그냥 돌려보낼 만큼 청렴한 관리였다. 더욱 이해할 수 없는 점은 봉학이가 이런 상황에서 한 점 원망하는 기색이 없다는 것이다. 밤배를 내줄 때 그가 이런 결과를 예상하지 못했을 리가 없다. 그런데 망설임 없이 밤배를 내주고, 나중에 발각되었을 때도 꺽정이네와의 관계를 부정하지도 않고 어떤 변명이나 조치를 취하지도 않는다. 천왕동이가 찾아와서 놀릴 때도 원망은커녕 한숨만 푹푹 쉴 뿐이다. 봉학이가 너무 착해 빠진 설정이라면 이해가 되겠지만 봉학이는 '왕까칠'의 대명사다. 착하고 덕스러운 유복이가 집요하고 살벌한 복수로 나를 놀라게 했다면, 까칠한 봉학이는 아무 원망 없는 한숨으로 나를 놀라게 한다.

봉학이가 이상하게 보이는 것도 내가 21세기 소녀이기 때문이다. 공무원 비리와 봉학이가 밤배를 내준 행동은 같은 층위에서 비교될 수 없다. 비리는 '이익'과 '권력'을 원동력으로 움직인다. 비리의 모든 행동은 금전적인 이익과 손해를 철저하게 계산한 후에야 따라온다. 반면 봉학이가 행동의 기준으로 삼은 가치는 '우정'과 '의리'다. 그렇다고 봉학이가 우정 때문에 관리로서의 소신과 자신의 밥줄을 희생시켰다고 생각해서는 안 된다. 분명 사건이 터지기 전까지 봉학이는 청렴하고 모범적인 관리였다. 그러나 그것은 본래부터 그의 사람됨이 청렴하고 곧았기 때문이며, 그는 한 번도 국법을 지키려고 애쓴 적이 없다. 따라서 봉학이에게는 좋은 관리가 되는 것과 친구를 위해 불법을 행하는 것 사이에 가치충돌은 일어나지 않는다.

또한 천왕동이의 말처럼 봉학이에게는 벼슬을 '목숨 걸고' 지켜야 할 이유도 없다. 그는 언제나 벼슬을 얻고 싶어 했지만, 그때 '벼슬'은 명예나 재물욕이 아니라 어디까지나 자신의 재주를 펼칠 수 있는 장(場)이었다. 하늘 아래 대장부로 태어났으면 죽기 전에 한 번이라도 재능은 펼쳐 봐야 하지 않겠는가, 하는 마음가짐. 따라서 임진별장 봉학이 역시 청석골 화적패 천왕동이처럼 벼슬 자체에 목맬 이유가 없는 것이다. 봉학이가 끝까지 청석골에 가지 않고 자수하려고 했던 까닭은 법에 대한 복종이 아니라 전쟁터에서부터 아버지처럼 따랐던 우의정 대감에 대한 충성이고 믿음이었다. 그래서 꺽정이 패거리가 기습침입해서 이봉학을 꺼내 주었을 때, 이봉학은 한숨 한 번 푹 내쉬고는 미련 없이 청석골로 튈 수 있었던 것이다.

봉학이는 벼슬은 목숨 걸고 지키지 않아도 '의리'만큼은 목숨 걸고 지킨다. 사실 봉학이가 꺽정이 때문에 곤욕을 당한 것은 이번이 처음이 아니다. 동네를 함께 쏘다니던 유년기 때부터 봉학이와 유복이는 꺽정이의 막나가는 성격 때문에 관아에 끌려가서 곤장을 맞곤했다. 그러나 그때도 '원망'은 없었다. 위기는 그들의 사이를 갈라놓기보다 오히려 우정을 더 단단하게 만들어 주었다. 의리란 어떤 사람과 맺은 인연을 끝까지 책임지는 덕목이다. 의리 있는 관계는 세상의 어떤 풍파가 닥쳐도 서로 동고동락한다. 고로, 원망은 의리 없는 사이에서나 있다.

청석골 패거리들은 의리를 최고로 친다는 점에서 하나로 묶인다. 그래서 봉학이는 벼슬을 잃고 화적패 신세가 되었어도 누구도 원망하지 않고, 칠두령들도 봉학이에게 전혀 미안해하지 않는다. 그들은 서로의 처지를 걱정하고 자신이 도울 수 있는 일에는 기꺼이 온몸을 던질 뿐이다. 이것이 그들이 '의리'를 구현하는 방식이다.

> "봉학이 할머니하며 유복이 어머니가 네 원망을 여간 했다더냐."
> "나 원망할 것이 무어 있소?"
> "모두가 너 때문이라고."
> "오죽 못생겨야 남을 원망하겠소, 고만두오."(『임꺽정』 2권, 268쪽)

그네들의 인생은 도대체 바람 잘 날이 없다. 조연급 인물들까지도 모두 스펙터클한 인생스토리를 가지고 있다. 한마디로 기구한 팔자들이다. 그러나 유복이도, 봉학이도, 다른 이들도 '원망'을 마음에 품고 살아가는 사람들은 없다. 원망은 못생긴 놈들이나 하는 것이다. 그들은 유복이처럼 아무 말 없이 복수를 하고 털어 버리거나, 원망 한 점 없는 의리를 택한다. "그러면 나 따라서 도망하려나? 무슨 고생을 하든지 원망이 없겠나?" / "원망은 무슨 원망. 모두가 팔자지요."(『임꺽정』 4권, 169쪽. 유복이가 아내를 얻는 장면)

더럽고 거칠고 자존심만 센 청석골 화적 패거리, 그들은 사소한 것에도 벌컥 화를 내고 싸우지만 한편으로는 배운 자들도 걸려 넘어지는 덫에서 자유롭다. 복수도, 살인도, 원망도, 벼슬도, 재물도 그들의 거침없는 발걸음을 붙잡지 못한다. '모두가 팔자지요'라는 말에서 숙명론적 체념보다는 삶에 대한 '긍정'이 느껴진다. 집요하게 복수하고, 벼슬살이를 비꼬고, 공무원직을 한 방에 걷어차고, 기구한 팔자와 운명까지도 긍정하는 이 무서운 사람들! 이 모든 것은 '의리'와 묘하게 맞닿아 있다. 솔직히 청석골 패거리들은 지혜롭다거나 내공이 깊다고는 할 수 없다. 그럼에도 그들이 이처럼 태연하게, 가볍게, 유쾌하게 살아갈 수 있는 힘은 '의리'에서 나온다. 이 만만찮은 세상에서 똥배짱을 부리려면 풍파에도 흔들리지 않는 튼튼한 관계, 이른바 빽이 필요한 것이다. 이 윤리는 공부로써 얻어진 것이라기보다는 생존의 원리에 더 가깝다.

이것이 500년 전 청석골 패거리의 낯선 유쾌함에 대한 비밀이다. 이것이 청석골 패거리의 살인, 방화, 약탈 등 온갖 망나니짓을 옹호하지는 않는다. 그들은 명실상부한 화적패였고, 결국엔 관군에게 붙잡혀 모두 참수형을 당한다. 그러나 그 최후까지도 그들은 '함께'였다. 21세기에서 결코 자연스럽게 찾을 수 없는 이 윤리만큼은 참으로 부러운 것이다.

3부

어렵다고 놀라지 말아요

: 학교를 나온 십대의 공부법

무지한 스승과 무지한 제자

나에게는 선생님이 한 분 계신다. 나는 그분을 만나 많은 것을 배웠고, 익혔고, 이해했다. 선생님의 교육방침은 비체계적이었고 늘 급작스러웠다. 이러이러한 책을 사서 언제까지 공부해 와라, 이런 식이었다. 그러면 나는 쭐레쭐레 서점에 가서 책을 샀다. 펼쳐 보기 전에는 그 책이 뭔지도 모르면서 말이다. 그리고 책상 앞에 앉아 머리를 싸매고 그 '뭔지도 모르는 것'을 공부했다.

그런데 그렇다고 선생님이 내게 책의 내용을 가르쳐 주시는 것도 아니었다. 나의 질문에 답을 주시는 것도 아니었다. 분명히 사제관계가 맞기는 한데, 둘 사이에는 '수업'이란 것이 존재하지 않았던 것이다. 나는 혼자 공부했다. 모든 문장이 '해석불가'인 책을 읽다가 분노가 폭발해도 별도리가 없었다. 수수께끼를 풀듯 종이 한 장 한 장을 넘겨 가며 짐작하고 추측하고 헛다리 짚다가, 그러다가 아주 가끔씩 깨닫곤 했다.

이런 나의 심정을 아시는지 모르시는지 선생님은 한 달에 한 번씩 나의 공부 결과물을 체크하셨을 뿐이다.

그렇게 나는 1년 동안 '선생님' 없이, '교육적 체계' 없이 내가 모르는 것을 배웠다. 처음에 나는 한자도 모르고 한자의 문법도 모르는 한자문맹자였다.『논어』첫 장을 폈을 때 알고 있던 한자가 學, 之, 不 뿐이었으니 완전히 까막눈이었던 셈이다. 그러나『논어』를 읽겠다고 스승님과 반 강제적으로 약속했기 때문에 읽지 않을 도리가 없었다. 나는 살면서 한 번도 펴 보지 않은 옥편을 처음으로 꺼내 들고 더듬더듬『논어』를 읽어 가기 시작했다. 모르는 한자를 찾고, 읽고 쓰고 외우고 암송하고, 왜 이 구절이 이런 뜻으로 번역되는지 고심했다. 별 뜻도 없이 어디에나 다 끼어 있는 '지'(之)와 '이'(以)가 제일 골칫거리였다. 어쨌거나 나는『논어』를 읽어 나갔다.

나는 어려운 철학책도 읽었다. 이 역시 하늘과 같은 스승님의 명이었다. 나는 책을 읽고 각 챕터별로 글까지 써 가야 했다. 물론 책 속에서 내가 이해할 수 있는 말은 하나도 없었다. 사람들은 내가 들고 있는 철학책의 두께를 보고, 혹은 내용을 보고는 "어른들도 읽지 못하는 책을!" 따위의 감탄사를 내뱉곤 했다. 하지만 나는 천재나 신동이 아니었다. 나는 책을 읽는 동안 단 한 번도, 이 책이 내 국적과 같은 언어 ── 한국어로 쓰였다는 사실을 인정한 적이 없었다. 책은 처음부터 끝까지 그냥 외계어였고 나는 그 외계어를 번역하기 위해 끙끙거렸다. 그러니까 이 어려운 철학책도 사실『논어』를 읽는 것과 크게 다르지 않았던 것이다.

어떤 사람들은 나를 걱정했다. 철학에 대한 기초적 지식도 없이 덜컥 그런 어려운 책부터 읽었다간 큰일 난다고, 8급 한자도 모르면서 그렇게 어려운 『논어』를 읽었다간 금세 질릴 거라고. 그들은 나에게 공부하는 데 순서가 있다고 했고 그것은 마치 학교의 견고한 교육체계와도 같았다. 또 그런 비효율적인 공부방식을 버리라며 내게 충고하는 사람도 있었다. 담당 선생님도 없이 혼자서 그렇게 공부하는 데에는 한계가 있다고, 네가 글을 쓰는 것이 진짜 책을 이해해서 쓰는 것은 아니라고 말했다.

그러나 갓난아이가 '체계적인 교육방식'을 따라 모국어를 익히는가? 그 아이에게 모국어를 가르쳐 주는 '담당 선생님'이 있는가? 우리는 이 최초의 배움의 사건을 잊어버렸다. 아이들에게는 이 세상 전체가 선생님이자 학습교재다. 듣기, 따라 하기, 말하기, 시도하기, 그렇게 아이들은 안개 속을 걸어가듯 더듬더듬 혼자서 모국어를 익힌다. 그곳에는 어떤 '체계'도, '효율적 방법'도 없다. 그렇다면 모국어와 철학책과 『논어』는 뭐가 다른가?

사람들은 어려운 철학책을 읽고 있는 나에게 좀 더 쉬운 책부터 읽으라고 권했다. 그러나 그들은 중요한 사실을 모르고 있었다. 바로 무지한 자에게는 8급 한자나 1급 한자나 다를 바가 없다는 사실이다. 무지한 자는 공부의 수준을 식별할 수 없다. 무지에는 위계가 없기 때문이다. "오, 무지한 자여, 완전히 무지한 것보다 조금 '덜 무지한 것'부터 공부를 시작하는 것이 좀 더 빨리 무지에서 벗어나는 길이야." 이 말에 의미가 있는가?

모국어를 배우는 어린아이의 시선으로 조금 더 생각해 보자. 무지한 자가 공부의 수준뿐만이 아니라 그 '종류'까지도 식별할 수 없다는 사실을 도출해 낼 수 있다. 처음 배우는 젓가락질은 처음 익히는 글자만큼이나 어렵다. 처음 매어 보는 신발끈은 처음 외우는 구구단만큼이나 복잡하다. 공자의 철학과 들뢰즈의 철학은 아주 다르지만 나에게는 별로 다르지 않았다. 왜냐하면 나는 둘 다에 대해 무지하기 때문이다. 나는 『논어』를 읽는 방식으로 『노마디즘』을 읽었고 『노마디즘』을 읽는 방식으로 『논어』를 읽었다. 나는 내가 알고 있는 모든 방법과 지식들을 동원하여 '알 수 없는 것'을 알려고 했다. 그리고 나는 실패하지 않았다.

이처럼 무지하기 때문에 무지한 자는 모든 것을 배울 수 있다. 무지한 자에게는 공부의 체계가 없다. 그들을 이끌어 줄 '우월한 지능', 선생님을 필요로 하지도 않는다. 모국어를 익힌 이 세상 모든 사람들이 이 터무니없는 주장의 증인이 될 것이다. 우리는 체계도 없이 선생님도 없이 스스로 모국어를 익혔다. 다른 것을 익히지 못할 이유가 있는가?

물론 모든 사람들에게 '모국어를 배우는 어린아이가 돼라'고 요구할 수는 없다. 피아노에 전혀 무지한 사람을 피아노 앞에 앉혀 놓고 "너는 원한다면 언제든지 어떤 것이든 배울 수 있어!"라고 격려하며 피아노 연습을 권장하는 것도 이상하다. 무지한 자는 지적 우월자도 체계도 필요로 하지 않지만, 그 사실이 그가 아무것도 필요로 하지 않음을 의미하는 것은 아니다. 무지한 자에게서 배움의 사건을 끄집어내기 위해서는 의지를 가진 또 다른 존재가 필요하다.

무지한 자에게 필요한 것은 바로 '무지한 스승'이다. 무지한 스승은 지식을 전달해 주는 유식한 선생이 아니다. 배움에 일정한 체계를 가지고 있는 준비된 선생도 아니다. 무지한 스승은 글자 그대로 정말 무지한 스승이다. 글자도 모르면서 아이들에게 책 읽는 법을 가르치는 무식한 아버지, 내가 기타를 정말 못 친다는 것을 알면서도 계속 기타를 쳐달라고 했던 친구들, 나의 배움의 과정을 유지하게 하는 이들 전부 다 무지한 스승이다.

내 자발적 힘으로는 어려운 철학책을 읽고 글을 쓰는 사건이 일어나지 않았을 것이다. 글 쓰는 작업은 언제나 괴롭기만 했고 철학책을 읽는 것은 다 큰 어른들이나 하는 공부인 줄로만 알았다. 이토록 게으른 내가 지금 이렇게 '철학공부'를 하고 있는 것은 전적으로 선생님 덕분이다. 철학공부는 싫었지만 선생님은 좋았다. 그런데 공부를 하지 않는다면 선생님을 만날 구실이 사라질 테고, 결국 글을 쓰는 것만이 선생님을 만날 수 있는 유일한 길이었다. 공부를 하는 수밖에는 달리 방법이 없었던 것이다. 물론 선생님은 나의 배움의 과정에 일절 참여하지 않으셨다. 선생님은 나와 책이 직접적으로 관계를 맺도록 늘 한 발짝 떨어진 곳에 서 계셨다. 그러나 내가 책과의 관계를 멀리하려 하는 순간, 선생님은 죽비로 머리를 후려치듯 매섭게 일갈하셨다. 그러면 나는 다시금 울상을 지으며 책을 손에 잡곤 했다.

나에게는 그 어떤 것보다 강력한 의지가 있었다. 바로 선생님을 만나고 싶다는 의지였다. 그 의지는 나를 공부시키고자 하는 선생님의 의지와 만났고, 그 만남은 '배움'이라는 사건으로 새로이 탄생되었다.

결국 배움이란 의지와 의지 사이에서 일어나는 사건이다. 지식과 지식이 만나는 장에서는 '배움'이 아니라 '규율'이 있다. 그곳에서는 우월한 자와 열등한 자, 유식한 자와 무지한 자가 나뉜다. 무지한 자는 유식한 자만을 통하여 계몽될 수 있기 때문에 이 둘 사이의 거리는 절대 좁혀질 수 없다. 그러나 지식을 전수받은 자는 '덜 무지한

자크 랑시에르의 '무지한 스승'

자크 랑시에르의 『무지한 스승』은 무지한 자도 스승이 될 수 있다고 말한다. 랑시에르는 책의 앞부분에 그 주장에 대한 근거로 한 에피소드를 제시한다. 네덜란드어를 모르는 프랑스인 자코토는 프랑스어를 모르는 네덜란드 학생들과 프랑스어 수업을 진행한다. 자코토는 통역자를 불러다가 모든 학생들에게 『텔레마코스의 모험』의 프랑스판과 네덜란드판을 사라고 했고, 그 두 개를 비교하면서 쉼 없이 되풀이하여 베껴 쓰고 외우게 했다. 자코토 자신은 프랑스어에 대해 아무것도 가르쳐 주지 않았다. 그런데 반년 뒤, 학생들은 작가의 수준으로 프랑스어를 작문할 수 있게 되었다! '배움'이 일어난 것이다. 랑시에르는 배움에는 어떤 체계도, 유식과 무식의 구별도 없다고 말한다. 스승의 역할은 지식의 전달이 아니라 무지한 자의 배움에 대한 의지를 지속시키고, 그가 자기 힘으로 배울 수 있다는 사실을 깨닫게 하는 것이다. 뭐야, 이거 내 이야기잖아! 자코토의 프랑스어 수업은 마법 같은 일이 아니었다. 나도 쉼 없이 『논어』를 되풀이하여 베껴 쓰고 외운 경험이 있다! 이 글에 나오는 '선생님'은 곰숙쌤이다.^^

자'가 되었기 때문에 자신보다 더 무지한 자들을 위에서 내려다볼 수 있는 특권이 주어진다. 지식에 위계가 생긴 것이다. 유식한 자들이 그려 놓은 길 위로 사람들은 줄을 서서 조심조심 걸어간다. 금을 벗어났다간 '못 배운 사람' 소리를 들을지도 모른다.

　　무지한 스승과 무지한 제자는 이런 복잡한 관계를 알지 못한다. 그들은 둘 다 무지하기 때문에 누가 더 유식한지 생각할 필요가 없다. 무지한 스승은 제자의 '지능의 역량'을 끌어내고 '배움의 의지'를 유지시키는 사람이지 어떤 고급지식을 전달해 주는 사람이 아니기 때문이다. 선생님과 나 사이엔 '수업'이 아니라 '만남'이 있었다. 그 만남은 지식과 지식이 아니라 의지와 의지의 만남이었다.

　　무지한 스승과 무지한 제자의 만남. 의지와 의지가 만난다면, 무지와 무지의 결합에서도 知가 탄생할 수 있다.

공부, 맨땅에 헤딩

: 무지한 제자의 공부법

공부, 보통 이 단어는 '지식의 습득'을 의미한다. 지식은 머리를 통해서 입력되고 머릿속에 저장된다. 그래서 공부를 잘하는 사람은 최소한의 시간에 최대한의 지식을 습득할 수 있는 사람, 즉 머리가 좋은 사람이다. 서점에서 책보다 참고서가 더 잘 팔리는 까닭도 참고서가 원본 책을 압축하고 핵심만 뽑아내어 머리의 기능을 도와주기 때문이다.

그렇다면 이런 경우는 어떨까? 고3이 수능 100일 앞두고 수학의 정석을 푸는 것처럼 뜨겁게 책을 읽었는데, 읽고 나니 아무것도 기억에 남지 않았다. 이것을 '배움'이라고 할 수 있을까?

여기서 내 경험담 하나를 풀어 보려고 한다. 앞에서도 말했지만 나는 『노마디즘』이라는 책을 10개월 동안 읽었다. 이 책은 현대철학자 질 들뢰즈와 펠릭스 가타리가 쓴 『천의 고원』이라는 철학책에 대한 해설서다. 사실 이것은 나중에 안 정보이다. 책을 읽을 당시에는 들뢰즈의 이름이나 그의 철학사적 맥락은 아무것도 몰랐을뿐더러, 철학에 대해서라면 아주 초보적인 것까지 깜깜무식한, 그야말로 '무지' 상태였다. 내용을 가르쳐 줄 사람도 없고 요약해 놓은 참고서도 없다. 그런 상황에서 정말로 무언가를 '배울' 수 있을까? 머리가 딸려서 배울 수 없다면 몸으로 때우는 수밖에 없다. 모르긴 몰라도 어쨌든 '읽을' 수는 있을 것이다. 나는 맨땅에 헤딩하는 식으로 이 책을 정말 '무식하게' 읽었다.

첫번째 단계는 당장 책 앞에서 도망가려는 내 신체를 붙잡아 두는 것이었다. 책을 읽을 때는 등 뒤에 검이 있다고 생각하라고 제자에게 말했다던 옛 스승을 자주 떠올렸다. '졸지 마라, 등에 칼 맞는다!' 온몸의 신경과 감각을 총동원해서 집중해야 졸지 않고 그나마 책을 구경이라도 할 수 있었다. 두번째 단계는 끈기가 필요했다. 이런 책을 한 번 읽어서는 턱도 없다. 저 까만 활자를 내 신체가 조금이라도 받아들일 때까지 읽고 또 읽고, 공책에 손으로 직접 정리하는 작업을 반복했다. 쉽사리 틈을 보이지 않는 텍스트를 파고들기 위해서 준비된 상태로 기다려야 했다. 세번째 단계에서는 이 의지를 계속 이어 가야 했다. 선생님을 만나겠다는 의지이든, 이 책을 끝장내겠다는 의지이든, 오기가 나서 못 참겠다는 의지이든 상관없었다(나중에는 구별되지 않고 다 섞였다). 이것이 바로 원동력이 되었기 때문에 제일 중요했다.

어쩌면 내가 배운 것은 책 속의 활자가 아니라 바로 텍스트를 무식하지만 정면으로 통과하는 방법이었다. 결국 나는 책을 너덜너덜해질 때까지, 끝까지 읽어 냈다! 물론 끙끙대며 정리했던 내용이나 개념 따위는 잊어버린 지 오래다. 오직 책과 대결했던 내 신체만 남았고, 그후로 나는 어려운 텍스트를 별로 두려워하지 않게 되었다. 어떤 무지막지한 텍스트에서도 언제나 나름대로 배울 것은 있었다.

머리로의 이해가 공부의 주라고 생각한다면 이 무식한 독서법을 쉽게 받아들이기 힘들다. 누군가에게 내 경험담은 구구단도 못 하는 유치원생이 미적분을 공부하려는 모습으로 보일지도 모른다. 그러나 아무것도 모르는 유치원생이 구구단을 무작정 외우는 것이나 미적분 기호를 무작정 보는 것이나 무슨 차이인가? 전자에서는 배움이 일어나지만 후자에서는 무지가 일어난다는 논리는 설득력이 없다. 미리 짜놓은 단계를 차근차근 밟아 나가는 것, 초등-중등-고등의 순서대로 교육과정을 밟아 가는 것, 즉 무지를 체계화해서 하나씩 타파하는 것이 더 효율적이라는 근거도 없지 않은가.

내 무식한 책읽기에도 분명 지적인 사건들이 있었다. 졸지 않기, 끈기 단련과 같은 신체수련만 있었던 것이 아니다. 외계어를 읽는 그 와중에도 나에게 벼락같이 꽂혔던 몇 구절이 있었다. 그 순간에는 흰색과 까만색뿐이던 종이에서 밑줄 그은 구절에서만 빛이 났다. 그 내용을 기억하느냐고 묻는다면 다시 한번 까먹은 지 오래라고 대답하겠다. 그게 무슨 잘못인가? 망각은 무지가 아니다. 사람들은 '기억'과 '앎'을 혼동한다. 하지만 우리가 기억하려고 애쓰는 것들은 머리에 잠깐 왔다가 다시 흘러가 버리는 지식의 조각들일 뿐이다.

　인도의 영적인 스승 비노바 바베는 말했다. "우리가 아이들에게 정해 놓고 배우도록 하는 것은 잊힐 수 있는 것이어야 한다. 그런 것들은 완전하게 기억해야 할 만한 가치가 없는 것들이다."(『버리고 행복하라』, 35쪽) 책에서 건져 올린 보석 같은 구절들, 그것은 내 머리가 아니라 내 몸이 기억한다. 힘겹게 책을 읽는 와중에 벼락처럼 구절이 꽂히는 곳은 머리가 아니라 몸이었다. 기억해야 할 것은 활자가 아니라 온몸으로 느껴지는 그 순간의 벅찬 감격이다. 지적 충격은 머리에 지식을 하나 더 추가하는 것이 아니라 지금과는 다른 방향으로 나를 변하게 하는 것이다. 내 몸을 바꿀 만한 충격은 온몸을 다해 집중해서 독서를 할 때에만 가능하다.

　책을 무작정 읽어야 했던 또 다른 경험이 있다. 『노마디즘』을 읽었던 것이 10개월 동안 한 책만 열심히 팠던 경우라면, 이번에는 일주일에 여섯 권씩 책을 읽어 치워야(!) 했던 경우다. 학교를 그만두고

비노바 바베
마하트마 간디의 제자이며 인도의 영적인 스승이다. 나는 종교인들이 쓴 책은 잘 안 읽는 편인데, 무시하는 것이 아니라 수준이 안돼서 이해를 거의 못 하기 때문이다.(ㅠㅠ) 종교의 오랜 철학과 교리에 기반을 두고 이야기를 하기 때문에, 이해하지 못하거나 잘못 받아들이기 쉽다. 그런데 비노바 바베가 그리는 '교육'의 상은 이렇게 무지한 내가 읽어도 너무 멋있었다. 비노바 바베는 공부와 존재를 한 축에 꿰었고, 그의 사유 속에서 '공부'는 제도권 안에서는 불가능한 '생기'로 충만해진다.

연구실에서 막 공부를 시작할 때, 욕심 부리느라 있는 대로 세미나를 벌인 결과였다. 책 읽고 발제하기. 4개월 동안 그것은 내 일상의 거의 '모든 것'이 되었다.

나는 왜 내 무덤을 팠을까? 지금 생각해도 괴로운 스케줄이다. 그러나 정신없는 그 와중, 폭풍같이 몰아치는 세미나 속에서 나는 내 몸이 또 변하는 것을 느꼈다. 닥치는 대로 책을 읽다 보면 어떤 책은 튕겨져 나갔고 어떤 것은 좀 더 오래 머물렀다. 그 책들이 내 몸에서 일으키는 화학작용은 아주 다채로웠다. 벼락을 맞은 것처럼 감격할 때도 있었고 글자 하나하나가 전부 마음에 안 들 때도 있었다. 기쁘다가 가라앉았다가, 찢어 버리고 싶다가, 머리가 아프다가, 아예 몸이 아프기도 했다. 책을 읽는데 머리가 아니라 몸이 움직였던 것이다. 머리가 튕겨 냈던 책까지도 몸에는 전부 다 켜켜이 쌓여 있었다.

책을 한 장 한 장 넘기는 모습은 정적으로 보이지만, 실제로 몸 안에서는 롤러코스터를 탄 것처럼 역동적인 운동이 일어난다. 세상을 빡세게 살고 간 사람들의 사유와 만날 때 내 몸도 꿈틀거린다. 몸 곳곳에는 마치 벼룩처럼 나를 괴롭히는 문제들이 숨어 있다. 무슨 문제냐 하면 말하기도 머쓱할, 정말 사소한 문제다. 왜 열정은 지속되지 않는지, 친구로 함께한다는 것은 무엇을 의미하는지. 그런데 이렇게 초라한 문제들이 책 속의 대가들을 통해서 아주 훌륭한 지혜를 얻거나, 아니면 훨씬 깊이 있는 질문으로 바뀌어 예상치 못한 방향으로 튀어 나간다. 이러니 책을 읽을 때 몸이 잠잠할 수가 없다. 아마 대가

들도 이런 지혜를 머리가 아닌 온몸으로 체득했을 것이다. 이런 몸속의 꿈틀거림이 곧 살아 있다는 느낌이 아닐까.

그러니까 머리 좋은 녀석들만 공부하는 치사한 세상이라고 억울해할 필요가 하나도 없다. 오늘도 수많은 사람들이 도서관 책상 앞에 앉아 등을 잔뜩 구부리고 참고서를 푸느라 머리를 뜨겁게 굴린다. 그들은 공부 중? 그러나 초등학생, 중학생, 고등학생, 수험생, 재수생, 삼수생, 고시생, 이 기나긴 세월 동안 공부를 했는데 삶은 그대로이고 몸에 일어난 변화는 등이 굽은 것뿐이라면 너무 슬프다. 차라리 책을 덮고 밖에 나가서 뜀박질을 하는 게 진짜 더 공부가 될지도 모른다.

맨땅에 헤딩하기, 공부하고 싶다면 이것도 참 괜찮은 방법이다. 그동안 혼자서 그 많은 지식들을 삼키느라 무거워지고 오만해진 머리를 그냥 확 땅에 부딪치는 거다. 머리가 깨지는 족족 충격과 함께 확실하게 기억될 것이다. 아니, 헤딩하지 않아도 좋다. 동해 바다에서 수영을 할 수도 있고 정글에서 길을 잃을 수도 있고 마라톤을 완주할 수도 있다. 온몸으로 부딪칠 수만 있다면 말이다.

맑스, 유쾌한 싸움의 기술

아빠의 30년 공부

아빠는 정말 공부를 많이 하셨다. 지금 내가 이렇게 공부를 하고 있
는 것도 그동안 아빠의 모습을 보아 왔기 때문이 아닐까. 나는 골동
품 냄새가 폴폴 나는 아빠의 수많은 책들과 평생을 함께 살았다. 책
들은 방 하나를 가득 차지하고도 모자라 내 방 책꽂이까지 점령하고
도 늘 넘쳤지만, 그렇다고 집이 좁아도 책이 줄었던 적은 없었다. 아
빠는 정말 치열하게 책을 읽으셨다. 바닥에 누워 책을 읽다가 공책에
한바닥 메모를 하고는 진지하고 심각한 표정으로 글을 쓰곤 하셨다.

　어느 순간부터 나는 이 책들의 정체를 알게 되었다. 이 낡은 책들
은 전부 한 유명 인사에 대한 책이었다. 칼 맑스. 19세기에 아이돌보
다 더 이름을 날린, 이른바 혁명가. 사자처럼 우락부락한 얼굴에 사방
으로 뻗친 머리를 한 사람. 모든 자본주의 국가에서 쫓아내려고 기를
썼던 폭탄과도 같은 블랙리스트. '만국의 프롤레타리아트여 단결하

라', '해석이 아니라 변혁이 필요하다'는 명대사를 나 같은 무지렁이에게조차 남긴 사람. 그렇게 자신의 책으로 수없이 많은 사람들의 인생을 뒤집어 버린 사람. 아빠도 그 수많은 사람들 중 한 사람일 것이다. 아빠의 지난 30년은 언제나 맑스와 함께였다. 아직 여덟 살도 안 된 나를 말린 고추 사이에 앉혀 놓고 아빠는 이렇게 말씀하셨었다. "아빠가 가장 사랑하는 사람은 노동자야."

이제는 아빠가 했던 공부를 나도 하게 되었다. 『칼 맑스/프리드리히 엥겔스 저작 선집』(박종철출판사, 1997. 이하 『저작선집』) 1권을 선물받고, 아무런 밑줄이 그어지지 않은 『공산당선언』의 새하얀 첫 장을 펼쳤을 때 갑자기 가슴이 두근거렸다. 나는 아빠가 오랫동안 얼마나 진지하게 자기 길을 걸어갔는지 보았고 그 힘겨운 여정 저변에는 맑스가 있다는 것도 알았다. 얼마나 대단한 사람일까! 맑스는 기대를 저버리지 않고 나에게 강력한 펀치를 날려 주었다. 그런데 맑스는 아빠에게는 얼굴 정면에 펀치를 날린 것과 달리 엉뚱하게도 내 엉

맑스의 유쾌한 문체
내가 맑스가 유쾌하다고 생각했던 것은 그의 '문체' 때문이었다. 어떻게 사회과학책이 이렇게 통쾌할 수 있을까? 분명히 심각하고 진지한 주제를 다루고 있는데 그 와중에도 유머는 끊이질 않는다. 대부분 맑스를 거칠고 야수와 같고 무자비한 사람으로 묘사하더라도 (맑스는 독설 때문에 '지적 깡패'라고도 불렸다!), 나는 맑스가 유머러스한 사람이라고 생각하지 않을 수 없다. 무자비하기만 한 사람은 그런 글을 쓸 수 없다. 문체는 그 사람을 비추는 거울이라고 하지 않던가! 어쩌면 맑스를 야수로 묘사한 것은 맑스에게 잔뜩 겁먹은 '부르주아'들일지도 모른다.

덩이에 펀치를 날렸다. 아프지는 않지만 좀 어이없는 충격. 내가 공부한 맑스는 의외로 유쾌했던 것이다.

아빠는 나에게 물을 것이다. "도대체 뭐가 유쾌하다는 거야?" 그것은 바로 맑스의 싸움의 기술이다. 맑스는 당대 누구보다도 진지하게 싸움에 임했다. 그러나 그는 싸움에 어렵고 무거운 대의명분을 들이밀지도, 쪼잔하게 모든 행동을 증명하려고 하지도 않는다. 왜 싸워야 하는지, 어떻게 하면 이길 수 있는지, 이에 대한 맑스의 말과 행동은 지극히 현실적이고 아주 쌈빡하다.

싸움의 기술 1. 적군이 적군인 이유

싸움을 하려면 적이 있어야 한다. 『공산당선언』은 이른바 맑스가 적군에게 날린 '선전포고'다. 맑스는 이를 위해 따로 적을 찾아갈 필요도 없이 책을 출간하기만 하면 되었다. 도처에 널린 것이 바로 적이었기 때문이다. 그 적은 두말할 것 없이 '부르주아지'다. 그런데 왜 맑스는 부르주아지를 적으로 삼은 것일까?

부르주아지는 프랑스혁명 때 처음 그 모습을 드러냈다. 다름 아닌 '혁명가'의 모습으로 말이다. 역사상 처음으로 시민세력이 지배계급에 대항해 혁명을 일으키고 결국 지배계급을 전복시키고 승리의 깃발을 잡았다. 결국 왕정제 대신 부르주아 사회가 도래하게 되었다. 그러나 부르주아지가 정말로 '혁명'에 성공했는가 묻는다면, 대답은 'No'이다. 부르주아지는 계급 없는 사회를 만들고자 왕정제를 뒤엎었지만 실제로는 계급사회를 종결시키지 않았다. 그들은 스스로 지배계급에 올라간 후 프롤레타리아트라는 피지배계급을 생산했다. 이럴 수가! 노동자들을 착취하는 못된 자본가와 최초로 민주주의를 주장한 시민세력, 이 둘은 사실 동일 인물이었던 것이다. 혁명이 끝나고 이 땅에 도래한 것은 '자유, 평등, 박애'가 아니라 '자본'이었다.

이쯤 되면 부르주아지를 '악랄한' 혁명가로도 볼 수 있을 것이다. 민중을 대표하여 계급사회를 없애겠다는 거짓말을 하고 스스로 지배계급이 된 나쁜 놈! 그러나 맑스는 부르주아지가 '악'이라고 이야기하지 않는다. 사실 부르주아지가 악한 것은 아니다. 부르주아지는 부르주아 사회 안에서 자신의 역할에 충실할 뿐이다. 계급사회를 종결시키지 못한 것은 시대와 사회적 조건 때문이지 온전히 부르주아지의 탓은 아니다. 만약 적을 '악'으로만 규정한다면 그 싸움은 유태인을 악인으로 몰아서 몰살시켜 버린 히틀러와 다르지 않을 것이다. 싸움의 명수 이순신 장군도 괴로움을 겪었다고 한다. 해변가에 뒹구는 왜구의 머리와 조선인의 머리가 구별되지 않았기 때문이다. 승자도 패자도 없는 싸움, 그렇다면 도대체 무엇이 악이고 악이 아닌가?

그러나 맑스가 부르주아지를 타도하자고 하는 이유는 전혀 심각하지 않았다. 골치 아픈 도덕이 끼어들기도 전에 이미 너무나 현실적이어서 도리어 웃음마저 나온다. 맑스가 부르주아지를 적으로 선포한 이유, 그것은 부르주아지가 '덜떨어졌'기 때문이었다.

우리가 본 바와 같이 지금까지의 모든 사회는 억압계급과 피억압계급의 대립에 입각해 있었다. 그런데 어떤 계급을 억압할 수 있기 위해서는 그 억압받는 계급에게 적어도 노예적 생존을 이어 갈 만한 조건들이 보장되어 있어야 한다. …… 현대 노동자는 공업의 진보와 함께 상승하는 대신에 자기 계급의 [현존] 조건들 아래로 점점 더 깊이 침몰하고 있다. …… 이로써 부르주아지가 더 이상 사회의 지배계급으로 머물러 있을 수 …… 없다는 것이 명백해진다. 부르주아지는 자신의 노예들에게 노예 상태에서의 생존조차 보장해 줄 수 없기 때문에, 노예들에 의해 부르주아지가 부양되는 대신에 부르주아지가 노예를 부양해야 하는 그런 처지에 노예를 **빠뜨**리지 않을 수 없기 때문에 부르주아지는 지배할 능력이 없는 것이다.(『저작선집』 1권, 411~412쪽)

좋다, 부르주아지보고 지배계급을 하라고 하라. 거짓 공약을 지키든 안 지키든 문제 삼지 않겠다. 그러나 지배하겠다고 나섰으면 일이라도 똑바로 해야 하지 않겠는가? 지배계급의 역할은 피지배계급을 착취하는 것이 아니라 둘 사이의 관계를 안정적으로 유지하는 것이다. 만약 노예들이 전부 굶어 죽는다면 귀족들도 살 수 없을 것이다. 따라서 과거 모든 지배계급은 억압받는 계급이 최소한의 생존을 유지할 수 있도록 조건을 보장해 주었다. 그러나 부르주아지만이 예외적으로 프롤레타리아트가 노예적인 생존조차 유지할 수 없도록 하고 있다. 이것이 바로 부르주아지가 이 사회를 지배할 자격이 없다는 것을, 무능력하다는 것을 확실하게 증명하고 있다.

이 지난 세기의 혁명가들이 스스로 창조한 세계 앞에서 너무나 어리바리했다는 증거는 여기 또 있다.

그토록 강력한 생산수단과 교류수단을 마법을 써서 불러내었던 현대 부르주아 사회는, 주문을 외워 불러내었던 저승의 힘을 더 이상 감당할 수 없게 된 마법사와 같다. …… 왜 그런가? 그것은 사회가 너무 많은 문명, 너무 많은 생활수단, 너무 많은 공업, 너무 많은 상업을 갖고 있기 때문이다. 사회의 뜻에 맡겨져 있는 생산력들은 더 이상 부르주아적 소유관계들의 촉진에 봉사하지 않는다.(『저작 선집』1권, 405~406쪽)

참으로 탄식할 일이다. 지배자가 이렇게 멍청하다니. 맑스의 이기가 막힌 표현력을 보라. "주문을 외워 불러내었던 저승의 힘을 더 이상 감당할 수 없게 된 마법사." 부르주아지는 인류 역사상 유례없이 강력한 생산력을 손에 넣었으면서 오히려 그 생산력을 컨트롤하지 못해서 쩔쩔맸다. 끝없이 이윤을 추구하고 끝없이 물건은 쌓이는데 사람들이 더 이상 물건을 필요로 하지 않게 될 때, 그때 괴물은 부르주아지를 향해 발톱을 세울 것이다. 부르주아지는 스스로 만들어낸 이 괴물의 비위를 맞추기 위해 눈치를 봐야 할 것이다. 이제 싸워야 할 이유가 명확해졌다. 민중을 살지 못하게 만드는 멍청한 지배자는 필요 없다.

싸움의 기술 2. 악조건은 곧 승리의 조건

그러나 아무리 부르주아지가 멍청하고 한심해도 승산은 없는 것처럼 보인다. 프롤레타리아트는 평생 동안 부르주아지에게 자신의 노동력을 상품으로 팔 수밖에 없는 운명이다. 그들은 노동을 해서 임금을 받으면 그 돈으로 집값 내고, 생필품 및 식품을 사는 등 '노동력'이라는 상품을 재생산한다. 그리고 그 상품을 부르주아지에게 팔고 또다시 노동력의 재생산이 일어난다. 부르주아지는 프롤레타리아트가 반드시 다시 공장으로 돌아올 수 있도록, 언제나 스스로 재생산이 가능할 정도로만 임금을 준다. 끝없이 재생산되는 것이다. 그러나 프롤레타리아트는 생산수단을 스스로 하나도 가지고 있지 않기 때문에, '노동력' 파는 일을 중단하는 그 순간에 식구들이 죄다 굶을 수밖에 없다. 멍청한 자본가라도 이 사실은 잘 알고 있다.

> 오늘날 부르주아지에 대립하고 있는 모든 계급들 중에서 오직 프롤레타리아트만이 참으로 혁명적인 계급이다. 다른 계급들은 대공업의 발전과 더불어 쇠퇴하고 몰락한다. 프롤레타리아트는 대공업의 가장 고유한 산물이다.(『저작선집』 1권, 410쪽)

맑스는 어떻게든 아군의 사기를 북돋우려고 한다. 그러나 어떻게? 맑스의 특징 중 하나는 바로 거짓말을 하지 않는다는 점이다. 맑스는 '부르주아지는 세상에서 가장 악랄한 적이다' 혹은 '우리에게는 숨겨진 무기가 있다'는 식의 거짓말로 프롤레타리아트를 위로하지 않는다. 맑스는 늘 자신이 통찰한 그대로를 말한다. "프롤레타리아트는 가진 게 없다"고. 그리고 바로 이 '무소유'야말로 프롤레타리아트가 승리할 수 있는 '결정적인 무기'라는 말을 덧붙인다.

어떻게 하면 무소유가 승리의 조건으로 둔갑할 수 있는가. 공산주의 혁명의 핵심, 그것이 '사적 소유를 폐기하는 것'이기 때문이다. 사적 소유의 폐기는 부르주아지에게는 아주 치명적인 공격이다. 하지만 프롤레타리아트는 애초부터 가진 것이 없기 때문에 잃을 것도 없다. 만일 전국의 프롤레타리아트가 이런 생각을 품고 단결한다면 부르주아지의 몰락은 불가피할 것이다. "자본의 조건은 임금노동"(같은 책, 412쪽)이기 때문이다. 부르주아지는 임금을 올려 주겠다고 프롤레타리아트를 달랠 것이다. 혹은 원하는 게 무엇이냐고 물을 것이다. 그러나 프롤레타리아트가 원하는 것은 이 끝없는 재생산구조를 벗어나는 것뿐이다. 사실 애초부터 가진 게 아무것도 없었기 때문이다! 지금까지 프롤레타리아트가 무엇을 '소유'해 본 적이 있는가? 그들은 오로지 노동력을 재생산하기 위해서만 소유하고 소비하지 않았는가? 이런 태도야말로 부르주아지가 가장 두려워하는 것이다. 프롤레타리아트가 이 구조 외의 것을 원한다는 사실 자체가 부르주아지에게는 심각한 위협이다. 아무것도 원하지 않는, 혹은 모든 것을 원하는 상태.

맑스는 혹시 부르주아지에게 씨움을 걸다가 박살 날까 봐 두려워하는 프롤레타리아가 있다면, 그럴 걱정이 없다고 말해 주고 싶은 것이다. 부르주아지는 자기 손으로 프롤레타리아트를 끝장낼 수 없다. 프롤레타리아트가 없으면 부르주아지도 없기 때문이다. 프롤레타리아트는 부르주아지의 '가변자본'이다. 자본주의 시스템의 일부라는 의미다. 하긴, 프롤레타리아트가 없다면 어떻게 공장이 돌아가고 생산될 것인가? 따라서 부르주아지가 계속 성장하면 할수록 '가변자본' 프롤레타리아트도 함께 성장한다. 부르주아지가 존재하는 한, 프롤레타리아트도 영원할 것이다.

참 재미있는 이야기가 아닌가? 부르주아지는 옆구리에 언젠가 자신의 목을 칠 어둠의 세력을 키우고 있는 셈이다. 이처럼 모든 상황 속에는 항상 반대의 진실이 함께 도사리고 있다. 위에서도 말했듯이 프롤레타리아트는 "대공업의 가장 고유한 산물이다". 농부나 소상인, 소부르주아들은 전부 봉건시대에서부터 이어져 온 세력들이다. 그들이 부르주아지에 대항해 싸우는 이유는 오직 과거의 재현을 꿈꾸기 때문이다. 반면 프롤레타리아트에게는 있을 곳이 부르주아 사회뿐이다. 그들에게는 과거가 없다. 따라서 프롤레타리아트는 다르게 살기 위해 미래를 꿈꾼다.

싸움의 기술 3. 적군을 무장해제하는 법

개인적으로 맑스의 유쾌한 싸움의 기술 중에서 가장 좋아하는 부분이다. 맑스는 공산주의 혁명의 핵심으로 '사적 소유의 폐지'를 제시한다. 물론 부르주아지가 가만히 있을 리가 없다. 이번에 맑스는 적군을 무장해제하는 기술을 구사한다. 아주 태연자약하게, 피식피식 웃으면서 '너희들의 주장은 내가 방금 말한 것처럼 엉터리다' 하고 여유 있게 어깨를 으쓱한다.

> 당신들은, 노동이 더 이상 자본, 화폐, 지대로 독점 가능한 사회적 힘으로 전화할 수 없게 되는 그 순간부터, 즉 개인적 소유가 더 이상 부르주아적 소유로 전화할 수 없게 되는 그 순간부터 개인은 폐기된다고 말한다.
> 따라서 당신들은 개인을 부르주아, 부르주아적 소유자 외에 그 누구로도 이해하지 않는다고 고백하고 있는 것이다. 그리고 그러한 개인은 마땅히 폐기되어야 한다. …… 당신들은 우리가, 부모에 의한 어린이들의 착취를 폐기하려 한다고 우리를 비난하는가? [그것도 죄라면] 우리는 이 죄를 인정한다.(『저작선집』 1권, 415~417쪽)

부르주아지는 모든 주장을 할 때 늘 자기 자신을 전제로 한다. 자유와 평등을 이야기할 때도 사실은 부르주아적 자유, 부르주아적 평등이고, 가족을 이야기할 때도 자본과 사적인 영리에 근거하고 있는 부르주아적 가족을 말하고 있는 것이다. '부르주아적'이라는 단어를 '일반적' 혹은 '보편적'이라는 단어처럼 활용하고 있는 것이다. 맑스가 노리는 지점은 바로 거기다. 너희가 주장하는 일반적인 세계란 사실은 너희들만 갇혀 있는 특수한 세계라는 사실을 폭로하는 것. 적군이 서 있는 지반 자체를 흔들어 버린다면 적군은 필연적으로 무장해제될 것이다.

당신들은 우리가 사적 소유를 폐기하려 한다고 해서 놀라고 있다. 그러나 당신들의 현존사회에서 그 사회성원의 10분의 9에게는 [이미] 사적 소유가 폐기되어 있다 ; 사적 소유가 존재하는 것은 오로지 이들 10분의 9에게 사적 소유가 존재하지 않기 때문이다. 따라서 당신들은, 우리가 사회의 압도적 다수의 무소유를 필수조건으로 전제하는 소유를 폐기하려 한다고 우리를 비난하고 있는 것이다.

한마디로 당신들은, 우리가 당신들의 소유를 폐기하려 한다고 우리를 비난하는 것이다. **물론 우리는 그렇게 하려고 한다.**(『저작선집』 1권, 415쪽. 강조는 인용자)

맑스는 부르주아지의 반박을 부정하지도 묵살 및 봉쇄하지도 않는다. 단지 부르주아지의 반박이 얼마나 협소하고 통찰력이 없는지 낱낱이 드러낼 뿐이다. 맑스에게 중요한 것은 부르주아지와 입씨름을 벌이는 것이 아니라 부르주아지에 대한 프롤레타리아트의 구체적인 행동이다. 따라서 맑스는 공산주의자의 계획을 전혀 숨기지 않는다. 이 한마디가 가장 압권이다. "물론 우리는 그렇게 하려고 한다!" 이 말을 들었을 때 부르주아들의 얼굴 표정이 어떻게 되었을지 생각해 보라. 아마 사색이 되어 어쩔 줄 모르고 발을 동동 굴렀을 것이다. 있는 그대로, 존재 자체가 곧 위협이라면 이것만큼 유쾌하고 강력한 공격이 어디 있겠는가? 부르주아지가 '프롤레타리아트 너희들 감히 이런이런 것들을 하려는 거야?' 하고 흥분해서 물으면 맑스는 대답한다. '응.' 헉. 그때부터 부르주아지의 말문이 막힌다. 정말 통쾌하고도 완벽한 무장해제다.

내가 공부한 『공산당선언』

내가 아는 어떤 사람은 바로 내 나이 때 이 『공산당선언』을 읽고 두 주먹을 불끈 쥐고 노동현장으로 달려갔다고 한다. 너무나 유명한 마지막 구절, "만국의 프롤레타리아트여, 단결하라!"에 꽂혀서 말이다. 아빠도 그랬을 것이다. 사람들과 목에 핏대를 세우며 세미나를 하는 장면이 안 봐도 눈에 선하다.

　『공산당선언』을 신나게 읽었다. 그러나 내게는 이 책이 심장을 뜨겁게 하지는 않는다. 나 자신이 착취나 억압을 겪은 적도 없고 내 주변 사람들이 그렇게 괴로워하는 것을 본 적이 없어서 그런 것일까? 『공산당선언』에 나오는 내용이 내 현실 속에서 제대로 시뮬레이

선조차 되지 않는다. 지금 내 계급은 뭐지? 잘 모르겠다. 가난을 모르고 자랐으니까 혹시 나는 부르주아지인가? 하지만 아무래도 이상하다. 우리 집은 결코 풍족하지 않고 부모님은 노동을 한다. 나는 몇 년 후면 44만 원 세대라는 암울한 장에 진입해야 한다. 그렇다면 혹시

아빠의 서재

방 하나가 아빠의 책들로 가득 찬다. 제목만 봐도 사회과학서적이라는 것을 알 수 있다. 몇십 년 동안 수집한 책들, 이제는 구하고 싶어도 구할 수 없는 희귀템들이다. 2,000권은 족히 되어 보이는데 과연 아빠는 이 책들을 다 읽었을까? 알 수 없다.^^

맑스에 대해 연구한 책들이 이렇게나 많다. 도대체 맑스라는 사람이 얼마나 대단하기에 150년이 지난 지금도 혁명의 화신처럼 불리우는가? 당시의 자본가 세력도 나처럼 생각했다. 그들은 어떻게든 맑스의 수족을 묶기 위해서 노력했는데, 맑스만 사라지면 혁명은 불가능할 것이라는 생각 때문이었다. 그러나 안타깝지만 이는 헛수고다. 이것은 역으로 혁명이 딱 한 명의 중심인물에 의해 일어난다는 사고방식에서 기인하는데, 그러나 혁명의 배후에는 아무것도 없다. 혁명은 밑에서부터, 공공연하게 도처에서 일어나기 때문이다. 맑스는 언제나 '혁명'의 일반적 이미지 ― 지하에서 활동하는 비밀조직, 그 속에서 피어나는 음모 ― 를 버리고 대신 공공연하게 선언하는 쪽을 택했다. 왜 혁명가들은 자신의 불온한 이념을 숨겨야 하는가? 적들이 우리의 이론을 안다고 해서 혁명을 막을 수 있는 것도 아니다. 오히려 우리는 이 불온한 이념을 구석구석 퍼뜨려야 한다. 맑스의 이 거침없는 불온함은 정부를 당황시키기에 충분하다. 정부가 맑스의 글이 너무나 불온하다고 공격할 때면, 맑스는 이렇게 뻔뻔하게 대꾸하는 것이다. 아니 그걸 이제 알았단 말이오? 우리가 옛날부터 공공연하게 말하고 다닌 게 바로 그건데! 지금이라도 이해했다니 다행이구만……

"우리 협회가 공적인 조직이라는 사실, 그 의사록이 완전히 공개되어 있기 때문에 읽고 싶은 사람은 누구나 읽을 수 있다는 사실을 끝까지 무시하려는 사람들이 있소. …… 1페니만 내면 우리 규약을 구입할 수 있소. 그리고 1실링만 내서 팸플릿들을 구입하면 우리가 우리 자신에 대해 아는 것만큼 우리를 잘 알 수가 있소."(고병권 외, 『부커진 R 3호 : 맑스를 읽자』, 그린비, 2010, 30쪽에서 재인용)

아빠의 서재에는 그를 알고 싶어 하는 수많은 사람들, 수많은 책들이 있다.

계급은 프롤레타리아트인데 욕망은 부르주아지를 따라가고 있는 걸까? 그것도 모르겠다.

실질적으로 착취당하진 않지만, 그러나 나는 자유롭지 않다. 내게는 돈도, 돈을 벌 수단도, 나를 취직시켜 줄(!) 부르주아도 없기 때문이다. 나는 내가 지금 누구에게, 어떻게 억압당하는지 전혀 모르고 있는 것일지도 모른다. 부모님이 80년대 대학가에서 화염병을 던지면서 민주주의를 위해 싸웠다는 말을 들을 때마다 마음으로는 몹시 부러워했었다. 어린아이의 철없음일 수도 있겠지만 한편으로는 이 갑갑한 상황에서 어떤 구체적인 행동이라도 하고 싶은 욕망이기도 하다. 나는 맑스의 싸움의 기술 첫번째부터가 갖춰져 있지 않다. 도대체 누가 적이야?

바로 여기가 나와 맑스가 만나는 지점이고, 내가 맑스를 공부하고픈 지점이다. 사실은 이 책을 뜨겁게 읽었다. 그러나 내 심장이 반응한 것은 맑스가 해방시키고자 하는 '프롤레타리아트' 그들이 아니라 맑스가 보여 주는 천재적인 싸움의 기술이었다. 맑스는 사는 데 가장 근본적인 문제, '먹고사는 문제'에 딴죽을 걸고 싸움을 선포했다. 그것도 아주 유쾌하게, 실리적으로 말이다.

그렇다면 노동운동하는 사람만이 맑스를 공부하고, 싸움에 곤봉을 들고 경찰대와 맞서는 것만이 있는 것은 아니다. 그것은 아빠의 맑스다. 아빠는 그렇게 싸워야만 하는 시공간에서 맑스를 공부했다. 그러나 지금 내가 처해 있는 상황은 아빠 때의 그것과 다르다. 나에게 중요한 것은 프롤레타리아트의 해방이 아니라 나의 해방이다. 나를 잘 먹고 잘 살지 못하게 하는 수많은 것들, 자유롭지 못하게 하는 수많은 요인들을 파악한 후에 명랑하게 다음 스텝을 내질렀으면 좋겠다.

나에게는 당연한 상황을 당연하지 않게 만드는 맑스의 유쾌한 기술이 필요하다. 실용적으로 적을 파악하는 기술, 악조건을 승리의 조건으로 바꾸는 기술, 한 방에 격파하는 기술이 필요하다. 그러니까 한마디로, 난 맑스를 공부하고 싶다.

'꽁치'를 모집합니다

연구실에는 무더운 여름과 매서운 겨울이면 피하고 싶은 방이 하나 있다. 에어컨도 없고 난로도 없는 데다가 방의 3분의 1은 칸막이로 분할되어 창고로 쓰이다 보니 가끔은 스산한 기운이 감돈다. 하지만 내부를 들여다보면 연구실에서 가장 발랄한 방이다. DVD로는 구할 수 없는 오래된 비디오, 주워 온 나무로 삐뚤삐뚤 만든 기다란 책상, 알록달록한 색을 입고 층층이 쌓아 올린 박스, 낮잠용 분홍색 소파, 책꽂이와 박스 안에 한가득 들어찬 책이 이곳이 공부하는 공간임을 말해 준다. 모두 주워 오거나 선물받은 물건들이다.

십대들의 아지트 — 꽁치방

이 방의 이름은 '꽁치방'이다. 나는 꽁치방을 처음 꾸린 사람 중 한 명이다. 아무것도 없던 곳이 1년 동안 이렇게 바뀐 것을 볼 때면 놀랍기도 하고 기쁘기도 하여, 이번 기회에 자랑 좀 해본 것이다.

2009년 가을, 연구실에 다니기 시작한 지 얼마 되지 않았을 때 나는 운 좋게 비어 있는 방을 하나 얻게 되었다. 그 방은 과거 YAP(연암픽처스, 인문영상제작소)의 공간이기도 했고 한때는 미술실로 쓰이기도 했으나 내가 왔을 때는 모두 빠져나간 상태였다. 나는 이 빈 공간을 '십대들의 아지트'로 만들어 보라는 지령을 받았다. 학교 이외의 공간에서 우리만의 공간을 가질 수 있는 기회가 온 것이 신기했다. 곧 나보다 먼저 자퇴한 중학교 동창 친구 한 명, 그리고 청소년과 함께하기를 꿈꾸는 스물한 살 언니가 뭉치게 되었다. 우리는 이 아지트에서 공부를 하기로 했고, 2주 동안 틈틈이 청소하고 물건을 들이는 등 손을 벌려서 간신히 방의 구색을 갖추었다. 집에서 책을 옮겨 오는 일까지 끝나자 마지막으로 방 이름을 정하는 일이 남았다. 고심 끝에, 우리는 이 방의 이름을 '꽁치'로 결정했다.

왜 하필 생선 이름일까? "공부하자, 치사하게 치졸하게 치열하게"를 줄여서 '꽁치'다. 이름이 괴상하다는 면박을 당하기도 했지만 물고기가 물속에서 팔딱팔딱 움직이는 생동감이 이제 막 세상으로 뻗어 나오려는 십대의 모습과 잘 어울린다고 생각했다. 게다가 '꽁치'라는 이름이 강조하는 '공부'는 '십대들의 아지트'에 독특한 성격을 부여한다. 아지트란 사람들이 모이는 곳이다. 사람을 모으는 방법은 무엇이든 될 수 있다. 요리, 음악, 연극, 운동……. 그러나 '공부'로 모이는 아지트, 그것도 공부로 '십대'가 모이는 아지트는 거의 없을 것이다. 십대들의 공부 아지트가 없는 까닭은, 학교에서 이미 충분히 질리게 공부하고 있다고 생각하기 때문이다. 그 인식을 깨고 학교가 아닌 아지트에서 놀듯이 함께 공부할 수 있다면 그 아지트는 분명 대박 날 것이다. 그러니 '공부하자, 치사하게 치졸하게 치열하게'란 문구를 걸 만하지 않은가? 꽁치, 역시 좋은 이름이다…….

온갖 구박이 쏟아지는 가운데 오직 본인들만 흡족해하면서, 세 마리의 꽁치가 꽁치방에 살기 시작했다.

십대의 자발적인 세미나 — 첫번째 실패

십대의 자발적인 공부는 가능할까? 불가능할 것도 없다. 공부하는 데 늦고 빠름이 어디 있으며 나이는 또 무슨 대수인가. 그러나 빡빡한 학교시험과 문제집에 모든 에너지를 토해 내는 십대, 학원시간 때문에 도무지 책을 읽을 새가 없는 십대, 외부적 강제가 들어오지 않으면 공부를 하지 않는 십대가 대대수를 이루는 것이 현실이다. 이런 배치 속에서 십대의 자발적인 공부를 기대하는 것은 참 어려운 것이다. 연구실 선배들이 '청소년 케포이필리아'(책을 읽고 토론과 글쓰기를 하는 청소년 프로그램)를 기획한 것도 이런 맥락에서였다. 기본적으로 연구실에는 연령제한이 없지만, 십대는 채찍질해 주는 튜터가 없다면 공부를 지속하기 어려우리라는 판단을 했던 것이다.

꽁치세미나는 튜터도 없고 커리큘럼도 짜여 있지 않은 십대의 자발적인 세미나다. 하지만 우리는 이런 난점을 별로 개의치 않았다. 같이 하겠다는 사람이 분명히 찾아올 것이라고 근거도 없이 확신했다. 왜냐하면 내가 사람들이 불가능하다고 말하는 바로 그 '공부하고 픈 십대'이기 때문이다. 공부는 머리가 뛰어나고 대단한 사람만 하는 일이 아니라, 음악이나 영화를 좋아하는 것처럼 똑같이 누구라도 좋아할 수 있다. 누구도 아닌 나 자신이 이렇게 생겨 먹었기 때문에 확신할 수 있다. 이 많고 많은 사람 중에 나 같은 사람이 없겠는가?

흔들리지 않는 확신은 좋지만, 가진 것이 확신밖에 없다면 그것은 치명적인 문제가 된다. 우리는 난점을 넘어간 것이 아니라 아예 무시해 버렸다. 십대가 모여서 어느 지점에서, 어떤 태도로, 무엇으로 공부해야 하는지 생각하지 않았던 것이다. 꽁치방이 완성되자마

십대들의 아지트, 꽁치방

꽁치방은 여러 사람들의 선물로 만들어졌다.

- 분홍색 소파 : 연구실 회원 한 분이 거리에서 주워 온 뒤 깨끗이 청소까지 했으나, 정작 쓸 데가 없어 방치되어 있다가 꽁치방에 안착, 주로 낮잠용으로 쓰임.
- 흰 벽 : 연구실 카페마담이 페인트칠을 해주심.
- 책상 : 카페마담과 꽁치들이 버려진 나무들을 주워 와서 사포질을 했고, '대학생 케포이 필리아' 사람들이 책상으로 만들어 줌. 나무가 책상이 되는 과정은 거의 예술에 가까웠다!
- 컴퓨터 : 나중에 합류한 꽁치 한 명이 집에서 가출하면서 들고 나옴. 개인적으로 노트북이 생기기 전까지 아주 유용하게 씀.
- 책꽂이 : 작은 나무 상자를 색색깔로 칠해서 쌓아 둠. 그 외 원래 연구실에 있었던 책꽂이들을 활용.
- 간판 : 꽁치를 함께 시작한 친구가 바느질로 완성. 특히 이름과 방이 절묘한 매치를 이루었는데, 방의 온도는 언제나 꽁치를 보관하는 냉동고처럼 추웠다!

현재 꽁치방은 '웹진방'으로 바뀌었다. <꽁치>도 이 방의 지나간 역사의 일부가 되었다.

자 우리는 세미나를 꾸릴 주제를 잡았다. '예술'을 공부해 보자는 것이 우리의 합일점이었다. 선생님께 부탁한 커리큘럼이 완성되자마자 곧바로 2주 뒤에 세미나를 시작한다는 공지를 올렸다. 심지어 세미나 시간을 학교 다니는 친구들이 결코 참여할 수 없는 목요일 낮 2시로 '생각 없이' 잡는 만행까지 저질렀다. 생각 없이, '생각 없이'라니! 우리의 무식함을 아주 잘 보여 주는 사례다.

그렇게 시작한 〈예술하는 꽁치〉는 우왕좌왕 8개월에 걸쳐 끝이 났다. 역시나 시작은 창대했으나 끝은 모호했다. 선생님이 짜준 커리큘럼은 예상외로 어려웠고 토론은 꿀 먹은 벙어리가 되거나 빙빙 돌 때가 더 많았다. 함께 시작했던 친구들은 학업에 정진하기 위해서 혹은 세미나가 재미없다는 이유로 하나둘 떠나갔다. 끝까지 남은 멤버는 전부 연구실 상근자였고, 그 평균연령대는 이십대 중반에 육박했으니 꽁치세미나의 정체성은 안드로메다로 날아가 버린 셈이다. 새로운 십대 친구를 초대하고자 했던 초기의 목적은 완벽하게 실패였다! 물론 공부 자체를 실패라고 말할 수는 없다. 남은 사람들끼리 즐겁게 세미나를 꾸렸고 무사히 마쳤으니까.

그러나 세미나가 끝나도 질문은 남았다. "꽁치세미나를 다시 할 것인가?" 다음 스텝을 떼기 위해서 반드시 통과해야 할 질문. 이 질문에 답하기 위해, 〈예술하는 꽁치〉처럼 '생각 없이' 시작했다가 우왕좌왕 흩어지지 않기 위해 나는 그 전에 스스로에게 다른 질문을 던져야 했다. "왜 십대의 자발적인 세미나가 중요한가?" 주변에 있는 수많은

'어른' 친구들과 충분히 세미나를 할 수 있는데도, 연구실에 이미 청소년 프로그램이 있는데도 또래를 만나려고 하는 거기에는, 뭐가 있는 걸까?

꽁치세미나의 정체성이 '십대'라고 했을 때, 그것은 공부를 세대화한다거나 수준별로 반을 나누려는 의도가 아니다. 이미 나이 때문에 제한받는 것은 충분하다. 십대는 '청소년용' 고전을 읽어야 하고, 이십대는 대학에 가야 하고, 열아홉 살은 체크카드 발급받으려면 반드시 부모님과 함께해야 하는데, 스무 살은 온갖 신용카드 회사에서 사랑을 받는다. 이미 세상은 태어나서 지금까지 먹은 떡국 그릇 개수에 맞추어 견고하게 장벽을 쳐놓았다. 그러니 굳이 공부까지 그렇게 할 필요는 없다. 나이에 구애받지 않고 모든 세대가 섞여서 자유롭게 공부하는 것, 그것은 연구실의 강점이기도 하다.

그러나 한 세대가 공유하는 특정한 한계, 경향성, 가능성은 분명히 있다. 내가 이 한계를 파악하고 새로운 가능성으로 나아가기 위해서는, 타인의 평가가 아니라 '내가' 판단하고 내 눈으로 바라봐야 한다. 결국 세대의 장벽 안에서 움직이지 않는 것은 자기 자신이기 때문이다. 나는 십대이고, 나에게 십대의 세미나가 필요하다면 바로 이런 지점에서다. '십대들의 아지트' 꽁치세미나는 십대끼리만 공부하겠다는 것도 아니고 십대의 수준(?)에 맞춰서 쉽게 가겠다는 것도 아니다. 그것은 바로 '십대의 시선'으로 공부하겠다는 선언이다. 십대를 둘러싸고 있는 견고한 장벽을 더듬거리며 짚어 보겠다는 생각이다. 십대의 한계 내에서 출발한 고민을 바탕으로 공부 주제를 잡고, 책 속에서 십대의 문제의 실마리를 잡았다가 놓치고, 다른 십대들에게 책의 괘씸함을 토로하면서 한 발짝씩 나아가는 것이다. 이것이 십대의 세미나가 가질 수 있는 의미이다. 그렇다면 생물학적 나이 때문에 꽁치세미나에 들어오지 못할 이유는 없다.

그러나 친구들의 '자발적 의지'가 없다면 이 공부는 불가능하다. 공부가 학교에서만 이루어지는 지금, '선생-학생'의 관계를 벗어난 공부를 상상하는 것은 참 힘들다. 고차원의 지식을 소유하고 있는 유식한 선생이 학생에게 지식을 전달하면 무식한 학생은 무지에서 벗어나기 위해 열심히 그 지식을 습득한다. 공부가 이렇게 정의되는 한, 배우고자 하는 자는 언제나 수동적인 존재일 수밖에 없다. 누군가 미리 그어 놓은 선을 따라 걸어가고 누군가 미리 통조림에 담아둔 음식을 받아먹는 것이다. 그런 공부로 십대의 문제를 통과하기란 불가능하다. 이때의 '십대'는 텅 빈 '낱말'일 뿐이다. 정확하게 말하면 '유식한 선생님이 사유해 보는 십대'쯤이 될 것이다.

이것 역시 십대에게 보편적으로 자리하고 있는 특성이다. 이것은 십대는 항심(恒心)이 없어서 뭘 해도 끝을 못 보고, 엄마 치마폭에 싸인 채 스스로 찾아서 할 줄 아는 것은 하나도 없고, 그나마 도서관에 앉아서 자기 주도적으로 시험 공부를 하는 정도면 다행이고, 결국 수동적이고 주체적이지 못한 존재라고 여기는 시선으로까지 나아간다. 정말로 십대는 스스로를 그렇게 여기고 있을까? 이 말에 순순히 수긍한다면 그 사람이야말로 구제불능이다! 설령 이 말들이 전부 사실이라고 하더라도, 아니 사실이기 때문에 이 말을 들었을 때 오히려 더욱 열이 받고 오기가 치솟아야 한다. 정말로 나는 수동적 존재인가? 할 줄 아는 것은 누군가 떠준 숟가락에 올려진 밥을 덥석덥석 받아먹는 것뿐인가? 나는 이런 태도들에게, 무엇보다도 이런 생각을 하고 있는 자신에게 한 방 날리고 싶다. 지금까지 나를 포함하여 모두가 생각했던 십대와는 다른 십대가 되는 것이다. 어떻게 하면 그것이 가능할까?

꽁치세미나, 이것은 내가 당장 할 수 있는 방법이었다. 선생님 없이 십대 친구들끼리 지지고 볶는 공부를 하는 것은 다른 십대의 신체다. 모두 처음 읽는 책인데 그것을 가르쳐 줄 선생님은 없다면 그때 가르쳐 줄 수 있는 사람은 나와 내 옆에 앉은 친구뿐이다. 정말 박 터지는 공부가 되지 않을까? 무식한 만큼 치열함이 나올 것이라고 믿는다. 그리고 이것은 마치 어린이집 재롱잔치처럼 "우리, 어리지만 이만큼이나 해냈어요, 이것 좀 봐주세요!" 하는 식으로 되어서는 안 될 것이다. 그것이야말로 스스로를 십대화하는 전형적인 몸짓이므로. 이 고생은 새로운 존재가 되려는 몸부림이 되어야 한다. 그 몸부림이 격할수록 공부는 강렬해질 것이고, 친구가 생길 것이다. 집단편치는 더 강력할 것이다.

튜터가 있고, 규칙이 있고, 커리큘럼이 있는 프로그램에서는 이런 활동을 구성하는 것이 쉽지 않다. 그러나 꽁치세미나는 커리큘럼부터 출석 체크까지, 하나부터 열까지 구성원끼리 다 정하고 실행해야 한다. 세미나는 자발적 공부에 딱 부합하는 형식이다. 게다가 꽁치세미나는 만들어진 지 1년이 채 안 되고 과거의 경험은 실패뿐인 아주 불안정한 세미나이다. 바로 그 불안정 속에서 다른 곳에서는 얻을 수 없는 강렬함이 나올 것이라고 생각한다.

그러니 나는 지난 8개월을 뒤로하고 또다시 꽁치세미나를 시작할 수밖에 없다. 내 공부의 길에 그다음 발자국을 찍는 것이다.

십대의 자발적인 고민 — 두번째 스텝

다음은 두번째 꽁치세미나를 꾸릴 때 인터넷에 유포한 찌라시(?)다.

> 저번에 엄마랑 독립하겠다고 했다가 한참 싸웠어. 예상했겠지만 결국 내가 졌어. 왜 십대는 독립할 수 없는 거지? 답은 간단해. 나한테는 돈이 없거든. 부모님의 지갑이 닫히는 순간 나는 빈털터리 가난뱅이, 경제적 무능력자야.
>
> 그런데, 십대니까 돈을 받아 쓰는 건 정말로 당연한 일일까? 단순히 나이를 먹으면 해결될까?
>
> 우리는 경제적으로 무능력하지만, 경제적으로 무지하기도 해. 용돈이 아니라 진짜 '돈'을 만져 본 적이 없으니, 어떻게 쓰는지는 알아도 어떻게 버는지는 몰라(아니, 사실 쓰는 법을 모를 때도 있어^^).
> 나는 알바도 한 번 해보지 않았어[세미나 모집 당시는 맥도날드 알

바하기 전]. 시급 4,000원이 얼마나 적은 돈인지 실감하지 못해. 왜 우리 세대가 88만원, 심지어 44만원 세대라고 불리는 건지 그 까닭도 몰라(한 달에 44만 원을 벌려면 110시간 일해야 한다는 것은 일지!). 좋은 대학에 못 가면 거지가 될지도 모른다는 불안감만 막연하게 있어.

제안을 하나 할게. 학교에서 만날 하는 공부, 한번 우리끼리 모여서 죽이 되는 밥이 되든 해보자. 바로 이 '돈'을 주제로 가지로 말이야. 백지장도 맞들면 낫잖아. 일단 함께 하면 훨씬 더 재밌고 쉽게 공부할 수 있을 거야. 어쩌면 이 팔딱팔딱한 꽁치들 사이에서 기가 막힌 아이디어가 떠오를지도 몰라.

꽁치세미나를 다시 하기로 결정했다. 그렇다면 이제는 실패했던 첫번째 꽁치세미나와 '어떻게' 다르게 할 것인지, '무엇을' 다르게 할 것인지가 관건이다.

〈예술하는 꽁치〉를 하면서, 나는 무작정 내가 해보고 싶은 공부를 선택하는 것이 얼마나 생각 없는 짓인지 깨달았다. 일단 나부터가 그 공부에 확신과 고민이 충분히 있지 않다면 공부로 '놀 수 있'기는커녕 세미나에 끝까지 참여하기도 힘들다. 학교에 갓 입학한 신입생이 뭣도 모르고 동아리를 선택하는 것처럼 그렇게 공부 주제를 선택할 수는 없었다. 신입생은 그래도 용서받는다. 하지만 각 동아리의 실체를 파악한 재학생이라면 용서받을 수 없다. 이번 공부 주제는 내

고민에서부터 나온 뜨거운 주제여야 했다.

그 열기는 나뿐만 아니라 다른 사람에게도 유효해야 했다. 공부를 하려고 아지트에 모였는데 어디를 가도 할 수 있는 평범한 공부를 한다면, 이렇게 모인 기회가 너무 아깝다. 연구실에서 보기 드문 '십대' 친구들과 함께하는 이 특권을 최대한 이용하고 싶었다. 발랄하면서도 치열해야 한다. 공부가 치열해지는 지점은 자기 문제가 걸려 있을 때다. 그렇다면 십대들이 넓게 공유하고 있는 문제의식을 포착해야 할까? 그러나 그것은 다수를 아우르면서도 신선해야 할 것이다.

이상이 두번째 꽁치세미나가 〈꽁치가 머니(Money)〉가 된 까닭이다. '돈', 모두에게 절박하면서도 이야깃거리가 풍성한 주제다. 이 십대의 경제 문제는 '88만 원 세대'라는 고유명사를 타고 수면 위에

또 다른 자발적 모임, 베이커리

자발적으로 모여서 '함께' 무언가를 한다는 것은 정말 어려운 일이다. 공통의 장(場)에 있지만 구성원 각자가 기대하는 것, 하고 싶은 방식, 싣고 있는 무게중심이 다 다르기 때문이다. 처음에는 열정적이다가도 초반의 기운이 떨어지면 다 흩어져 버리곤 한다.

그중에서도 공부는 특히 더 어려운 것 같다. 지금까지 내가 실패한 세미나가 몇 개 있다. 왜 베이커리나 밴드는 의기투합이 잘되는데 공부는 잘 안 되는 걸까? (베이커리 할 때 늘 드는 생각 : '세상에, 이렇게 재미있는 것을 두고 내가 글을 썼다니!')

이 어려움은 활동의 특성이 아니라 활동을 대하는 태도에서 비롯된다. 세미나를 시작할 때면, 나는 이 공부를 통해서 서로가 조금이라도 변했으면 좋겠다는 기대를 한다. 그러나 '취미'로 공부하는 정도로는 이것을 기대할 수 없다. 마찬가지일 것이다. 취미활동으로 베이커리와 밴드를 한다면 즐겁지만, 만약 베이커리에 우리를 한번 걸어 보자고 선언하는 순간부터 역시 고난과 불화가 시작될 것이다.^^

문젯거리로 떠오르고 있다. 하지만 십대는, 언젠가 어떤 잡지가 친절하게 '44만 원 세대'라고 절망적인 꼬리표를 달아 준 세대, '입시'라는 화려한 불빛 때문에 '학생' 이외의 모습은 그림자 속에 묻혀 버린 세대, 그들은 언제나 학교 안에서 보호받는 학생으로서만 이슈화가 될 뿐이다. 사람들이 상상할 수 있는 십대의 경제 문제의 차원은 '용돈'(용돈 인상을 위한 부모님과의 투쟁?!) 혹은 소년소녀가장의 생계 문제 정도다. 사회의 부당한 시선은 고사하고, 십대가 스스로를 인식하는 수준도 이것 이상이 아니다. 경제적으로 무능한 것 이상으로 경제적으로 무지한 것이다.

이것은 나의 개인적 고민이기도 하다. 가족을 떠나 연구실에서 생활하면서, 나는 '돈'에 대해 다시 생각하지 않으면 안 되었다. 경제적으로 자립하지 않으면 가족으로부터 완전한 독립이 불가능했다. 그리고 현실에 눈을 돌려 보니, 십대가 스스로 돈을 벌어서 생활한다는 것은 한마디로 불가능했다. 나는 지금까지 살면서 돈을 버는 것, 쓰는 것, 아끼는 것을 배우지 못했음을 알았다. 지금까지 내가 용돈과 쇼핑매장 사이에서 살았다면 지금의 나는 직접 돈을 벌고 그 돈으로 생필품 전반을 구매해야 하는 상황 속에서 살고 있다. 그러나 내 무지는 여전히 과거에 머물러 있었다.

나는 또다시 내가 어떤 장벽 안에 있음을 깨달았다. 그래서 나는 이 고민을 꽁치세미나와 결합시키기로 했다. 나와 같은 상황 조건 속에 있는 친구들을 불러 모으기로 한 것이다. 내가 붙잡고 있는 이 '고민'이라는 친구를 통과하고 나서 한 걸음 더 나아가거나 완전히 변하는 것, 이것이 내 노골적인 바람이었다. 이 판에서 지금까지 쌓인 고민을 털어놓거나 혹은 뭐라도 하나 얻어 가겠다는 각자의 의지가 맞붙었을 때 열기가 생긴다. 혼자서 공부할 때는 결코 상상하기 힘든 에너지를 기대할 수 있을 것이다.

함께 공부한다는 것 — 세번째 스텝

이렇게 간신히 구색을 맞추어 어찌어찌 두번째 꽁치세미나를 시작했지만, 잔뜩 부푼 기대와는 달리, 〈예술하는 꽁치〉처럼 중간에 길을 잃어버린 상태다. 토론은 한계지점을 파악하기는커녕 한계를 더듬는 것조차 하지 못했고 같이 공부하자고 해놓고는 배신하고 가 버리기도 했으며 책이 너무 어려운데 아무도 설명하지 못해서 내팽개쳐진 경우도 있었다.

그러나 이런저런 불행한 상황에도 불구하고, 꽁치가 십대를 통과하고 있는 현재 나의 스텝이라는 사실은 변하지 않는다. 나는 나이를 먹을 것이고, 꽁치도 계속 존재하지는 않을 것이다. 그렇게 꽁치는 내가 다음 딛어야 할 발자국의 방향을 제시한다. 친구들에게도 꽁치가 그런 과정이었으면 좋겠다. 다음번 스텝을 유도하고 서로의 삶에 얼마만큼 흔적을 남길 수 있을 때, 그것을 친구라고 부르는 것이 아닐까. 서로의 길에 간섭하고 친구의 다음 발자국이 되어 줄 수 있다면 친구에 있어서나 공부에 있어서나 '실패'는 없을 것이다. 〈꽁치가

머니〉에서 활발한 공부가 이루어지지는 않았지만, 기쁘게도 두 명의 친구가 다음번 꽁치세미나를 하고 싶다고 말했다.

아직 구체적인 세번째 스텝을 밟지는 않았다. 그러나 누군가 일렀던 말처럼, 스승이란 가시덤불 사이로 길을 알려 주는 자가 아니라 가시덤불 속에서도 길을 찾아내는 방법을 가르쳐 주는 자이다. 나를 계속 길을 가게 하는 자, 그것은 함께 길 헤매는 친구다. 십대가 아니더라도, 꽁치세미나를 하지 않더라도, 다른 곳에 있더라도, 나는 언제고 이 말을 하고 싶다. "친구들! 공부하자, 치열하게!"

나무가 자라려면 믿음이 필요하다

나라의 목재?

연구실에서 숙대입구역 쪽으로 내려가다 보면 용산고등학교가 나온다. 간혹 저녁에 운동장으로 산책하러 가기도 한다. 어느 날, 오랜만에 저녁이 아니라 해가 떴을 때 용산고 앞을 지나가는 와중에 학교 담벼락에 아주 인상 깊은 현수막이 걸려 있는 것을 보았다. 거기에는 이런 문구가 적혀 있었다.

"길 잃은 청소년도 잘 설득하면 나라의 목재 ―용산경찰서"

처음에는 '목재'라는 단어에 눈이 휘둥그레졌다. 이렇게 노골적으로 사람을 재료취급하다니, 심하다 싶었는데, 생각해 보니까 사회 교과서에도 '청소년은 국가의 재목'이라는 구절이 실려 있다. 재목(材木)이나 목재(木材)나 글자 순서만 다를 뿐이다. '길 잃은 청소년'

이란 학교를 뛰쳐나오거나 학교 가기를 거부하는 청소년을 뜻한다. 저 문구에 의하면, 한마디로 학교란 국가를 건설하는 데 필요한 목재로 학생을 다듬는 공간이다. 학교에서 벗어난 학생은 사용하기 힘든 거친 목재이거나 불량품이지만, 잘만 다듬으면 이들도 국가를 위한 재료로 사용할 수 있다.

문구의 표현이 좀 거칠긴 하지만, '교육'은 '인재(人材)를 양성하는 길'이고 따라서 국가의 사활이 걸린 사업이라는 인식은 보편적으로 널리 퍼져 있다. 미래의 '국가의 재목'이 되기 위해 교육받는 기간은 초등학교부터 대학교까지, 합치면 무려 16년이다. 중간에 뺑사리를 내긴 했지만 나 역시 학교에서 교육받은 기간이 10년이다. 그러나 강산도 변한다는 그 10년의 세월 동안, 나는 국가의 재목이 되고 싶다거나 혹 되어야겠다는 생각은 단 한 번도 해본 적이 없다. 사실 국가가 내 공부랑 무슨 상관인가? 차라리 돈 많이 벌려고 죽자 살자 공부한다는 말이 더 솔직한 대답이다. 뭘 해야 할지는 모르겠고 남들이 다 공부하니까 그냥 나도 해야 할 것 같다는 말이 더 정확하다. 그러나 배우고 가르치는 것이 이렇게 시시할 리 없다.

수업 시간에도 분명히 배움의 기쁨과 놀라움이 있었다. 그렇게 10년이 지났다. 그런데 새로운 지식은 여전히 나를 그대로 통과해서 지나쳐 버렸다. 여전히 학교는 그저 그랬고 내 삶도 그저 그랬다. 새로운 것을 배우고, 흥미를 느끼고, 시험 보고, 잊어버리고, 이 사이클이 계속 반복될 것같이 보였다. 이런 공부로는 싹수만 노래질 뿐 '국가의 목재'는커녕 내 집 한구석 떠받칠 수 있는 대들보도 될 수 없을 것이다. 배움이 이렇게 무미건조해도 되는 걸까! 천하에서 모여든 삼천문도와 보수적인 공자가 또 다른 세상을 꿈꾸기 위해 박 터지게 싸운 『논어』, 혜능스님이 달마대사에게 도(道)를 구하기 위해 팔하나를 잘랐다는 이야기, 세상 모든 것에 호기심을 품는 어린아이의 눈…… 나랑 먼 이야기였다.

배움 — 나를 믿는 법

까마득한 시절부터 나는 언제나 배우고 있었다. 어느 날, 나의 의지와 상관없이 태어나서 존재하게 되었을 때부터 세상으로부터의 교육은 이미 시작되었다. 처음에는 배울 것이 넘쳐났을 것이다. 두 발로 균형을 잡는 법, 두 손으로 물건을 쥐는 법, 말을 떼기 위해서 외워야 했을 수많은 단어들. 텔레비전의 정체와 리모컨을 사용하는 방법, 엄마의 동생의 아내를 '외숙모'라고 부른다는 것, 동생과의 인형쟁탈전에서 이기는 전략, 맛있는 것과 맛없는 것의 특징, 길거리의 간판마다 꾸물꾸물 쓰여 있는 글씨의 정체, 과자가 잔뜩 있는 가게에 갈 때 필요한 '돈'이라는 것의 정체 등등. 최초의 교육은 자연스럽게 일어났다. 돌부리에 걸려 넘어지는 것을 배웠고, 그후에는 걸려 넘어지지 않기 위해서 또 배웠다. 새로운 것과 만나는 순간들이 곧 배움이었다. 이 배움의 과정을 위해 '선생님'은 따로 필요하지 않았다. 그때마다 주변의 어른들, 혹은 직접 구르고 상처가 난 직접경험이 나를 가르쳤기 때문이다.

이 배움에서는 선생님, 학교, 국가의 재목과 같은 용어는 전혀 필요하지 않다. 학교와 제도는 교육이 삶에서 분리되고 이떤 개별적 행위로 규정되었을 때 비로소 필요한 것이다. 여덟 살이 되자 나는 삶에서 이루어지는 자연스러운 배움을 떠나 학교로 그 터전을 옮겼다. 12년 내지 16년을 그곳에서 배운 후 곧바로 사회에 진입하리라. 살아가는 데 필요한 기초적인 것들을 배우는 데는 8년이면 충분하고, 사회에서 벌어질 온갖 문제들을 대처하는 데는 학교에서의 12년 교육이면 충분하다고 생각했기 때문일까?

나는 여덟 살 이후로 학교에서 10년간 공부했고 지금은 학교를 나온 상태다. 그러나 나는 여전히 일상에서 번번이 벽에 부딪히며 그때마다 어쩔 줄 몰라 한다. 그때 나의 상태는 어린아이가 처음으로 숟가락을 손에 쥐고 밥을 푸는 방법을 배우기 위해 애쓰는 것과 똑같다. 여덟 살이든 여든여덟 살이든, 살아간다면 반드시 각자의 돌부리에 걸려 넘어진다. 그때서야 비로소 내 눈앞에 까맣게 무지가 깔려 있음을 알게 된다. 나에 대한 적의로 가득 차 있는 곳에 홀로 남겨졌을 때, 친구의 심정을 이해하지 못할 때, 한방에서 일곱 명의 사람과 함께 자게 되었을 때, 식칼을 들고 30인분의 점심을 준비할 때, 너무 빨리 권태가 찾아올 때, 사람들 속에서 밀려난다고 느낄 때, 나는 어린아이처럼 허둥거린다. 돌부리에 걸려 넘어질 때 혹은 넘어지려 하지 않을 때 모두 배우는 수밖에 없다.

애초에 배움은 이 새까만 무지에서 벗어나려고 할 때 일어났다. "우리는 단지 오늘 하루의 굶주림을 채우기 위해서 밥을 먹는다. 열흘 동안의 굶주림을 면하기 위해서 밥을 먹을 수는 없다. 이와 마찬가지로 학생은 오늘 그의 삶이 요구하는 바를 충족시키는 데 필요한 지식을 얻어야 한다."(『버리고 행복하라』, 50쪽) 따라서, 교육은 일상의 잡다한 문제로부터 떠날 수 없다. 배움은 삶에서만 이루어지는 까닭이다. 살아가면서 필요한 정보들을 미리 입력해 놓을 수 있다는 생각은 망상이다. 학교도 그 지식을 주지 못한다. 결국 학생은 삶의 문제들을 해결하는 데 필요한 지식을 '스스로' 선택하고 얻어 내야 한다. 나이를 얼마를 먹든, 학교를 졸업했더라도 우리는 끊임없이 배운다.

책과 삶, 그리고 도처에서 일어나는 배움

배움은 도처에서 일어난다. 학교를 나오는 그 순간부터, 나에게는 배울 것들이 사방에서 쏟아졌다. 학교 밖에는 끝없는 학교가 있었고, 거기서 일어나는 배움은 경계가 분명한 지식과 다른 형태였다.

연구실 주방에서 나는 밥 하는 것을 배웠다. 밥을 하면서 나는 어디서든 '밥을 해 먹을 수 있는 사람'이 되었고, '다른 이에게 밥을 해줄 수 있는 사람'이 되었고, 사람들에게 '끼니를 챙겨 먹어야 한다'는 것을 설득시켜야 했다(그러기 위해서는 나 자신부터 설득시켜야 했다). 그전까지 나는 '밥'을 몰랐다. 그리고 이제 '밥'은 나에게 다른 의미가 되었다.

맥도날드에서 나는 주문받는 것을 배웠다. 이 단순노동을 하면서 나는 난생처음으로 '서비스를 제공하는 자'가 되었고, 내 신체의 속도를 공동의 속도에 맞추는 것을 훈련했고, 손님과의 신경전 속에서 나랑 아무 상관없는 타인을 관찰했다. 이 배움은 맥도날드의 노동 시간에 4,110원 이상의 의미를 부여했다.

이렇게 배움은 책과 삶 속에서 마구잡이로 일어난다. 그리고 그것을 통과하는 '나'라는 한 사람에서, 사방에 흩어져 있는 배움에 일관성과 연속성이 생긴다.

아기가 수없이 바닥에 넘어지고 나서 겨우 두 발로 서는 법을 배우는 것처럼 말이다.

그렇다면 교육, 배움의 과정이 끝났을 때 학생은 자기 능력에 자신감을 가지고 있어야 한다. 아이에게 자신감을 키워 준다고 할 때는 여러 사람 앞에서 부끄러워하지 않고 말할 수 있는 자신감, 남과 함께 있을 때 목소리를 키울 수 있는 자신감을 말한다. 하지만 자신감은 '외향적 성격'이 아니라 '자신(自)을 믿는다(信)'는 심원한 뜻이다.

이 자신감은 지식을 암기하는 것으로 생기지 않는다. 지식은 바다처럼 무한해서 아무리 머릿속 바가지로 담고 담아도 나의 무지는 끝나지 않는다. 그러나 자신을 믿는 사람은 새까만 무지로 뒤덮인 이곳 세상에서 불행이 나를 해칠까 봐 혹은 편견이 나를 매도할까 봐 두려워하지 않는다. 벽에 부딪치고 돌부리에 걸려 넘어져서 상처 날 것도 걱정하지 않는다. 그는 자신이 무지하다는 사실을 피하지 않고 똑바로 직시한다. 오히려 그렇기 때문에 그는 적극적으로 '자신'을 내던져 세상의 온갖 사물들, 옳고 그름을 알고자 한다.

비노바 바베는 학습의 목적이 '자유'라고 했다. 걸음마를 배우고 나면 세상의 크기가 확 달라진다. 예전에는 고작 거실 바닥을 기어 다닌 것이 전부였다면 이제는 두 발로 집을 벗어나 어마어마하게 큰 세상을 걸어 다닐 수 있기 때문이다. 커다란 어려움이 닥쳤을 때도 상황에 대해 무지하면 이 말에 흔들리고 저 말에 흔들리기 십상이다. 그러나 마침내 자신의 관점이 똑바로 섰을 때는 어떤 파도가 닥쳐와도 결코 두렵지 않다. 무엇을 해야 할지 스스로 알기 때문이다. "앎의 크기가 나의 존재의 크기를 결정한다"고 했던가. 무지에서 벗어나면 두렵지 않고, 두려움을 모를 때 우리는 자유롭다.

가르침 — 앎과 자유에 대한 갈증

그렇다면 가르침은 어떻게 일어날 수 있을까? 선생은 학생에게 지식을 주입하거나 학생의 삶에 대해 명령하고 개입할 수 없다.

> 진정한 교사는 가르치지 않는다. 다만 누군가 그의 곁에서 스스로 배울 뿐이다. 태양은 누구에게도 자기 빛을 주지 않는다. 다만 만물이 그 빛을 받아 스스로 자라 갈 뿐이다.(『버리고 행복하라』, 31쪽)

태양은 존재할 뿐이고 해바라기도 존재할 뿐이다. 그러나 해바라기는 태양과 여름내 함께 지내면서 무럭무럭 자란다. 진정한 선생은 지식을 전달하는 것이 아니라 앎에 대한 갈증을 유발한다. 학생은 그의 곁에 있는 것만으로도 변화를 경험하며 절로 배움을 갈구하게 된다. 갈증을 일으키는 것은 바로 선생의 '존재 자체'이다.

따라서 선생은 누구보다도 열심히 살며 끝없이 배우고자 하는 자기 삶을 보여 줄 수 있어야 한다. 선생이 반드시 전문교육을 받아야 하거나 자격증을 소지해야 하는 것은 아니다. 자신의 일에 종사하며 평범하게 살아가는 자라도 괜찮다. 끊임없이 자기 삶에 질문을 던지고 그것을 충족시키려는 의지가 있다면, 또한 학생이 도움을 요청했을 때 자신의 삶에서 일어났던 다양한 배움과 노동에 대하여 설명해 줄 수 있는 역량이 된다면 그는 분명 '가르칠' 수 있다. 선생은 끊임없이 배워야 한다. 농사라면 농사, 글쓰기라면 글쓰기 등 선생에게는 걸려 넘어지고 또 질문을 얻는 구체적인 삶과 배움의 현장이 있어야 한다. 질문을 멈추지 않을 때에만 누군가에게 빛을 나눠 주는 태양이 될 수 있다.

이에 관해 재미있는 이야기가 하나 있다. 나쓰메 소세키의 소품 「영일소품」(永日小品) 중에 '크레이그 선생'이라는 단편이 있다. 소세키는 영국에서 2년간 유학했을 때 윌리엄 크레이그(William Craig)라는 아일랜드계 셰익스피어 연구자를 선생으로 모셨다. 크레이그 선생이 얼마나 대단한 사람인고 하니, 실제 모습을 보면 그야말로 빵점짜리 불량교육자다. 맨 처음 크레이그 선생과 소세키는 수업료로 7실링을 매달 말에 받기로 합의를 했다. 그런데 돈이 궁하다고 일찍 수업료를 독촉하고, 또 소세키가 돈을 건네면 단 한 번도 거스름돈을 준 적이 없으니 이건 선생이 할 짓이 아니다. 수업이라도 몹시 훌륭하면 모른다. 선생은 수업시간에 자신이 좋아하는 것만 흥분해서 떠든 적은 있어도 체계적으로 강의한 적은 한 번도 없었다. 나쁘게 생각하면 엉터리이고 좋게 생각하면 좌담회 정도였다. 시를 낭송할 때는 소세키에게 들려주는 게 아니라 자기 혼자 즐기는 놀이로 귀착되었다. 그 외에도 집 안이 책들로 난장판이라든가, 정장도 안 입고 마부처럼 꾀죄죄하게 하고 다닌다든가, 크레이그 선생의 허점은 수두 룩했다.

> 선생은 언제나 종이쪽지에 쓴 문구를 이 푸른 표지 안에 적어 넣고, 그게 늘어 가는 것을 인생의 즐거움으로 알고 살아가고 있었다. 이 노트가 셰익스피어 사전의 원고인 것은 삼척동자도 알 수 있다. 선생은 이 사전을 완성하기 위해 웨일스에 있는 대학의 문학 교수 자리를 내팽개치고 지금은 대영박물관에서 살다시피 하고 있다. 교수 자리조차 팽개쳤으니 7실링짜리 제자는 아무것도 아니었을 것이다. 선생의 머릿속에는 늘 이 사전 생각으로 가득했다.
> (나쓰메 소세키, 『런던 소식』, 노재명 옮김, 하늘연못, 2010, 154~155쪽)

그럼에도 소세키가 크레이그 선생을 사랑하는 까닭은 그가 배움을 향해서 한평생 온몸 던지기 때문이다. 바로 이 '열정'이 해바라기에게 내리쬐는 태양의 빛과 같은 것이다. 크레이그 선생의 머릿속에는 셰익스피어밖에 없었다. 소세키가 선생에게 실제로 배운 것은 거의 없다. 빠른 아일랜드 억양 때문에 말조차 알아듣지 못할 때도 허다했다. 그러나 배움에 대한 선생의 무시무시한 열정은 소세키에게 지식의 갈증을 유발시켰다. 어느 날 크레이그 선생이 스윈번의 「로저먼드」라는 작품을 여느 때처럼 온몸을 진동하며 낭송하다가, 갑자기 책을 탁 덮고 비탄에 찬 목소리로 크게 외친다. "아아! 스윈번이 이 따위 시를 쓸 정도로 타락했다니!" 그러고는 아무 말도 안 한다. 소세키는 당장 스윈번의 걸작 「애틀랜타」를 읽기로 마음먹는다. 열 받아서라도 읽지 않을 수가 없다.

셰익스피어를 향해 맹렬하게 불타오르는 모습, 시를 읽으면서 즐거움에 어깨를 들썩이는 모습, 바로 이런 모습을 소세키는 사랑했을 것이다.

이 선생과 학생의 관계에서는 어떤 권위나 위계도 느껴지지 않는다. 크레이그 선생이 소세키보다 잘나고 똑똑했다거나, 소세키가 무조건 선생을 신봉하고 배웠다거나 하는 대목은 전혀 없다. 다들 제 갈 길이 바쁘기 때문이다. 크레이그는 죽을 때까지 셰익스피어를 연구했다. 소세키도 죽을 때까지 소설을 썼다. 선생이나 학생이나, 살아간다면 늘 배우는 과정 속에 있을 수밖에 없다. 배움을 멈추지 않는 한 선생과 학생은 배움을 추구하는 자로서 동등한 동료가 될 수 있다. 나중에 소세키는 일본으로 돌아가고 대학에서 강의를 할 때 크레이그 선생의 햄릿 연구에서 도움을 많이 받았다고 회고한다. 그런 의미에서, 선생과 학생은 가르치고 학습하는 관계가 아니라 함께 길을 걷는 동지다.

나무가 자라려면 믿음이 필요하다

소세키가 크레이그 선생에게 붙어 있었던 까닭은 그를 믿었기 때문이다. 선생과 학생 사이에는 뜨거운 '신뢰관계'가 먼저 밑바탕에 깔려 있어야 한다. 여름날에 한가득 내리쬐는 태양을 의심하고 음지로 등을 돌린 해바라기가 잘 자랄 리 만무하다. 사람들은 보통 지성과 믿음이 상충한다고 생각한다. 하지만 믿지 않는다면 아무것도 배울 수가 없다. 가령, 엄마가 아이에게 하늘을 가리키며 "저기 눈부시게 빛나는 동그란 것이 바로 태양이란다" 하고 말했다. 그런데 모녀 사이에 신뢰관계가 부족하여(!) 아이가 속으로 '엄마 말대로 저게 태양인지 누가 알겠어?'라고 생각한다면 아이는 아무것도 배울 수 없을 것이다.

고로, 배우려면 일단 믿고 봐야 한다. 학생은 선생의 지혜, 삶, 노동, 사람 자체의 진실함과 그것이 만들어 내는 힘을 믿어야 한다. 선생과 함께하는 배움이 자신의 삶을 변하게 하리라는 믿음이 있어야 한다. 무엇보다도 선생을 선택하고 이 배움을 계속할 '자신'을 믿어야 한다. 온통 믿음투성이다……! 그렇다고 학생이 생각의 자유를 잃어버리는 것은 아니다. 삶으로부터 나온 선생의 말은 씨앗이 되어 학생에게 심어진다. 씨앗은 선생의 것이지만 그것이 심어지는 토양은 학생의 가슴이다. 그것을 발아시키고 어떻게 키워 내느냐는 학생의 몫이다. 선생의 생각과 행동이 잘못되었을 때, 학생은 언제든지 자신의 주장을 밀어붙일 수 있어야 한다. 그렇다면 스승과 학생 간에 이루어지던 교육은 완성되었다고 보아도 좋다. 교육은 학생이 독립적인 사상을 튼튼하게 완성한 후, 의심 없이 그것을 믿고 행동하기까지의 과정이다. 이것이 자신감이다. 이 학생은 목수일 수도 있고, 글쟁

이일 수도 있고, 청소부일 수도 있다. 어디에서 무엇을 하든, 어쨌거나 그는 자신의 삶에 떳떳하다. 그는 경제적으로나 지적으로나 '자기 두 발로 선' 인간이다.

제도는 믿음을 보장할 수 없다. 오히려 제도는 이런 뜨거운 관계를 방해한다. 이를 위해서는 서로의 삶이 제거되지 않고 투명하게 드러나야 한다. 선생은 자격증이 아니라 삶으로 그의 가르침을 증명해야 할 것이고, 학생에게는 스스로 배우고자 하는 의지와 배움의 내용을 선택할 수 있는 자유가 있어야 한다. 이는 제도와 상관없이 선생과 학생의 일대일 관계가 만들어 내는 것이다. 교육의 장이 곧 살아가는 터전이 되어 선생과 학생이 함께 살아간다면 그런 관계는 자연스럽게 이루어질 것이다. 제도는 교육을 삶의 현장에서 개별적인 활동으로 분리한다. 그리고 국가를 떠받치는 커다란 나무가 되라고 한다. 그러나 학생은 이 말을 믿지 않는다. 학생은 점수가 한참 떨어진 시험지를 들고 자신감을 잃은 채, 앞으로 무얼 해서 먹고살 것인지 걱정한다. 간혹 무엇을 하고 싶은지 물어보려다 그만둔다. 자신이 할 수 있으리라고 믿지도 않는다.

흙 속에 묻힌 씨앗은 자라서 나무가 될 꿈을 꾼다. 그 꿈이 반드시 가장 높게 솟은 나무, 가장 많은 열매를 맺는 나무일 필요는 없다. 국가의 목재라고 불릴 만큼 거대하고 값비싼 나무가 되고 싶지도 않다. 버팀목 없이도 태풍을 견딜 수 있는, 튼튼하게 뿌리박고 자라는 한 그루 나무면 된다. 한 그루 나무가 되기 위해서는 그렇게 많은 것들이 필요하지 않다. 물과 흙과 바람과 태양은 본래부터 씨앗과 함께 존재해 왔다. 씨앗은 이 속에서 자신이 나무가 될 것을 믿어 의심치 않는다. 양지 바른 곳에서, 나무는 스스로 자란다.

소세키의 영국 유학 실패기

: 혹은 성공기

_ 나쓰메 소세키, 『런던 소식』, 노재명 옮김, 하늘연못, 2010
_ 나쓰메 소세키, 『문명론』, 황지헌 옮김, 소명출판, 2004
_ 고모리 요이치, 『나는 소세키로소이다』, 한일문학연구회 옮김, 이매진, 2006

나쓰메 소세키(夏目漱石, 1867~1916). 일본의 셰익스피어라고 불리는, 한때 1,000엔 지폐의 얼굴마담을 담당하기까지 했던 일본의 국민작가. 교과서에 실리는 한국근대작가들의(이광수, 김유정, 염상섭……) 작품들을 일부러 찾아 읽지는 않는 것처럼, 이렇게 유명한 작가의 작품에는 손이 잘 안 가게 된다. 내가 소세키를 읽게 된 계기는 순전히 세미나 커리큘럼 때문이었다. 그때 처음 읽은 그의 작품은 『도련님』, 『마음』처럼 잘 알려진 작품이 아니었다. 그것은 소세키가 자신의 유학경험을 바탕 삼아 쓴 단편들이었다. 그가 아직 문단에 데뷔하기 전에 써 놓은 단편, 메모, 편지들 말이다.

『런던 소식』에 묶여 있는 작품들의 주인공은 나쓰메 소세키, 내용은 그의 영국 유학기이다. 어디까지가 허구이고 또 어디까지가 진실인지 구별할 재간은 없지만 이 텍스트가 영국 땅에서 쓰였고 또한 그 재료가 '영문학자 소세키의 유학생활'이라는 것은 자명하다. 소세키는 국비유학생이었다. 1868년 일본은 서양을 따라잡겠다는 야심을 품고 메이지유신을 시작했고, 국내 엘리트들을 서양으로 유학 보내는 것도 이 새 정치의 일환이었다. 그들은 선진문명을 일본에 가져올 대표주자들이었다. 그러니까 소세키는 20세기 일본의 대표선수인 것이다.

그런데 텍스트 사이로 문득문득 드러나는 소세키는 이런 내 상상과 달리 엉뚱한 경로로 나아가는 것만 같았다. 소세키는 정말 영국에서 선진문명을 가져왔을까? '메이지유신'과 '유학'이 만들어 내는 일방적인 이미지에서 벗어나서 소세키의 엉뚱한 동선을 따라가 보면 그 끝에는 무엇이 있을까?

지금도 유학은 질 높은 교육을 위한 대안, 형편없는 국내 교육환경에 대한 대안, 꿈을 넓게 펼치기 위한 대안, 스펙을 쌓기 위한 대안으로 제시된다. 그리고 '대안'이라는 단어에는 현실에 대한 염증, 문제의식, 더 나은 미래로의 의지가 깔려 있다. 그 점은 19세기 말 일본도 마찬가지였다. 느닷없이 맞닥뜨린 서양의 근대문명은 무지막지한 충격이었고, 또 그들이 모르고 있었던 진실이었다. 일본 메이지정부는 낡은 과거를 청산하고 지금까지와는 다른 일본을 꿈꾸며 국비유학생들을 해외로 보냈다.

소세키는 이런 '최신교육'에 적응하지 못하는 문제아였다. 고모리 요이치의 『나는 소세키로소이다』를 보면 소세키의 유학 실패 과정이 자세하게 나와 있다. 일본을 떠날 때 소세키는 이중의 의무를 느끼고 있었다. 첫째, 메이지정부에서 소세키에게 명령한 '영어 교수법' 연구. 교수법이란 '가르치는 체계적 기술'을 뜻한다. 둘째, 그러나 소세키의 개인적인 욕심은 '영어'가 아니라 '영문학'이었다. 그 당시 일본 대학의 영문학 수업은 영어를 익히는 수단에 불과했고, 소세키는 영문학의 본고장에서 '영문학'을 제대로 공부할 수 있으리라는 기대를 품었다. 일본을 떠나면서 소세키는 국가의 명령과 자신의 욕심 둘 다 포기하지 않고 영문학과 영어를 함께 공부하겠다고 결심했다. 하지만 소세키는 영어를 익히는 데 처참하게 실패한다. 아무리 애를 써도 말이 늘지 않았던 것이다!

> "문제는 안주인처럼 내가 영어를 유창하게 구사할 수 없다는 점이다. 말이 목구멍까지 나왔다가 다시 기어들어 갔다."(「런던 소식」, 『런던 소식』, 176쪽)

대학수업은 형편없어서 몇달 만에 흥미를 잃고 그만두었다. 그러나 가장 황당했던 것은, 런던대학에는 학문으로서의 '영문학'이 존재하지 않았다는 사실이다. "19세기 말부터 20세기 초 무렵이라면 이른바 English Literature는 누구라도 읽으면 알 수 있다는 발상이 지배적이었"기 때문이다. 소설, 그것은 부르주아의 자제들이 시간을 때우기 위해 읽는 심심풀이였다. 따로 영문학과를 개설한 대학은 전부 스코틀랜드나 아일랜드처럼 표준영어와 다른 언어를 일상적으로 쓰는 지방에 있었다. 그리고 그 대학들 역시 일본처럼 언어를 익힐 수단으로만 영문학을 가르쳤다.

소세키는 영국에 '배우러' 갔지만, 지식을 습득하는 과정은 배움 그 자체로서 순수할 수 없다. 그 밑에는 당시의 권력관계가 존재한다. 배움은 학문에서 일어나며, 학문은 객관적이고 합리적인 것들의 영역이다. 그렇다면 '어떤 것을 학문으로 취급하느냐'는 질문이 권력관계의 핵심이 될 것이다.

일본에서도 영국에서도 '영문학'은 학문(Science)이 아니었다. 그리고 그것을 학문 외부로 밀어 버린 것은 당시의 정치적 상황이다. 20세기 초에는 중심과 주변, 문명과 야만이 명확하게 구별되었다. 일본이 국비유학생을 파견한 것도 주변에서 중심으로 야만에서 문명으로 진입할 수 있는 '기술'을 익혀 오라는 의도가 노골적이다. 그러나 문학은 그런 '기술'에는 전혀 적합하지 않다. 문학은 인간의 삶을 책을 통해 탐구하고 새로이 해석하는 일과 같은 것을 하며, 그 안에서는 우월한 영국인도 하등한 일본인 소세키도 자유롭게 질문을 던지고 고민할 수 있다. 따라서 문학은 근대의 산물이었음에도 불구하고 늘 주변으로 밀려나게 되었다. 언어를 익히는 수단으로 쓰이거나 심심풀이가 될 수밖에 없었다. "영문학과 영어 사이에는 대영제국의 식민지 및 계급 사이에 펼쳐지는 지배와 피지배, 중앙과 주변, 차별과 피차별 같은 정치성이 생생하게 새겨져 있었"다(『나는 소세키로소이다』, 62쪽). 그리고 바로 그 사이에 소세키가 있었다.

주지는 내가 사무라이라는 사실을 몇 번이고 강조했다. 사무라이라면 깨닫지 못할 이유가 없다고 말했다. 더욱이 내가 언제까지고 깨닫지 못한다면 사무라이가 아니리고까지 했다. 인간 쓰레기라고까지 말했다. 이 말을 하면서 내게 화가 나지 않느냐고 물으면서 웃었다. 자신의 말이 분하다고 생각한다면 깨우친 증거를 가져오라고 했다. 괘씸하다.

옆방의 시계가 다음 시각을 알리는 종을 칠 때까지 깨달았다는 사실을 보여 주리라. 깨달은 후에 주지의 방에 다시 들어가는 거다. 그리하여 주지의 모가지와 나의 깨달음을 맞바꾸는 거다. 만일 깨닫지 못한다면 주지의 명줄을 끊을 수 없다. 어떻게 하든 깨달아야 한다. 나는 사무라이다.

만일 깨달음에 도달하지 못한다면 스스로 목숨을 끊으리라. 사무라이는 수모를 당하면서까지 목숨을 구걸하지 않는다. 모욕을 당한다는 건 죽음을 의미한다. 차라리 깨끗하게 죽어 버리는 거다.(「몽십야」 제2야, 『런던 소식』, 13쪽)

소세키는 도대체 무엇을, 어떻게 공부를 해야 할까? 영국 한복판에서 소세키가 고민한다. 그러나 소세키는 영국인이 아니라 일본인이다. 소세키가 태어난 땅, 사무라이의 나라에도 몇천 년 동안 이어져 온 '배움'의 방법과 기준과 자긍심이 있다. 주지에게 그것은 불교의 '깨우침'일 것이고, 사무라이에게는 목숨과 맞바꿀 '명예'일 것이다. 하지만 20세기에 덜컥 태어나 버린 소세키는 아무것도 붙잡을 수 없다. 사무라이의 시대는 이미 끝났고, 그는 사무라이도 주지도 될 수 없다. 소세키의 눈앞에 놓여진 선택지는 '영국인'을 어설프게 흉내 내는 것뿐이다. 신사냐 신사가 아니냐, 영어를 잘하느냐 못하느냐의 여부만 중요해진다.

선택지 자체에서 아예 벗어나는 방법은 없을까? 영국이 베푸는 배움에서 아무런 매력도 느끼지 못하던 소세키는 우연히 아일랜드 계의 선생 한 명을 만나게 된다. 그의 이름은 윌리엄 크레이그, 셰익스피어 학자였다.

소세키는 영어를 빨리 익힐 요량으로 개인교사를 찾다가 대학교수의 소개를 통해 이 크레이그 선생과 연을 맺었다. 소세키의 묘사에 따르면 이 크레이그 선생은 정말 괴짜 중의 괴짜다. 무엇보다 가장 기막힌 것은 수업에 전혀 체계가 없다는 점이다. 크레이그 선생에게 있는 것은 언제나 과도하게 넘치는 열정뿐이었다. 이 선생은 수업을 하는 것이 아니라 혼자서 쇼를 했다. 학생에게 지식을 전수해 주려는 의지는 어디론가 증발해 버리고 오직 선생의 학문에 대한 애정을 폭발시키는 것으로 목적이 옮겨 갔던 것이다. 심지어 소세키는 선생의 빠른 억양의 아일랜드 사투리 때문에 수업의 절반 이상을 거의 알아들을 수 없었다. 어쩌면 소세키가 이 엽기적인 수업을 1년이나 지속한 것은 일주일에 7실링이라는 파격적인 수업료 때문일지도 모른다.

그러나 소세키가 쓴 「영일소품」의 마지막 작품 '크레이그 선생'

에서는 선생에 대한 소세키의 애정을 듬뿍 느낄 수 있다. 이 애정은 어디서 기인하는가? 바로 선생의 뜨거운 열정에서다. 크레이그 선생은 사실 그렇게 대단한 학자는 아니다. 동시대 셰익스피어 연구자 슈미트보다 유명하지도 못했고, 그가 평생의 목표로 삼은 셰익스피어 사전도 완성하지 못하고 죽음을 맞이했다. 소세키는 단 한 번도 크레이그 선생이 똑똑하고 잘났다는 말은 하지 않는다. 그러나 그의 끈질긴 인내심과 열정에 탄복하며 묻는 장면이 있다. "언제 완성하실 작정이십니까?" "언제가 될는지 어떻게 알 수 있겠어, 죽을 때까지 그저 열심히 해볼 뿐이지."(『런던 소식』, 156쪽) 크레이그 선생은 평소처럼 어깨를 으쓱하면서 아무렇지도 않게 대답한다. 그는 작품을 읽고 거기에 자기 온몸을 던지는 바로 그 순간이 너무 즐겁고, 바로 그때 살아 있음을 느낀다. 그래서 오직 할 뿐이다.

바로 이때, 이 뜨거운 열정에 답하며 변방으로 쫓겨났던 영문학이 학문의 중심으로 뚜벅뚜벅 걸어온다. 이 순간 '영문학'은 영어를 익히기 위한 텍스트도 아니고 부르주아의 킬링타임용 오락물도 아니다. 거기에는 크레이그 선생의 질문, 삶, 존재가 담기게 된다. 영문학이 학문으로 취급받지 못하는 것은 여전히 변함없는 사실이다. 그러나 크레이그 선생과 영문학의 관계에서만큼은 돈도 명예도 정치도 개입할 수 없다. 크레이그 선생은 정말로 공부에 자신의 존재를 실었기 때문이다.

소세키는 유학생활을 하는 2년 동안 1년을 크레이그와 함께했다. 소세키에게 크레이그 선생은 스쳐 지나가는 인연처럼 별 중요한 인물이 아니었을지도 모른다. 그러나 소세키가 영국유학에 대한 기록 중에서 '선생'과 '배움'에 대해서 쓴 글은 「영일소품」의 '크레이그 선생'이 유일하다. 나의 터무니없는 추측이지만, 크레이그 선생은 분명 소세키에게 커다란 영향을 끼쳤을 것이다. 최신문명의 도시 런던에서 소세키는 거의 아무것도 배우지 못했다. 거기서 소세키가 정작 만난 것은, 옥탑방에서 몇십 년째 열정적으로 셰익스피어 자료를 수집하고 있는 괴짜 노인 학자였다.

소세키가 영국에서 일본으로 돌아온 후에 고민하고 말하고 행동하는 그 속에서, 이 크레이그 선생의 모습이 보이는 것 같다.

바로 그때 비로소 문학이란 무엇인가 하는 개념을 근본적으로 그리고 자력(自力)으로 만들어 내는 방법 외에는 나를 구할 길이 없다고 자각하게 되었습니다. 지금까지는 완전히 타인본위(他人本位)여서 근본이 없는 부평초와 같이 그 근처를 되는대로 표류하고 있었기 때문에 소용이 없었다는 사실을 발견하게 되었습니다. …… 무엇인가에 맞닥뜨릴 때까지 나아가 본다고 하는 것은 학문을 하는 사람, 교육을 받은 사람의 평생의 임무로서 혹은 10~20년의 주요한 작업으로서 필요한 것이 아닐까요? 아아 여기에 내가 나아가야 할 길이 있다! 간신히 파낼 수 있는 광맥을 발견했다! 이와 같은 감탄사를 가슴 깊은 곳으로부터 토해 낼 때, 여러분들은

비로소 마음을 편안히 할 수 있을 것입니다. …… 도중에서 안개에
가로막혀서 고뇌하고 있는 사람이 있다면 어떤 희생을 지불하더
라도 '아아 어기다!'라고 할 수 있는 굴착지(掘鑿地)까지 나아가는
것이 좋겠다고 생각합니다.(「나의 개인주의」, 『문명론』, 236~243쪽)

소세키는 영국유학에서 무엇을 배웠을까? 확실한 것은 그 배움
이 '영어 교수법', '영국신사의 근사한 매너', '일본으로 돌아갔을 때
보장될 밝은 미래'는 아니라는 것이다. 그의 영어발음은 여전히 형편
없었다. 일본으로 돌아온 뒤에는 생활고에 시달렸고, 가족을 부양하
기 위해 고등학교 교사로 일하거나 시시한 글을 연재해야 했다. 그러
나 영국유학에서의 배움은 앞으로 탄생할 그의 작품, 대문호로서의
삶의 밑바탕이 될 것이었다.

Outro. 장래희망, 독립

"너는 커서 뭐가 되고 싶니?"

이런 질문에 거침없이 대답하던 시절이 있었다. 꿈을 가지고 살기만 하면 꿈처럼 될 줄 알았더랬다. 엉터리 꿈을 말해도, 한 달 주기로 꿈이 바뀌어도 모두가 '그래, 그래' 하고 웃어넘기던 때였다.

각자의 꿈과 상관없이, 우리는 모두 똑같은 초등학교에 갔다. '사람'으로 살기 위해 기본적으로 알아야 하는 것들을 공부했다. 커리큘럼은 9년, 12년, 16년 코스까지 미리 짜여 있었다. 나이를 먹을수록 자꾸만 '성적'에 관련된 수상쩍은 이야기가 들려왔고, 어느 날 돌아보니 우리는 전부 책상 앞에서 똥줄 타게 공부하고 있었다. 혹은 몇 년 안에 그렇게 공부하게 될 예정이었다. 초등학교 5학년 때, 나는 장래희망 대신 다른 질문을 스스로에게 던져 보았다. "내 꿈은 뭘까?"가 아니라 "나는 왜 학교에서 공부를 할까?"라고 물었다. 나름 내 인생의 첫번째 진지한 질문이었는데 결론은 허무하게 났다. "돈 벌려고?!"

'꿈'은 세상이 이미 정해 놓은 직업 중에서 선택하는 것이었다. 그리고 이 세상에는 어렸을 적 내가 몰랐던 직업들이 많았다. 패스트 푸드 아르바이트생, 비정규직 청소부, 백수가 있었다. 한 번도 관심 없었던 공무원, 변호사, 사업가가 그 반대편에 있는 직업으로 거론되었다. 꿈을 선택하는 권리를 얻기 위해서는 경쟁을 해야 했다. 학생들은 꿈을 선택하는 경쟁에서 이기기 위해, 혹은 이 흐름에 무작정 휩쓸린 채 책상 앞에 앉아서 자발적으로 공부했다. 루저(Loser)가 되지 않기 위해서! 시험지 위에 적힌 숫자가 미래의 봉급액수가 될지도 모른다. OMR카드에 잘못 찍은 까만 점 하나가 인생의 오점이 되어 지워지지 않을지도 모른다. 주변에서는 진로를 빨리 결정하라는 압박이 은근하게 들어왔다. 남들보다 하루빨리 공부에 매진해야 경쟁력을 갖출 수 있다는 판단이었는지 모르지만, 이것은 '장래희망'이 뚜렷하다는 말로 표현되었다.

정신 차리고 보니 어느새 나는 학교 다닐 때 그토록 두려워했던 루저가 되어 있었다. 학교에서 튕겨져 나온 이후로 수능준비도 안 하고 취업준비도 안 했더니, 산업예비군에도 대학예비군에도 포함되지 못하고 자연스럽게 백수가 되었다. 어렸을 때 꿈이라고 읊었던 직업 목록을 생각하면 조금 웃기다. 그때는 내가 이런 '장래'를 '희망'하게 되리라고는 상상도 하지 못했다. 그러나 주변사람들은 내게 중졸 백수를 나의 '장래'로 인정하지 말라고 충고한다. 검정고시를 치고 대학에 가면 충분히 훌륭한 직업을 가질 수 있다고, 나의 이런 자유로운 교육활동(?)을 부각시킨다면 어떤 직업에서는 오히려 경쟁력을 갖출 수도 있다고 충고한다. 이 충고에는 특정한 시선이 작동하고 있다. 나의 백수생활은 또 다른 형태의 색다른 교육이고, 지금 나는 고등학생들과 마찬가지로 아직 '무엇이 될 것인가'의 질문에 대한 답변을 보류하고 있는 과도기라는 것.

그러나 나는 그 질문에 다시 질문을 던지고 싶다. 왜 사람은 꼭 어떤 것이 '되어야' 하는가?

아직 백수가 되기 전, 학교에서 나눠 준 설문지를 풀다가 충동적으로 '백수'라고 썼다가 지웠던 적이 있다. "장래희망은 무엇입니까?"라는 질문에 '미정'이라고 대답할 수밖에 없다는 것보다, 나의 미래가 이 몇 가지 선택지 중 하나여야만 한다는 것이 조금 열 받았다. 아니, 이 몇 개밖에 꿈꿀 수 없는 현재가 시시했다. '어떤 것이 되어야 한다'는 말에는 사회에서 포착 가능한 고정된 정체성을 가지라는 폭력성이 깔려 있다. '나무를 심는 사람'이 되고 싶다는 내 친구의 말을 선생님이 '식물원 관리자'로 알아들은 것처럼. 진로상담에서 만화방 주인, 인생을 즐기는 챔피언, 존경받는 어머니는 거론될 수 없다. 내 '꿈'이 설명 가능하려면 그것은 사회에 이미 존재해 있는 고정된 직업, 대학 졸업 후에 쟁취하고 도달할 수 있는 형태여야 한다.

꿈은 미래에 쟁취해야 하는 어떤 것이 아니라 현재 내가 무엇을 할 것인가를 말해 주는 좌표다. 꿈을 꾼다는 것은 현재를 '이렇게 살겠다'고 마음먹는 것이다. 꿈을 이루기 위해 내 몸을 움직이는 순간, 현재는 꿈에 의해 움직이고 변한다. 따라서 꿈이 영향을 주는 것은 미래가 아니라 현재다. 그 순간에는 '되기'와 '하기'가 거의 구별되지 않는다. 가령, 존경해 마지않는 어떤 작가처럼 되고 싶어서 열심히 글을 쓸 수 있다. 또 열심히 글을 쓰다 보니 훌륭한 작가가 될 수 있다. 글을 쓰는 상태, 글을 쓰는 순간만 존재한다.

현재 내 좌표를 보자면, 나는 〈수유+너머〉 연구실에서 공부를 하고 있다. 연구실에는 수많은 사람들이 공부를 하러 온다. 그중에는 지식인들도 있고, 주부들도 있고, 백수들도 있고, 직장인들도 있다. 왜 그들은 공부를 하러 오는 걸까? '앎'에 대한 이 열정은 뭘까? 공부를 할 때 나는 그때서야 내가 인식하고 있던 이 세계가 얼마나 협소한지 깨닫게 된다. 아니, 이 세계 속에서 내가 얼마나 깜깜한 어둠 속에 서 있는지 깨닫는다. 이 깨달음은 절망이 아니라 자유다. 답이 아니라 질문을 가질 때, 우리는 비로소 열심히 살게 된다. 공부를 하면 할수록 얻어지는 것은 질문에 대한 답이 아니라 더 강해진 질문, 확장된 질문이다. 이 다른 질문이 세상을 다르게 보이게 한다. 이전과 다른 것을 보고 느낄 수 있는 자에게만 이 세상은 더 커질 것이다.

내가 연구실에 있으면서 갖게 된 질문은 '독립', 즉 '어떻게 어른이 될 것인가'였다. 친구들은 이제 고3이다. 대부분 대학 입시를 준비하고 있고, 그 대부분이 대학에 입학할 것이다. 그러나 나는 대학에 가고 싶은 마음도, 안정적인 정규직으로 취직하고 싶은 마음도 없다.

대학에 들어가려면 너무 많은 시간, 돈, 체력이 필요한데, 그에 비해서 그곳에서 일어나는 배움은 그다지 매력적으로 느껴지지 않는다. 사람들과 교류하는 것은 대학 외부에서도 충분히 할 수 있다. 성규직, 매일 똑같은 시간 동안 똑같은 시스템 속에서 일하는 것을 상상하기만 해도 거부감이 든다. 돈을 많이 벌고 싶은 욕심도 크지만 이 거부감 앞에서는 푸슉 쪼그라든다. 한마디로 좋은 회사 이름표, 좋은 대학 이름표를 붙이는 것은 나에게 별 쾌락을 주지 못한다.

그렇다고 그것들을 '제도권'이라고 명명하고 무작정 이탈하는 것이 진짜 길이 될 수는 없다. 때려치운다고 탈주가 아니다! 나는 공교육에서 벗어나 대안학교에 갔고 대안학교에서 벗어나 〈수유+너머〉에 갔다. 그렇다면 나는 어느 때보다도 최고로 즐거운 삶을 살아야 했다. 그러나 나는 여전히 부모님 보호 밑에서 학생의 신분으로 새로운 학교를 다니는 느낌을 받았다. 연구실이 또 다른 대안학교, 학교와 같은 배치라는 뜻이 아니다. 연구실은 어떤 것의 대안이나 보완이 아니다. 연구실은 모두가 공통의 리듬을 타면서 각자가 추구하는 것을 자유롭게 쫓아가는 공간이었다. 그러니까 내가 느꼈던 연속성은 공간의 특성이 아니라 나를 둘러싼 조건, 배치였다. 그것은 내가 독립의 첫걸음도 못 뗐다는 것을 명백하게 확인시켜 주었고, 특히나 연구실 같은 공간에서는 사람들과 나의 차이가 더욱 두드러졌다. 연구실에서 나는 이 갭을 메워야 한다는 '문턱'을 발견했다. 책을 통한 공부보다 이 문턱을 넘기 위해 낑낑대는 것이 더 큰 공부였다.

문턱은 다양한 차원에서 나에게 뛰어넘기를 요구했지만, 가장 턱이 높았던 것은 이것이었다. "무엇을 할 것인가?" 공교육에서도, 대안학교에서도, 연구실에서도, 사실 나는 내 언어로 한 번도 이것을 말한 적이 없었다. 정상노선에서 이탈했다, 그다음엔 뭘 할 건데? 연구실에서 흔히 하는 말을 흉내 내다가 그만두었다. 공간의 언어를 내 언어로 둔갑시키려고 하면 전부 들통나게 되어 있다. TV나 책에서 학교를 그만둔 아이들은 '내가 정말 좋아하는 일을 찾아 떠나겠어!'라고 외치더라만, 나는 '재미'나 '욕망'을 쫓아가는 것으로는 이 질문을 해결할 수 없음을 곧 알게 되었다. 물론 이렇게 대답할 수는 있다. 공부가 재미있고, 연구실에는 친구들이 있다고. 그 이상이 필요할까? 그 이상이 필요했다. 왜냐하면 어디에서 무엇을 하든, 언제나 장애물과 풍파가 존재하기 때문이다. 고통을 피해 즐거움만을 쫓아서 움직인다면, 나의 삶은 단 한 번의 풍파에도 꺾여 버릴 것이다. 우리는 흔히 내가 진정 욕망하는 일이 무엇인지만 알면 나에 대한 진실을 손에 쥘 수 있을 거라고, 진짜 좋은 삶을 살 수 있을 것이라고 믿는다. 그러나 '진짜 내 욕망'은 환상이다. 욕망하는 무엇을 하든, 거기에는 즐거움만으로 해결할 수 없는 장애물이 있고 즐거움뿐만 아니라 오만 가지 감정이 있다.

　국가에도, 가족에도, 학교에도 포섭되지 않는 내 삶은 특정한 공간이나 특정한 관계가 보장해 주지 않았다. 하긴, 한 인간이 바꿀 수 있고 책임질 수 있는 것은 자기 자신뿐이지 않은가. 다른 삶을 살고 싶다면 '내 뜻'을 세우는 수밖에 없다. 그것은 '무엇을 할 것인가'라는 질문을 나의 언어로 완성해 가는 과정이다.

그런데 이 질문은 대단한 만남, 사건 속에서 '뾰' 하고 완성되지 않는다. 오히려 그것은 자꾸 걸려 넘어지는 일상의 문턱에서 조금씩 완성될 것이다. 내 뜻을 세우기도 전에, 세상에는 이미 내 뜻대로 살 수 없는 것들이 너무 많이 있다. 날씨도, 사랑도, 부모님과의 마찰도, 친구 간의 오해도, 건강도, 무엇 하나 내 뜻대로 되는 것이 없다. 오히려 이 골칫거리들을 어떻게든 해결하려고 애를 쓸 때 내 뜻을 품게 된다. 이 자질구레한 일상의 고난들이 있기 때문에 뜻을 세우고, 다른 삶을 살고, 무언가를 하게 되는 것이 아닐까?

무엇을 해야 할까? 앞으로 무엇을 할 것인가? 나는 이미 알고 있다. 밥 세 끼를 먹어야 하고 잠을 자야 하고, 건강을 챙겨야 한다. 혼자가 아니라 함께 살아야 한다. 친구가 있어야 하고, 사랑도 해야 하고, 식구를 만들어야 한다. 또한 나를 계속 발전시키는 공부를 해야 할 것이다. 그 공부는 책을 통할 수도 있고 경험을 통할 수도 있고 기술을 연마하는 과정에서 일어날 수도 있다. 이 대단찮아 보이는 것들이 실제로 삶을 이루고 있는 기반들이다. 어른이 되는 길목에 '진로'라는 이름을 붙일 때, 그 의미는 이 자본주의 사회에서 어떻게 내 노동력을 재생산할 것인지 결정하는 범위를 크게 벗어나지 못한다. 그러나 '독립'에는 직업에 앞서서 가장 일상적인 것들이 먼저 자리 잡아야 한다. 어른이 된다는 것은 평범한 일상을 내가 마주한다는 뜻이다. 이 평범한 일상 하나하나를 '어떻게' 꾸릴 것인가? 모든 익숙한 것들이 나로부터 다시 시작되는 것, 그것이 독립이다. 그런데 나는 이 것을 정말로 '나'로부터 시작하고 싶다. 대학, 취직, 결혼 등 자판기에서 음료수 뽑듯이 이미 정해진 코스로 넘어가고 싶지는 않다.

현재 내 꿈은 '독립'이다. 단순하게 표현하면, 어른이 되고 싶다는 뜻이다. 하루빨리 어른 흉내를 내고 싶어 하는 평범한 십대의 마음이라고 생각할 수도 있다. 평범한 십대인 나는 어른만큼의 능력을 획득해서 자랑하고 싶은 것이 아니다. 나는 이 세상과 동등한 위치에서 관계를 맺고 싶다. 연구실에서 내가 사람들과의 갭을 줄이기 위하여 안간힘을 썼던 것도 그들과 동등한 관계를 맺고 싶어서였다. 이는 능력 면에서 대등해지고 싶은 욕심과 다르다. 전면적으로 관계를 맺고 정면으로 부딪치려면 나를 대신해서 나를 설명해 주는 것들, 나를 일방적으로 보호해 주는 것들로부터 벗어나야 한다. 그렇지 않으면 상대방은 '나'와 관계를 맺는 것이 아니라 나를 보호하는 '가족'과 '학교'와 관계할 것이다. 그렇다, 일상을 나로부터 시작하는 것처럼, 관계를 나로부터 시작하고 싶다. 내 안에는 세상과 사람과 만나고픈 욕망이 꿈틀거린다. 그렇게 함께 일상을 꾸려 나가고 싶다.

그러나 내가 무엇을 해야 하는지, 무엇이 되어야 하는지, 나는 아직 내 좌표를 명확하게 그리지 못하고 있다. 어떻게 어른이 될 것인가, 하는 질문에 걸린 채로 계속 맴맴 돌고 있다. 누가 '어른통과딱지'를 붙여 주는 것도 아니고, 딱히 정해진 방법은 없을 것이다. 아마 이렇게 계속 버둥버둥 애를 쓰다 보면 어느새 어른의 한복판, 세상의 한복판에 걸어 나와 있을 것이다. 하지만 아무도 나 대신 좌표를 그려 주거나 길을 내줄 수 없다는 사실만큼은 확실하게 해야겠다.

다만 내가 지금 믿고 있는 것은 '글'이다. 앞으로 나는 계속 글을 쓸 것이다. 거창한 이유가 있어서가 아니라, 현재 내가 할 수 있는 유일한 것이기 때문이다. 내가 겪고, 보고, 듣고, 느끼는 수많은 것들은 글을 쓰지 않으면 그냥 흘러가 버린다. 글을 쓸 때 그것들은 비로소 '나'가 된다. 내가 쓴 글은 내 소유물이 아니다. 내 이름이 박힌 글은 곧 '나'이고 나는 글을 쓸 때 내가 된다. 그리고 내가 쓴 글이 사람들 사이를 돌아다닐 때 비로소 나는 세상과 만난다. 내 글은 사람들과 직접적으로 부딪힌다. 사람들은 내가 그대로 담겨 있는 내 글을 읽을 때 어떤 핸디캡도 주지 않고 그대로(솔직하게, 냉정하게, 진심으로) 반응을 보인다. 이때만큼은, 나는 세상과 동등하게 관계를 맺는 것이다. 그래서 나는 글을 쓸 때 내 전부를 던진다. 그리고 내 글과 전면적으로 부딪혀 줄 누군가를 기다린다.

글쓰기가 나의 독립기에 든든한 지원병이 되었으면 좋겠다. 현재, 방황 중이다. 독립을 향한 여정은 끝이 없을 것으로 보인다. 캄캄·막막하지만 유쾌한 여정이 되기를 …… 바란다!

후기

: 공부, 시간을 뛰어넘는 보험

공부, 시간을 뛰어넘는 보험

『다른 십대의 탄생』을 출판한 후에도 변하지 않은 게 있다. 바로 사람들의 질문 세례다. 대부분은 내게 이렇게 묻거나, 이런 질문을 하고 싶은 게 분명한 얼굴로 나를 바라본다. 학교를 그만두고서 한다는 게 공부냐? 그럴 거면 뭐 하러 학교를 그만두었으며, 그렇게 공부해서 나중에 뭘 하려고 하느냐? 이보다 내게 더 호의적인 사람들, 즉 한국 교육의 현주소에 통탄하며 대안적인 사회 건설에 관심이 많은 사람들은 또 내게 이렇게 묻는다. 결국 진정한 공부는 학교 바깥에 있는 게 아니냐? 너의 행보가 학교 안에서 절망하고 있는 다른 십대들에게 길이 될 수 있지 않겠느냐?

평생 보험을 들다

안타깝게도 나는 양쪽 모두에게 이렇다 할 만한 답을 줄 수가 없다. 특이한 삶을 살고 있는 것은 사실이지만, 이제 나는 내 지난 10년에 무거운 의미부여를 하지 않는다. 솔직한 대답은 다음과 같다. 난 공부가 재밌다. 그래서 한다. 그것뿐이다. 고등학교를 자퇴했던 것은 학교 공부가 재미없었기 때문이고, 십대 때 연구실에 눌러앉을 생각을 했던 것도 그곳의 공부가 재미있었기 때문이다. 뉴욕에서 별별 일을 다겪었지만 그 시간이 의미 있었던 것은 계속 공부를 하고 있어서였고, 쿠바에서 오랫동안 머무를 결심을 한 것도 이곳에서 배울 게 있기 때문이다. 이쯤 되면 이것은 나의 기질이라고 봐야 한다. 어떤 사람은 음악에 빠지고, 또 누구는 영화에 빠지는 것처럼 나는 공부에 빠진다. 나는 명분이 아니라 마음을 따라서 길을 걸어왔다.

그러나 내가 강조하고 싶은 게 있다. 내게는 명분은 없어도 실리가 있다는 것이다. 나는 뼛속까지 실리주의자다. 철저하게 실리를 계산하며 '인생의 빅 픽처'를 그리는 중이라고 말하는데, 슬프게도 사람들은 나를 잘 믿지 않는다. 나는 스스로에게 말해 왔다. 내가 하필이면 공부를 좋아해서 얼마나 다행인가? 지금 이 순간, 공부를 하지 않았더라면 내가 해왔을 수많은 삽질들이 머릿속을 스쳐 지나간다. 오늘날 한국에서 최고의 레드 오션이라 할 수 있는 음악을 하겠다고 설칠 수도 있었고, 어쩌다가 독립 장편영화의 주연이 되어서 영화를 망칠 수도 있었다(모두 내 흑역사의 일부다). 혹은 제도권 안에 머무르면서 남들만큼 치열하게 살 각오도, 내 안의 솔직한 욕망을 직면할 용기도 없이 끝없이 이어지는 불만족 속에서 어정쩡하게 시간을 보낼 수도 있었다. 이처럼 나는 대단한 사람이 아니다. 그러나 나는 이런 별 볼 일 없음을 숨기지 않고 그냥 나 자신으로 살아왔다. 이것이 가능했던 것은 공부를 했기 때문이다. 자의식에 짓눌릴 때, 일상에 지칠 때, 생계가 걱정될 때, 관계 속에서 자신감을 잃을 때, 사회가 납득이 안 될 때, 그 모든 순간에 공부는 내가 엉뚱한 생각에 빠져서 자빠지지 않도록 나침반이 되었다. 좋아서 하는데 심지어 보험까지 된다. 이보다 더 남는 장사는 없다.

그래서 나는 이렇게 단언한다. 공부는 살아가는 데 있어 가장 실리적인 활동이다. 시험을 위한 공부, 승진하기 위한 공부, 의무로서의 공부는 공부의 수많은 활용법 중 하나일 뿐이다. 『다른 십대의 탄생』을 세상에 내놓은 이후 내가 갈팡질팡 걸어온 길을 한마디로 요약한다면, 그것은 공부의 다양한 활용법들을 발견하는 여정이었다. 이 자리를 빌려 내가 각 시기별로 발견한 공부의 활용법을 정리해 보려고 한다. 이른바, 공부라는 평생 보험이 제공하는 혜택 목록인 셈이다.

1. 각성

첫번째 혜택은 각성이다. 이건 마리화나를 피울 때 일어나는 약물 각성도 아니고, 영적 경험에 의한 종교적인 각성도 아니다. 문제의 원인을 명확하게 규정하는 것에서 오는 지성의 각성이다.

누구나 문제를 안고 살아간다. 그리고 문제는 그것이 왜 문제인지 모르기 때문에 '문제'라고 불린다. 오랫동안 이유를 알 수 없었던 사회적 모순, 관습에서 느끼는 분노와 불편함, 관계에서 표현하지 못했던 억울함, 원인을 알 수 없는 무기력함, 어떻게 살아야 할지 모른 다는 막막함 같은 것들 말이다. 그런데 책 속에 담긴 지성은 문제를 '문제화'한다. 가슴속에 안개처럼 뿌옇게 흩어져 있는 부정적인 감정에 뚜렷한 윤곽선을 그려 넣고, 그 속성을 명명하고, 마침내 문제와 대결할 수 있는 언어를 제공한다. 그런 순간에는 머리를 한 방 얻어 맞은 기분이 든다. 개인적인 문제가 객관화되고, 덕분에 새로운 시선으로 그 문제에 접근할 수 있게 되었기 때문이다. 이는 보통 '생각의 전환'이라고 불린다. 그리고 나는 이를 반농담 반진담으로 '은혜받았다'고 표현한다. 이건 정말 짜릿한 경험이다. 지성의 은혜를 한 번이라도 받아 본 사람은 대개 공부에 재미를 붙이고 계속하게 된다.

나는 첫 각성의 순간을 아직도 기억한다. 이 책 본문에도 언급된 내용이긴 하지만, 내가 중학교 2학년 때 학교에 고병권 선생님이 철학 강의를 하러 오셨다. 그 강의에서 나는 벼락 맞은 기분을 느꼈다. 그때 내 뒷통수를 강타했던 주제는 '왜 공부를 해야 하는가'였다. 고병권 선생님은 악(惡)은 악마가 아니라 무지가 저지른다고 말했다. 그리고 지(知)라는 것은 생각한다는 것이며, 생각한다는 것은 내가 지금까지 생각하지 못한 방식으로 새롭게 생각해 보는 것이라고 말했다. 그렇지 않다면 그것은 생각이 아니라 습관이라는 것이다. 동일한 관념이 습관처럼 계속 반복되는 것은 공부도 아니요, 사유도 아니라는 것이다. 이 명료한 통찰은 악명 높은 '중2병'에 걸린 열다섯 살 청소년의 가슴에 콱 박혔다. 공부를 시험용으로 여겨 왔던 진부한 틀

이 깨졌다. 어째서 학교에 다녀야 하는지, 어째서 매일 공부를 해야 하는지, 어째서 십대는 '학생'으로 불려야 하는지, 이런 발칙한 질문을 본격적으로 던질 수 있는 새로운 판이 깔린 것이다.

고병권 선생님의 강의가 옳으냐 그르냐는 중요하지 않다. 중요한 것은 각성이라는 사건 자체다. 누군가의 지성이 또 다른 이와 만나서 '변화'를 일으키느냐의 여부다. 그 당시 나의 문제는 학교 공부가 재미없다는 것이었고, 이것이 고병권 선생님의 말 속에서 문제화되었다. 이제는 '다른 공부'를 적극적으로 찾아갈 수 있는 길이 열렸다. 나는 그 길로 〈수유+너머〉 연구실에서 열린 '청소년 철학 학교 케포이필리아'를 신청했다. 그 이후의 이야기는 책 본문에 나와 있으니 반복하지 않겠다.

물론 정신적 각성이 일어난다고 해서 현실의 문제가 저절로 해결되지는 않는다. 단지 현실을 바라보는 눈이 바뀔 뿐이다. 그렇지만 이것은 언제나 문제를 대면하는 첫걸음이다. 시선의 전환은 내가 어떤 막다른 골목에 몰려 있는지를 보게 하고, 그럼으로써 이것이 사실은 '막다른 골목'이 아닐 수 있다는 새로운 가능성을 제시한다. 무기력을 떨치는 데 이것보다 더 좋은 처방전은 없다. 지금도 나는 무기력이 엄습할 때마다 책을 찾는다. 무기력하다는 것은 내 삶에 문제가 있다는 것이고, 문제를 풀기 위해서는 무엇이 문제인지 먼저 알아야 하므로. 각성은 철마다 필요한 것이다.

2. 자존심

두번째 혜택은 자존심이다. 자존심은 상대방이 나를 인정해 주기를 바라는 욕구다. 자존심을 세운다는 게 좋지만은 않지만, 어쨌거나 우리가 이번 생에서 해탈하지 않는 이상 사회 속에서 살면서 자존심을 완전히 버릴 수는 없다. 그리고 공부는 자존심을 세우려는 사람에게 특히나 필요한 기초 과정이다. 왜냐하면 논리 없는 자존심은 정말 꼴불견이기 때문이다. 기초 공사를 하지 않았으니 한 방의 공격에도 무너지는데, 또 그것이 무너지지 않은 척하느라 억지를 부리게 된다. 상대방에게 내 자존심의 이유를 설득하기 위해서는 언제나 논리가 필요하다. 혹은, 자존심을 내세워 나를 휘두르려는 상대로부터 나를 방어하기 위해서도 논리가 필요하다.

자퇴 이후에 내가 자존심을 위해서 싸웠던 대상은 아버지와 학교였다. 아버지는 운동권 출신이고, 80년대에 대학에서 배운 신념을 글, 연구, 강의를 통해서 강직하게 실천해 오고 계신다. 그러나 십대 때는 아버지가 말씀하실 때마다 가슴이 턱, 하고 막힐 때가 많았다. 아버지의 말이 옳으냐 그르냐는 중요한 문제가 아니었다. 아버지는 내가 철없는 짓을 할 때마다 '너의 욕망은 이 세상의 그릇된 가치에 편승한 것'이라는 강경한 논리를 펼치셨다. 내가 어렸으니 그러셨겠지만, 그 당시의 나는 억울할 뿐이었다. 내가 하고 싶은 대로 못 해서가 아니었다. 아버지 앞에서 꿀 먹은 벙어리처럼 아무 말도 못 했다는 사실, 또 느리고 서툴더라도 내가 스스로 생각하고 또 주장할 수 있는 공간을 아버지가 허락하지 않는다는 사실 때문이었다. 옷을 사고 싶다고 조르면 소비주의의 폐해에 대한 강의를 들었고, 사춘기를 통과하며 불어난 몸집 때문에 창피해하면 여성의 내면화된 외모 지상주의에 대한 요약을 들었다. 그 앞에서 무슨 말을 할 수 있었겠는가? 언젠가는 내 논리로 조목조목 반박하고야 말리라, 하고 조용히 투지를 불태웠을 뿐이었다.

그다음으로 내가 반목했던 것은 나의 모교, 대안학교였다. 이곳의 말들은 아버지보다 더 부드러웠지만 더 숨이 막혔다. 선생님들은 우리보고 사회의 빛과 소금이 되라 하셨다. 이기적인 세상에서 이타적으로 살라고 하셨고, 공동체적인 삶의 가치를 잃지 말라고 하셨다. 도덕적으로 보면 하등 틀릴 것이 없는 이야기다. 그러나 나는 여기서 또다시 자존심을 세웠다. 이것은 나의 도덕이 아니었기 때문이다. 내 말도 아니었고, 내 경험에서 우러나온 가치도 아니었다. 내가 세상의 소금이 되든 후추가 되든 그건 내가 나 스스로 결정한 것이어야 했다. 그렇지 않다면 나는 선생님들의 눈에 '착한 학생'으로 보이기 위해서 착하게 사는 꼴이 될 것이었다. 내 안에 이기적인 욕망이 있다면 그 욕망을 끝까지 솔직하게 따라가 보고 싶었고, 그 행동이 가져올 결과를 직면하고 또 책임지는 과정 속에서 이타적으로 살아야 하는 까닭을 직접 이해하고 싶었다. 그러나 사유가 미숙했던 그 당시에는 이런 생각을 논리정연하게 풀어낼 수가 없었다.

청소년이 괜히 똥고집을 부리는 이유가 이거다. 자존심은 세워야겠는데, 이를 세울 논리도 경험도 빈약하다 보니 일단 사고부터 친다. 그래서 나는 진짜 사고(?)를 쳤다. 학교를 나가서 연구실로 튄 것이다. 그리고 아버지를 이겨 보기 위해, 또 학교의 그림자에서 벗어나기 위해 철학책을 들었다. 유치하지만 확실한 동기였다. 세상을 알기 위해 사회과학책을 읽었고, 현재를 설명하기 위해 역사책을 읽었고, 나의 내면을 더 잘 느끼고 표현하기 위해 문학책을 읽었다. 뭐가 되었든 간에 텅 빈 나의 내면부터 단단하게 채우고 싶었다.

학교에 대해서 무엇이 그토록 불만이었는지, 이제는 흐릿하기만 하다. 심지어 아버지를 종종 '말빨'로 이기는 지경까지 왔는데도 요즘은 자존심이 별로 중요하지 않게 되었다. 드디어 철이 든 것일 테다. 하지만 궁극적으로는 자존심을 세우던 과정에서 자존감이 채워졌기 때문이라고 생각한다. 자존심이 타인의 인정을 바라는 마음이라면, 자존감은 내가 나를 인정하는 데에서 오는 마음이다. 그런데 자기 자신을 있는 그대로 인정하기 위해서도 논리가 필요하다. 내가 어떤 사람인지, 어떤 욕망과 성향을 가졌는지, 어떤 순간에 걸려 넘어지는지 객관화하는 힘이 있어야 비로소 나라는 독특한 개인을 온전하게 껴안을 수 있다. 소 뒷걸음질 치다가 쥐 잡는다고, 나는 자존심 세우려고 공부하다가 자존감을 채우게 되었다. 이것이 내 삶에서 일어난 최고의 축복이었음은 두말할 것도 없다.

3. 생활

공부가 제공하는 세번째 혜택은 바로 생활이다. 혹은 생활력이다. 이렇게 말하면 대개는 '스펙 쌓기'를 떠올릴 것이다. 자격증을 따서 직장을 구하는 것도 생활을 영위하는 하나의 방편이다. 하지만 여기서 말하려고 하는 것은 일상을 꾸리는 데 필요한 모든 잡다한 일들을 배우는 낮은 자세를 말한다. 목공도 공부요, 설거지도 공부요, 청소도 공부요, 요리도 공부요, 블로그 편집도 공부다. 일단 뭐든지 배울 수 있다는 태도를 취하면, 생활의 문제는 어떻게든 풀리게 되어 있다.

이는 내가 4년 반 동안 공동체 생활을 하면서 처절하게 얻은 깨달음이다. 내가 연구실 공동체에 막 들어갔을 때, 내게 주방 당번을 하는 것은 푸코의 『말과 사물』을 읽는 것보다 더 심오하고 또 괴로운 공부였다. 고백하자면 십대 때 나는 게으름이 하늘을 찌르던 아이였다. 아무리 잔소리를 들어도 집에서 손가락 하나 까딱하지 않는 나 때문에 어머니는 사주까지 보러 가셨다고 한다. (그리고 '게으른 팔자를 타고 태어난 친구니까 포기하세요'라는 대답을 들으셨다고 한다.) 이처럼 집에서 칼 한 번 안 잡아 보았던 애가 갑자기 공동체의 밥당번이 되었다. 1시간 안에 20인분의 음식을 준비해야만 한다. 이것은 거의 재난 상황이나 다름없었다. 내가 연구실에서 처음 요리했던 것이 오뎅볶음과 된장국이었는데, 그날의 점심은 아직도 연구실에서 회자된다. 오뎅볶음은 양 조절에 실패해 3일 내내 식탁 위에 올라갔고, 된장국에는 제대로 풀리지 않은 된장 덩어리가 가라앉아 있었다. 연구실에서는 밥을 망치는 것이 책을 안 읽는 것보다 더 중대한 과실이다. 그러니 부엌칼을 잡을 때마다 내 부담감은 하늘을 찌를 수밖에 없었다.

그 외에도 할 일은 많다. 공동체라는 게 24시간 노동이 멈추지 않는 현장이다. 그런데 짬밥으로 보면 가장 일을 많이 해야 할 막내가 게을러터진 거다. 꾸중을 들으면 열심히 하기는 하는데, 또 해놓은 결과를 보면 차라리 안 하느니만 못하다. 나도 힘들고, 연구실 선배들도 힘들었다. 하지만 달리 무슨 수가 있었겠는가? 집에서는 배우기를 거부했던 기술들을 하나하나 새로 배우는 수밖에 없었다. 청소하기, 레몬청 만들기, 가스레인지 빛나게 닦기, 잔반으로 볶음밥 탄생시키기, 블로그 편집하기, 회계하기, 기타 등등.

그렇게 계속하다 보니, 잘하지는 못하지만 어쨌든 할 줄은 안다고 말할 수 있는 수준까지 오게 되었다. 공동체의 압력은 역술가도 포기하라고 말했던 나의 게으름을 뿌리 뽑았던 것이다. 게으름 피우고 싶은 마음이 고개를 들 때마다 나는 나에게 말했다. 이것은 생존을 위한 공부이니, 계속하지 않으면 안 된다고. (자립하기 위해서는 이러한 생활의 기술을 익혀야 한다는 뜻이기도 하고, 공동체에서 쫓겨나지 않기 위해서는 맡은 바에 충실해야 한다는 뜻이기도 하다.)

이때의 경험 덕분에, 나는 책 읽는 공부와 생활력을 키우는 공부를 동등하게 여기게 되었다. 공부에는 종목이 따로 정해져 있지 않다. 공부는 장소나 조건과 상관없이 삶의 능력을 키우는 것이다. 그리고 나는 공동체를 떠난 후에야 이 철학의 진가를 확인할 수 있었다. 공동체에서 익힌 생활력 덕분에 나는 뉴욕이라는 무서운 도시에서도 살아남을 수 있었다. 게스트하우스를 만들기 위해 부동산을 전전할 때, 제한된 예산으로 중고 가구를 사들이며 살림살이를 채울 때, 직접 요리를 하면서 건강하지 않은 미국의 식습관을 멀리할 때, 나는 낯선 곳에서도 생활을 새롭게 꾸려 나가는 내 능동성에 감사했다.

내 생활의 능동성은 쿠바에서 한 번 더 업그레이드되고 있다. 쿠바의 생활환경에 적응하는 일은 뉴욕과 비교도 되지 않을 만큼 강도가 세다. 기본적으로 생활의 문제를 돈으로 해결할 수 있는 서울이나 뉴욕과 달리, 쿠바에서는 생활에서 야기되는 사소한 문제들을 푸는 법을 하나부터 열까지 새로 배워야 한다. 고기 파는 곳, 계란 파는 곳, 야채 파는 곳을 따로따로 알아내야 하고, 그렇게 마트에 찾아가도 조금만 늦으면 물건이 없는 경우가 허다하다. 수돗물이 이틀에 한 번만 나온다거나 버스가 2시간씩 오지 않는 것 등등, 제1세계의 환경에 익숙한 사람이라면 상상할 수 없는 일들이 비일비재하다. 하지만 불평해 봤자 무슨 소용인가? 이곳의 생활의 문법을 모르는 내가 바로 문제의 근원인데 말이다. 이곳도 사람 사는 곳이고, 쿠바인들은 이 울퉁불퉁한 환경 속에서도 나름의 방식대로 잘 살아가고 있다. 그렇다면 역시, 처음부터 다시 이들의 생활 방법을 배워 나가는 수밖에 없다. 여기서 하루하루를 보내는 것만으로도 나는 열심히 공부하고 있는 셈이다. 그렇게 생각하면 수돗물이 끊긴 날에 물탱크가 텅 빈 것을 확인하는 순간에도 분노의 괴성을 지르지 않고 마음을 다스릴 수 있다.

공부는 불편한 생활과 미숙한 생활력을 배움거리로 전환시키고, 결핍감에 잡아먹히지 않도록 마음의 면역력을 키운다. 결핍이 옅어진 빈자리를 채우는 것은 겸손이다. 겸손은 공부로 닦을 수 있는 최고의 생활력일지도 모른다.

4. 정줄

공부의 네번째 혜택은 바로 '정줄'을 붙잡는 것이다. 정줄은 정신줄의 줄임말이다. '정줄을 놓는다'는 얼이 빠지고 혼이 나가서 도저히 정상적인 사고를 할 수 없는 상태를 지칭하는 관용어다. 그런데 공부는 이처럼 유체이탈하기 직전인 정신상태를 다시 온전하게 모으는 기능을 한다. 무엇을 공부하느냐를 떠나서, 공부하고 있는 상태 자체가 정신과 마음을 진정시키는 것이다.

이 활용법은 내가 뉴욕에서 발견한 것이다. 거꾸로 말하면 뉴욕에서 살면서 내가 정줄을 붙잡고 있었던 시간이 별로 없었다는 뜻이다. 뉴욕이라는 도시는 그 자체로 삶의 강도가 세다. 모든 것이 비싸고, 모든 사람이 바쁘고, 모든 순간이 돈과 일로 환원된다. 그리고 뉴요커들은 '쓰리잡'(three jobs)을 뛰고 가족을 돌보는 와중에도 술 마시고 춤추는 일을 게을리하지 않는다. 나는 종종 이들의 혈관에는 피가 아니라 레드불이 흐르는 게 아닌가 의심했다.

물론 나는 일반적인 뉴요커들과 상황이 달랐다. 내가 그곳에 일을 하러 간 것도 아니고, 높은 학벌을 절실하게 원한 것도 아니고, 책임져야 할 가족이 있었던 것도 아니었으니 말이다. 그러나 바로 그렇기 때문에 나는 길을 잃었다. 위에서도 잠시 언급했지만, 내가 뉴욕에 가게 된 조건은 눈 씻고 찾아봐도 그 선례가 없을 만큼 특이했다. 외국인, 유학생, 게스트하우스 매니저, 인생 계획 없는 청년 등등의 여러 정체성과 그에 해당하는 임무가 동시에 내 어깨에 얹어졌다. 그러나 이 모든 것이 낯설었고 또 일하는 요령이 없었던 탓에, 나는 일들을 그냥 닥치는 대로 '막' 했다. 그러다가 자주 가랑이가 찢어졌다. 육체적인 피로함보다 더 괴로웠던 것은 누구도 내 상황을 도와줄 수 없다는 심정이었다. 도움은커녕 내 상황을 이해시키는 것조차 어려웠다. 부인할 수 없는 고립감이 내 마음을 물들였다.

그러던 어느 날, 나는 홀로 뉴욕을 공부하기로 결심했다. 내가 처해 있는 상황 자체를 바꿀 수 없고 또 해야만 하는 일들을 포기할 수도 없다면, 고립되어 있는 나 자신과 이 차가운 도시가 어떻게 연결되어 있는지 알아보기라도 해야겠다고 생각한 것이다. 나는 뜬금없이 뉴욕 한복판에 떨어지게 된 나 자신과, 길거리에서 마주치는 타인들이 어떤 시간 속에서 또 어떤 이야기 속에서 엮여 있는지가 궁금했다. 수많은 사람들이 세계 각국에서 각자의 사연을 안고 도달하는 이 도시에서, 우리를 '뉴요커'로 만들어 주는 것은 무엇일까? 함께 살게 하는 것은 무엇일까? 접점이라고는 찾아보기 힘든 다종다양한 사람들 사이에서 공감은 어떻게 일어나는 걸까? 이것은 나 개인을 위한 '고립 탈출 프로젝트'였다.

공부 속에서 내가 발견한 인간 사이의 연결고리는 바로 '문제'였다. 인간사에서 누구든 겪을 수밖에 없는 문제들, 우리가 인간이기 때문에 피할 수 없는 삶의 난관들 말이다. 뉴욕이라는 환경은 문화, 종교, 언어, 상식처럼 우리가 존재의 일부로서 꼭 붙들고 있는 정체성의 기반을 무화시킨다. 그리고 한 마리의 호모사피엔스가 도시라는 기묘한 생태계에서 살아갈 때 어떤 어려움을 겪게 되는지 선명하게 부각시킨다. 중요한 것은 이런 문제들이 뉴욕만의 전유물이 아니며, 시간과 공간을 뛰어넘어서 반복된다는 것이다. 문제에는 답이 없기 때문이다. 답이 있었다면 우리는 벌써 문제를 해결하고 유토피아에 살고 있었을 테지만, 우리가 사는 곳은 불행하게도 문제투성이인 지구다. 그러니까 '문제'는 뉴욕에 사는 사람들을 서울이나 베이징 같은 다른 대도시의 사람들과도 연결시키고, 지금의 사람들을 과거의 사람들과도 연결시킨다. 나의 불행은 나를 짓누르는 장애물이 아니라, 타인을 공감할 수 있는 귀중한 재료인 셈이다.

그렇게 나는 『뉴욕과 지성』이라는 책을 썼다. 이 책의 구성은 다음과 같다. 일단 뉴욕의 특정한 장소에서 내가 그 장소에 있었던 특정한 순간에서 글을 시작한다. 그리고 과거에 그런 장소에서 그런 순간에 나와 비슷한 고민을 했을 지성인을 소환해서, 그의 삶 속으로 들어간다. 지성인은 누구보다도 삶의 문제에 예민하게 반응하고 또 고민하는 사람들이기 때문이다. 그 후에는 이들의 개념을 안경 삼아 뉴욕의 문제적 현장과 사람들의 이야기를 탐사하고, 다시금 평범한 뉴욕 일상으로 돌아온다. 그러나 이 일상은 이제 관계성과 역사성을 지닌 현장이 된다. 따라서 이 책의 틀은 지성인으로 짜였지만, 그 속을 채우는 것은 나와 내가 뉴욕에서 보고 만난 사람들의 이야기다. 룸메이트, 이웃, 학급 친구들, 친구의 가족들, 상사들……. 나는 이들의 이야기를 몽땅 주워다가 재료로 썼다. 그리고 이 과정 속에서 한 사람 한 사람은 모두 고유한 책이라는 것, 아무리 읽어도 다 읽을 수 없는 다채로운 이야기라는 것을 알게 되었다.

이렇게 공부하는 과정은 정말로 나를 고립 상태에서 탈출시켰다. 더 많은 친구를 사귀게 된 것이다. 친구를 사귀는 최고의 방법은 그 사람이 무슨 문제를 안고 사는지 속 이야기를 듣는 것이다. 진심으로 귀 기울여 듣고, 이해하고자 하고, 또 공감하는 것이다. 문화와 인종의 벽이 제아무리 높다 할지라도, 사람은 자기 이야기를 진심으로 들어 주는 사람에게 결국 마음을 열게 되어 있다. 특히 뉴욕처럼 만인이 제2외국어인 영어로 더듬더듬 소통해야 하는 장소일수록 참을성 있는 대화는 더 귀한 법이다. 물질적으로 풍요로워도 말을 할 수 없다면 사람은 병이 든다. 하지만 그때 한 명이라도 이야기를 들어 준다면 '정줄'을 놓지 않을 수 있다. 이 믿음을 가지고 나는 냉담해 보이는 뉴요커들의 마음을 두드렸다. 열 명의 이야기를 듣고 나면 그중 한 명 정도는 친구로 남았다.

따라서 『뉴욕과 지성』을 쓰는 공부는 내게 일타삼피였다. 우정도 돈독해지고, 글 쓸 거리도 생기고, 내 정줄도 붙들 수 있었다. 공부를 시작하면서 일상 자체는 더 바빠졌다. 그렇지만 어떻게든 시간을 할애해서 책을 펴고 글을 쓰는 그 시간만큼은 마음이 평온해졌다. 정신을 한곳에 집중할 수 있어서 그렇기도 했지만, 내가 고립되어 있지 않다는 것을 확인할 수 있어서 그랬던 것 같다. 이 세계와 내가, 이 도시와 내가, 또 수많은 타인과 내가 어떻게 연결되어 있는지 구체적으로 알아 가는 과정은 나를 더 씩씩하게 살게 했다. 관계 속에서 살아갈 때, 사람은 아무리 힘들어도 정줄을 놓지 않는다.

5. 길

마지막으로 공부의 최고의 활용법을 소개하겠다. (이는 지금까지 내가 발견한 활용법 중에 최고라는 뜻이다. 이보다 신박한 활용법이 있을 수도 있다.) 그것은 바로 길을 찾는 것이다. GPS와 구글맵을 켜기만 하면 길 찾기가 가능한 세상이지만, 우리는 제자리에 가만히 있어도 길을 잃는다. 남녀노소 할 것 없이 모두들 '어떻게 살 것인가'라는 질문에서 자유롭지 않기 때문이다. 너무 추상적이어서 막막해지는 질문이 아닌가? 하지만 사실 이것은 세 가지 숙제로 요약된다. 나는 무엇을 할 수 있는가, 무엇을 해야 하는가, 그리고 무엇을 하고 싶은가에 대해 대답하는 것이다. 다시 말하면 내 손으로 직접 '무엇을 할 수 있는가'라는 능력의 문제, 돈을 벌기 위해서 '무엇을 해야 하는가'라는 생계의 문제, 그리고 나를 둘러싼 사람들 속에서 '어떻게 살아가고 싶은가'라는 관계의 문제를 푸는 것이다.

공부는 이 문제들에 대한 답을 주지 않는다. 정해진 답 없는 세상 속에서 이것을 '정답'이라고 여기겠다고 결정할 수 있는 것은 각 개인뿐이다. 그 대신 공부는 답을 찾아가는 길을 내어 준다. 저 세 가지 문제에 대한 대답을 구하고 또 이 각각의 대답을 일상 속에서 유기적으로 맞물려 내기 위해서 요리조리 시도해 보는 것, 그것이 길이다. 누구나 인생의 길을 걷지만 공부를 하면 그 길은 더 재미있어진다. 제한된 경험 속에서도 내 마음이 무엇을 바라는지 직감하게 되고, 또 제한된 삶의 조건 속에서도 내가 변화를 꾀할 수 있는 한 조각의 여지를 발견할 아이디어가 생기기 때문이다.

이십대를 맞이한 나는 이 세 가지 중 그 어떤 것에도 답을 하지 못했다. 가장 큰 문제는 내게 현장감이 부재했다는 것이다. '어떻게 살 것인가'를 묻기 전에 '나는 어디에 있는 누구인가'라는 질문을 해결해야 했다. 물론 나는 이십대 한국인으로서, 청춘이 특권이 아니라 고통이 되어 버린 헬조선에 살고 있다. 부정할 수 없는 나의 현실이자 현장이다. 문제는 21세기 한국 사회에서는 정해진 트랙을 벗어나는 순간 내가 누구인지 설명할 수 있는 말을 통째로 잃어버리게 된다는 것이다. 내가 자퇴를 하면서 벌어진 일이다. (그래서 '중졸 백수'라는 명함을 새로 판 것이다.) 공식적인 이름표를 잃어버린 채 외부에서 바라본 내 동세대의 인생은 '취직'이라는 명분 아래, 생기를 빨아먹는 시스템의 덫에 심신을 내주어야 하는, 다 알면서도 제 발로 걸어 들어가야 하는 끝없는 터널이었다. 연구실은 나의 현장이 되어 주었고 나 또한 열심히 살았기에 나의 이십대는 암울하지 않았다. 하지만 가슴 한편에서는 이 희망 없는 상황이 나의 동시대라는 자각이, 역시 끝없는 터널처럼 계속되었다.

그런데 뉴욕에서 했던 공부, 혹은 뉴욕이라는 공부는 나를 한국 청년의 조건에서 벗어나 한 명의 사람으로 살아 보게 했다. 만국의 사람들이 모이는 괴물 같은 도시에서 인간의 미친 존재감을 느꼈고, 자기 뿌리를 몰라 부평초처럼 헤매는 이민자 2세 청년들에게서 내 모습을 비춰 보기도 했다. 인터넷으로만 훑어 왔던 추상적인 세상이 비로소 인간들의 생기로, 그것도 내 피부를 압박할 만큼 꽉 차게 느껴지기 시작한 것이다. 그리고 세월호 사건이 있었다. 또 다른 '세월호 사건'이 세계 곳곳에서 다른 얼굴과 다른 명분으로 계속되었다. 그 사건들 속에서 나는 생명의 시간이 끝난 인간의 신체에, 또 다른 인간이 어떻게 유령 같은 말을 덧씌워 이용하는지를 보았다.

그러면서 저절로 알게 된 것 같다. 앞으로 내 삶이 어떻게 펼쳐질지 예측할 수는 없지만, 무엇이 되었든 간에 이것과는 반대 방향으로 흐르게 되리라는 것. 그러니까 여기가 내 길이 출발하는 시작점이다. 사람의 몸은 우리 모두가 속해 있는 공동체이고, 사람의 마음은 어디서든 타인과 만나게 되는 현장이다. 이 공동체의 현장은 아름답기는커녕 엽기적이다. 화려한 만큼 악취도 짙은 뉴욕처럼, 인간은 녹

록지 않은 세상살이와 내면의 욕망에 치이며 수많은 뻘짓을 한다. 이 뻘짓을 변명할 때 우리의 창의력은 최고 레벨을 찍는 듯하다. 그렇지만 우리의 몸이 병을 겪을 수밖에 없고 또 우리의 마음이 지옥을 품을 수밖에 없는 방식으로 태어났다면, 이런 불완전성을 끌어안고 계속 하루를 이어 가는 것이 생명의 원리라고 생각한다. 아름다움이나 정의로움, 선악 같은 것들을 심판하는 절대적인 기준을 나는 모른다. 몰라도 상관없고, 그것을 아는 게 목표도 아니다. 오히려 그런 기준이 없어야만 보이는 것들이 있다. 지질함과 잔악함과 유쾌함이 뒤죽박죽 섞인, 그렇기에 어떤 기준으로도 환원되지 않는 '인간다운' 일상 말이다.

그 후 나는 작가가 되기로 마음먹었다. 사람들 사이에서 말해지지 않은 이야기를 듣고, 쓰고, 그럼으로써 세간의 가치판단이 덧씌워지기 전의 삶의 결을 보고 싶다. 이것이 관계 속에서 어떻게 살고 싶은가, 그리고 내 손으로 무엇을 할 수 있는가라는 문제에 대해 내가 찾은 대답이다. 이 바람은 병과 하루하루 싸우는 환자를 돕고 싶다는 의사의 마음과도 맞닿아 있다. 쿠바 의대에 늦깎이 학생으로 진학하는 도전을 감행하는 것도 이런 맥락에서다. 다시, 공부인 것이다. 이렇게 한 발짝씩 가다 보면, 음, 언젠가는 돈도 적당히 벌 수 있지 않을까? (생계의 문제는 희끄무레한 유령의 모습으로 어디든지 따라온다. 쫓아 보낼 수가 없다.)

내가 이 출발점을 찾기까지 10년이 걸렸다. 돌이켜 보건대, 나를 계속 가게 했던 원동력은 어렸을 때부터 '이기적으로 살지 말라'고 하셨던 부모님과 선생님들의 말이었다. 결국 나는 이 단순한 삶의 원리를 가족과 학교의 세상 밖에서 직접 이해하고 싶었던 것 같다. 하지만 이제는 안다. 그것은 나를 희생하여 세상을 구하라거나, 남을 통째로 책임지는 슈퍼히어로가 되라는 뜻이 아니었다. 그것은 그 누구도 아닌 내가 잘 살기를 바라는 마음으로 하신 말씀들이었다. 나의 길을 찾는 여정에서 우리는 필연적으로 너의 길과 교차한다. 그리고 내가 세상과 연결되어 있다는 것을 느끼며 살수록 정신줄은 점점 더 튼튼해진다.

'길을 찾았다'는 말은 하나 마나 한 것이다. 길은 원래 없는 것이고, 나는 여전히 대단한 사람이 아니다. 길을 다시 잃을 것은 안 봐도 뻔하다. 그러나 나는 길을 잃는 순간에도 실리주의자로 처신할 나의 본능을, 또 내가 나 자신을 속이고 뺄짓을 할 때마다 머리통을 쥐어박아 줄 주변 사람들을 믿는다. 공부를 좋아하는 내 마음을 기껍게 여기고 지켜봐 주는 사람들이 있다. 나 역시 이들처럼 배움으로 맺어진 관계를 지킬 수 있는 사람으로 살아가기를 소망한다. 그러므로 나는 오늘도 영업사원이 되어 말하고 다닌다. 공부는 명실상부한 평생 보험이라고. 다들 하루빨리 이 보험에 가입해서 실속 있는 삶을 사시라고. 이 보험의 숨겨진 혜택 목록을 발굴하려는 나의 집념은 계속된다. 앞으로도 쭉!